다시 쓰는

나는 조선의 국모다

2

북오션은 책에 관한 아이디어와 원고를 설레는 마음으로 기다리고 있습니다. 책으로 만들고 싶은 아이디어가 있는 분은 이메일(bookrose@naver.com)로 간단한 개요와 취지, 연락처 등을 보내주세요. 머뭇거리지 말고 문을 두드리세요. 길이 열릴 것입니다.

다시 쓰는
나는 조선의 국모다 2

초판 1쇄 인쇄 | 2015년 9월 1일
초판 1쇄 발행 | 2015년 9월 8일

지은이 | 이수광
펴낸이 | 박영욱
펴낸곳 | (주)북오션

경영총괄 | 정희숙
편 집 | 지태진
마케팅 | 최석진 · 임동건
표지 및 본문 디자인 | 서정희
일러스트 | 홀날린
법률자문 | 법무법인 광평 대표 변호사 안성용(02-525-3001)
세무자문 | 세무법인 한울 대표 세무사 정석길(02-6220-6100)

주 소 | 서울시 마포구 서교동 468-2
이메일 | bookrose@naver.com
페이스북 | bookocean
전 화 | 편집문의: 02-325-9172 영업문의: 02-322-6709
팩 스 | 02-3143-3964

출판신고번호 | 제313-2007-000197호

ISBN 978-89-6799-219-4 (04810)

이수광
장편소설

2

다시 쓰는
나는 조선의 국모다

북오션

차례

9

세상 밖의 세상

휘이잉. 바람이 매섭게 불어온다. 한겨울 삭풍이다. 허공을 달려오는 칼날 같은 바람 소리에 몸이 떨린다. 뼛속까지 시린 강추위가 며칠째 계속되고 있다. 이하응은 허공을 달리는 바람 소리에 몸을 부르르 떤다. 한겨울 추위가 너무 심해 경복궁 중건 공사도 잠시 중단했다. 대궐에서 퇴청하여 돌아오는 길이지만 기분이 좋지 않다. 수렴청정을 하고 있는 대왕대비 조씨, 신정왕후의 오만한 얼굴이 머릿속에 떠오르자 골치가 아팠다.

'서교도를 어찌해야 하는가?'

신정왕후는 조정의 위엄을 세우기 위해 서교도, 천주학쟁이들을 대대적으로 숙청해야 한다고 말했다. 겉으로는 조정의 위엄을 세우기 위해서라지만 실제로는 안동 김씨에게 보복을 하려는 것이고, 나아가 이하응을 조정에서 밀어내려고 하는 것이다. 안동 김씨도 하지 않은 일을 대궐의 일개 노파가 시도하며 피바람을 불러일으키려고 하고 있다.

'나를 조정에서 몰아내려는 음모야.'

서교도는 이미 광범위하게 퍼져 탄압을 하면 원성이 하늘을 찌를 것이다. 신정왕후는 그 원성을 바탕으로 이하응을 조정에서 몰아내려고 하는 것이다. 서교도들에 대해 생각하자 부인 민씨와 조경호에게 시집을 보낸 딸의 얼굴이 떠올랐다. 딸은 서교도의 세례를 받았고 민씨도 서교도에 입교하여 교리를 배우고 있는 중이다. 서교도에 대한 본격적인 숙청이 시작되면 그녀들에게도 화가 미칠 것이다.

'정조대왕의 신뢰를 받았던 다산 정약용도 천주학을 했다는 이유로 18년 동안이나 유배 생활을 했다.'

정약용과 같은 인물이 핍박을 받았으니 이하응이라고 해도 버티기 어려울 것이다.

"경복궁으로 가자."

이하응이 집사 김응원에게 지시했다. 아들이 소년 왕으로 즉위한 뒤에 이하응은 경복궁 중건과 육조 관청 중수에 전력을 기울였다. 재정의 부족, 토목공사에 대한 백성들의 불만도 많았으나 이하응은 무시했다. 조선을 무너져가는 절간처럼 방치해둘 수 없다고 생각했다. 이제 2년 동안의 방대한 공사가 거의 끝나간다.

'대궐을 중건하는 것은 병든 조선을 일으켜 세우는 일이다.'

경복궁이 폐허로 버려져 있는 것을 보았을 때 그렇게 생각했다.

"경복궁으로 행로를 바꾸어라."

김응원이 하인들에게 지시했다.

"쉬잇! 물렀거라. 국태공 합하 행차시다."

구종별배들이 목청껏 소리를 질렀다. 길에는 살을 엘 듯한 맹렬한 추위 때문에 행인이 거의 보이지 않았다. 이하응의 행렬은 창덕궁 담장을 따라 경복궁에 이르렀다. 이하응은 광화문으로 들어가 근정문 앞에서 가마에서 내렸다. 경복궁을 지키는 군사들이 황급히 달려 나와 열병을 하듯이 늘어섰다. 경복궁 영건도감의 당상인 신명순도 도감청에서 황급히 뛰어나와 그를 맞이했다.

이하응은 웅장한 뼈대를 갖추고 있는 근정문을 응시했다. 봄이 되어 기둥과 벽에 칠을 하고 추녀 밑에 단청만 입히면 경복궁 공사는 끝이 난다. 곳곳에 세워진 전각들도 가가(假家, 목재로 뼈대만 갖춘 집) 상태였다.

"합하, 어서오십시오."

신명순이 머리를 조아렸다.

"날씨가 추운데 고생이 많소."

이하응은 신명순을 힐끗 쏘아보고 근정문 안으로 들어섰다. 멀리 근정전이 우뚝 서 있고 뜰에는 품계석이 가지런히 놓여 있다.

"합하, 근정문과 근정전의 현판을 누구에게 맡깁니까?"

70대의 무장인 신명순이 허리를 조아리면서 물었다. 가슴께까지 늘어진 검은 수염이 아름답고 눈은 불을 뿜을 듯이 강렬했다. 삼국지의 관우와 같은 눈빛이다.

"조정에 글씨를 잘 쓰는 자가 있소?"

"추사를 따를 자는 없습니다."

추사 김정희는 철종 임금 때 죽었다. 죽은 사람을 천거해서 무얼 하겠는가.

"근정문이나 근정전의 현판은 천추에 남는 일인데 합하께서 쓰시는 것이 어떻습니까?"

"허, 나보고 천추에 조롱을 받으라는 말이오?"

이하응은 고개를 흔들고 웅장한 근정전을 다시 올려다보았다. 근정문과 근정전이라는 이름을 지은 것은 삼봉 정도전이다.

'근정전은 임금이 부지런히 일을 하는 집이라는 뜻이다.'

정도전은 경복궁을 건축하고 각 전각의 이름을 지어 올렸다. 왕자의 난 때 태종 이방원에게 죽임을 당했지만 조선을 설계한 인물이기도 했다.

이하응은 근정전을 돌아본 뒤에 사정전으로 갔다. 사정전은 임금이 정령을 내릴 때 함부로 결정하지 말고 백성을 깊이 생각하고 내리라는 뜻이다. 임금이 정사를 볼 때 사용하는 편전이다. 역시 정도전이 작명을 했는데 그의 학문을 엿볼 수 있을 것 같았다.

이하응은 사정전을 살핀 뒤에 교태전으로 걸음을 놓았다. 교태전은 세종 때 지어진 건물로 주역의 64괘 중 태(泰)괘에서 따온 것이다. 괘의 형상은 위로는 곤(坤, 하늘)이고 아래는 건(乾, 땅)이 합쳐진 것이다. 하늘과 땅의 기운이 조화를 이루듯이 왕과 왕비가 화합하여 복을 누리라는 의미를 담고 있다.

교태전은 왕비의 침전으로 중궁이라고도 불린다.

'왕비를 빨리 간택해야겠구나.'

이하응은 교태전을 보면서 대궐의 또 다른 주인을 서둘러 맞이해야 한다고 생각했다.

***

이하응은 12월 9일에 금혼령을 선포했다. 철종의 국상이 끝난 다음 날이었다. 전국에 간택령이 내리고 규수들의 단자를 받아들이라는 지시가 승정원에 내렸다. 단자를 내는 기간은 12월 20일까지였다.

"편모나 편부 슬하의 규수도 단자를 내게 하라."

승정원은 조실부모한 규수의 단자도 받아들이라는 대왕대비전의 지시에 어리둥절했으나 그대로 시행할 수밖에 없었다.

이하응은 가례도감을 설치해 조두순을 도제조로, 김병기, 이돈영, 이재원을 제조로, 이재면, 조영하, 민승호를 부제조로 삼았다. 간택령이 내리자 전국의 사대부가는 떠들썩했다. 임금의 왕비요,

국모를 뽑는 행사였다. 요행히 중전으로 간택만 되면 본인의 영광은 물론이고 가문을 빛낼 수 있는 기회였다. 전국의 사대부가는 혼기에 이른 규수의 단자를 써서 승정원에 바쳤다. 사대부가에 딸이 있으면서도 단자를 내지 않으면 벌을 받는다.

'왕비가 되는 것은 조선의 주인이 되는 것이다.'

민자영은 그렇게 생각하면서 손수 단자를 썼다. 원래는 민승호가 써야 했으나 민승호가 손수 쓰라고 권한 것이다.

민승호와 자영의 생모 이씨, 민승호의 부인 이씨가 옆에서 지켜보았다. 자영은 단자의 초첩(初貼, 첫줄)에 한성부 안국방이라고 정성스럽게 썼다. 자영의 필체는 이미 민승호 못지않았다. 획은 연미하고 부드러우면서 깨끗했다. 한성부 안국방이라고 하는 것은 주소를 말하는 것이었다.

"이제 재첩을 써라."

민승호가 옆에서 말했다. 재첩은 둘째 줄로 단자를 내는 규수의 생년월일과 태어난 시(時), 그리고 사조(四祖)의 이름을 쓰게 되어 있었다. 마지막 삼첩에는 중국 연호와 월일(月日), 그리고 가장의 이름을 쓰는데 이름 앞에는 반드시 신(臣)이라는 글자를 먼저 썼다.

"수고했다."

자영이 단자를 다 쓴 것은 얼추 한 식경이 지나서였다. 자영의 이마에는 땀방울까지 송송 맺혀 있었다.

'이제 나는 국모가 되는 거야.'

자영은 가슴이 설레었다. 간택은 형식적인 행사가 될 것이 분명했다.

자영의 간택 단자는 그날로 민승호가 예조에 올렸다.

처녀들의 단자가 모두 들어오자 가례도감에서 심사를 했다. 간택에 참여하는 처녀들 중에 부모나 가문에 문제가 있는 규수를 가려내는 것이다.

민승호는 부제조로 가례도감에 참여하고 있었다. 가례도감에는 삼정승과 왕실인 이씨 문중의 이재원, 이하응의 큰아들 이재면, 신정왕후의 조카 조영하, 여흥 민씨의 민승호 등이 부제조로 참여하고 있었다. 부제조는 이하응의 사람들이 압도적으로 많은 것이다.

"민 규수는 부제조의 여동생인데 성품이 어떻소?"

김병학이 새파랗게 젊은 민승호에게 공대를 하면서 물었다. 민승호는 이하응의 처남이라서 과거에 급제한 지 일 년도 되지 않아 요직에 발탁되었다.

"글쎄요. 조용한 성품이긴 한데 모르지요."

민승호는 자영에 대해 자랑을 할 수 없어서 담담한 눈빛으로 김병학을 응시했다. 안동 김씨인데도 이하응은 그를 좌의정으로 발탁했다. 심지가 깊은 인물이어서 좀처럼 속내를 파악할 수 없었다.

"민 규수의 학문이 출중하다는 소문이 파다합니다."

"그럴 리가요. 여자가 학문이 뛰어나면 얼마나 뛰어나겠습니까? 좌상대감 댁 따님이 재원이라는 소문을 들었습니다."

민승호는 김병학의 딸을 칭찬했다. 김병학의 딸은 유력한 왕비 후보다.

"규수에 대한 이야기가 문밖에 나가면 되겠습니까?"

김병학이 근엄한 표정으로 말했다.

"영초의 따님이야 국모로서 손색이 없지요."

가례도감 제조에 임명된 김병기가 선언을 하듯이 말했다. 김병기는 한동안 광주 유수를 지내다 조정으로 돌아왔다. 민승호는 가례도감 도제조인 영의정 조두순을 응시했다. 조두순은 근엄한 사람이었기에 입을 열지 않고 있었다. 흰 수염과 작은 눈에서 좌중을 압도할 만한 힘이 느껴졌다.

"단자를 정리하여 승정원에 올리고 모두 퇴청하시오."

조두순이 더 이상 거론하지 말라고 일침을 놓았다. 가례도감에 있는 조정 대신들이 중구난방으로 떠들어대는 것이 마땅치 않은 표정이었다.

퇴청을 한 민승호는 집으로 돌아왔다. 그는 자영에게 가례도감에서 챙긴 조보(朝報)를 건네주었다. 자영이 조보를 찬찬히 읽다가 민승호를 쳐다보았다.

"오라버니, 국혼을 앞두고 왜 천주교를 탄압하는 것입니까?"

조보에 실린 사학(邪學)을 엄벌하라는 명을 내렸다는 기사를 본 모양이었다.

“천주교는 사학이다. 나라에서 금하는 것인데 엄중하게 다스리는 것이 당연한 것이 아니냐?”

“안동 김씨는 선왕 치세 기간에 천주교를 탄압하지 않았어요. 왜 지금에 와서 탄압을 하겠어요?”

철종 때 정권을 잡은 안동 김씨는 천주교를 박해하지 않았다.

“대왕대비전의 엄중한 지시가 있었다.”

“흑막이 있을 거예요.”

“흑막?”

“안동 김씨를 몰아내려는 걸 거예요.”

민승호는 이해할 수 없다는 듯이 자영을 응시했다.

“임금이 바뀌었지만 조정의 중요한 자리에는 아직도 안동 김씨가 앉아 있어요. 신정왕후는 이들을 몰아낼 계획인 것 같아요.”

“부자가 망해도 3년은 간다고 하지 않느냐. 안동 김씨가 60년 세도를 했는데 하루아침에 몰아낼 수 있겠느냐?”

민승호가 잠시 생각에 잠겼다. 자영의 말이 틀린 것은 아니지만 안동 김씨가 조정에서 숙청되어도 상관이 없다고 생각했다.

***

눈발이 희끗희끗 날린다. 잿빛 하늘에서 어지러이 날리는 눈발이 가난한 천민들이 모여 사는 청계천 천변 마을에도 축복처럼 날리고 있었다. 청계천 둑에서 앙상한 가지를 늘어트리고 있는 수양버들에도 눈발이 날린다. 수표교 건너편 남산골에 있는 백의정승 유대치의 한약방이다. 큰방에는 청나라에서 돌아온 중국어 역관 오경석과 집주인 유대치, 부산에서 올라온 승려 이동인이 김옥균을 앞에 놓고 차를 마시면서 담론이 한창이었다. 자영은 부녀자라고 하여 건넌방에서 발을 치고 그들의 이야기를 듣는 것이 허락되었다.

"이것이 커피라는 것입니다. 서양인들이 즐겨 마시는 차입니다."

자영도 커피를 한잔 얻어 마셨다. 커피는 한약 같은 색깔인데 맛이 쓰면서도 달달했다.

"이 쓴 것을 왜 마신답니까?"

김옥균이 눈살을 찌푸리면서 물었다.

"핫핫. 다른 나라를 이해하기 위해서는 다른 나라 풍속을 알아야 합니다. 조선 밖에는 많은 나라가 있습니다. 우리는 우물 안 개구리에 지나지 않습니다."

오늘 김옥균과 논쟁을 벌이고 있는 사람은 역관 오경석이었다. 청나라를 오가면서 서양에 관련된 책을 많이 가져왔다고 했다.

"그러니까 조선이 부강하려면 서양 오랑캐의 문명을 받아들여야 한다는 말이 아닙니까? 지리학 책을 비롯해서요."

김옥균은 오경석의 말이 탐탁지 않은 것 같았다.

"그렇습니다. 영국, 불란서, 로서아, 미국 등 큰 나라들이 많습니다. 그들은 총과 대포가 우리보다 훨씬 뛰어납니다. 어디 지리학 책뿐입니까? 그들은 거대한 선박을 만들고 공장을 세우고 있습니다. 모든 것을 배우지 않으면 안 됩니다."

"그럼 천주교를 박해하면 안 되겠군요."

"그렇습니다. 천주교를 박해하면 큰 전쟁이 일어날 것입니다."

"외국이 조선을 침략하면 목숨을 걸고 싸워야지요. 싸우지도 않고 두려워하면 나약한 것입니다."

김옥균이 분연히 외쳤다.

"죽는 것이 문제가 아닙니다. 죽기는 쉬워도 나라를 구하기는 어려울 것입니다."

"천주교는 예를 모르는 사교입니다. 어찌 조상을 모시지 않는 교를 받들라고 허락할 수 있겠습니까? 그자들을 엄벌에 처하라는 대비전의 하교는 지당합니다."

"천주교가 백성들을 해친 일이 있습니까? 도둑질을 하고 살인을 했습니까?"

"조상을 우상이라고 하여 모시지 않습니다. 이는 그 어떤 죄보다도 큰 십악대죄입니다."

"개화는 남의 풍습을 이해하고 받아들이는 것부터 시작해야 합니다."

"개화가 조선을 부강하게 합니까?"

"개화는 흐르는 물과 같습니다. 아무리 둑을 쌓아도 막기 어려울 것입니다."

이동인이 흰수염을 쓰다듬었다.

"대사께서는 일본을 다녀오셨다고 들었습니다. 일본은 개화했습니까?"

"그렇습니다. 일본은 개화하여 하루하루가 달라지고 있습니다."

"일본은 섬나라가 아닙니까? 작고 미개하다고 합니다."

"일본은 조만간 대국이 될 것입니다. 군대가 커지면 외국을 침략하게 됩니다."

오경석과 유대치 등은 날이 저물 때까지 논쟁을 벌였다. 자영은 그들의 논쟁을 들으면서 세상 밖에 또 다른 세상이 있다는 사실을 깨달았다. 자영은 그들의 논쟁이 끝나자 집으로 발걸음을 옮겼다. 군기시 앞을 지나는데 사람들이 잔뜩 몰려들어 웅성거리고 있었다.

"아기씨, 다른 길로 돌아가세요."

간난이 자영의 소매를 끌고 다른 길로 인도하려고 했다.

"무슨 일인지 살펴보지 않고 그냥 가느냐?"

"아기씨, 군기시 앞은 사형이 집행되는 장소예요. 어찌 귀하신 아기씨께서 흉한 곳을 가실 수 있습니까?"

"아니다. 어떤 사람에게 어떤 형이 집행되었는지 보자."

간난이가 만류하는데도 자영은 군기시 앞으로 가까이 다가갔다. 그러자 커다란 장대에 사람들의 머리가 매달려 있는 것이 보였다.

'흉측하구나.'

자영은 몸을 부르르 떨었다. 두 개는 서양인의 머리고 세 개는 조선인의 머리인 것으로 보아 천주학을 믿는 서교도들인 것 같았다. 머리 아래에 '사학죄인 장 베르뇌'라는 명패가 걸려 있었다.

'천주교 박해의 피바람이 부는구나.'

사람들이 군기시 앞에 효수된 사람들의 머리를 손가락질하면서 수군거렸다.

"아기씨."

간난이가 다시 자영의 소매를 잡아끌었다. 자영이 간난의 손에 이끌려 피맛골을 가로질러 중학(中學, 한양에 있던 학교로 현재 한국일보 자리에 위치)에 이르자 대로가 왁자해지면서 한 떼의 죄수들이 오랏줄에 묶여 끌려오는 것이 보였다. 포졸들은 5~6인밖에 되지 않았으나 죄수들은 여자와 아이들까지 합해서 13~14인이 되어 보였다.

"무슨 일이지?"

자영은 죄수들을 살피면서 간난에게 물었다.

"아가씨, 사학죄인들이에요."

간난이 낮은 목소리로 대답했다.

"천주학을 하는 사람들 말이지?"

"예."

"벌써 기해년에도 수백 명이 잡혀 죽었다는데 무슨 연유로 천주학을 하는 것일까?"

"배교만 해도 살려준다는데 도무지 배교를 하지 않는대요."

자영은 눈살을 찌푸렸다. 자영은 천주교도에 대한 박해의 바람이 예사롭지 않을 것 같아 불안했다. 이벽이 《천주실의》를 중국에서 들여온 이래 천주교도는 급속히 불어나 순조대왕 때는 양인 신부들까지 조선에 들어와 활동을 하다가 옥사를 당한 일이 있고, 최근엔 러시아 오랑캐가 북쪽 변방에 자주 침입을 하고 그들이 한성으로 침략해 온다는 흉흉한 소문이 나돌아 조정이 바짝 긴장해 있었다.

"아기씨! 어서 걸음을 서두르세요."

간난이 재촉을 했다. 포졸들과 죄수들은 벌써 종로의 좌포도청을 향해 빠르게 가고 있었다.

'이상한 일이지, 임금의 어머니 민씨도 천주교도인데…….'

자영은 고개를 갸우뚱했다.

1866년, 병인대박해가 시작되었다. 병인대박해는 기해사옥을 불러일으킨 조만영의 딸인 대왕대비 신정왕후가 권력의 전면에 나서면서 비극의 싹이 트고 러시아의 남하정책이 불을 질렀다.

청나라는 이미 강희, 옹정, 건륭 두 황제의 전성시대를 지나 1839년에는 아편 수입의 일로 영국과 전쟁을 벌여 대패하고, 1842년 8월에 남경조약의 체결로 홍콩을 영국에 할양하게 되었다. 또 1856년에는 영국 상선(商) 애로호 사건, 불란서 선교사 살해 사건으로 영국과 불란서를 상대로 전쟁을 벌였으나 오히려 영불 연합군이 북경까지 침입하여 청나라 황제가 열하로 피신하는 사태까지 일어났다. 이때 러시아의 중재로 북경조약을 맺은 청나라는 연해주를 러시아에 양도하지 않을 수 없었고, 러시아는 숙원인 부동항을 해삼위(海參威, 블라디보스토크)에 개설한 뒤 조선의 변방을 위협하기 시작했다.

조선은 청나라가 세계 제일의 강대국이므로 대적할 나라가 없다고 여겼으나, 영불 연합군에 대패하여 청나라 황제가 북경을 버리고 피난을 가는 사태가 일어나자 발칵 뒤집혔다. 민심은 흉흉해지고 서양 오랑캐가 침범하여 살육을 일삼고 부녀자들을 겁탈한다는 소문이 파다하게 나돌았다. 이때 조선에는 "이웃 나라의 병란, 서교도의 발호, 불란서 군사의 내습 등은 목하 초미의 우환인즉 속히 대책을 세우지 않으면 안 된다"고 주장하는 상소문이 빗발치고, "사대의 예를 사직의 중함과 바꿀 수 없다"고 하면서 청나라를 배척하고 로서아와 맞서야 한다는 주장이 팽배하게 일어났다.

1863년 2월에는 다섯 명의 러시아인이 얼음을 타고 두만강을 건너와 경흥부에 통상을 요구하는 편지를 보내는 한편 그 회답을 요구했다. 조정은 이로 인해 발칵 뒤집혔는데, 1865년 9월에 또다시 러시아인 수십 명이 몰려와 "국서를 가지고 있으므로 함경 감사를 만나게 해달라"고 요구했다. 이에 경흥 부사 윤협은 "국교가 없는 외인의 입국은 응할 수 없다"고 하여 간신히 그들을 돌려보냈다. 그러나 2개월 후인 11월에는 3명이, 수일 후에는 기마자(騎馬者)를 선두로 7명이 국경을 침범했다.

경흥 부사 윤협은 90일 이내에 회답을 해주겠다고 약속하고 그들을 돌려보낸 뒤 즉각 이 사실을 조정에 보고했다. 이와 같이 러시아와 조선의 국경이 긴박해지자 조정은 벌집을 쑤신 듯이 소란스러워졌고, 한양에서는 양반들이 난리가 일어날 것을 우려해 산으로 도망가 숨기도 하고 십자가를 목에 걸어 서교도인 체하는 자들까지 생겼다. 러시아인은 서교도를 해치지 않는다는 풍문이 파다하게 나돌았기 때문이다.

천주교도인 홍봉주와 김계호는 청나라를 굴복시킨 불란서, 영국, 조선이 삼국동맹을 맺어 러시아를 방어해야 하며, 그 외교적인 교섭은 조선에 들어와 있는 천주교 주교를 통해야 한다는 글을 작성해서 이하응의 사돈인 조기진을 통해 이하응에게 올렸다. 이하응은 그 글을 읽은 뒤에 아무 말도 없이 그 글을 무릎 밑에 넣어버렸다. 홍봉주와 김계호 등은 이하응이 두려워 슬그머니 그 자리를 피하고 말았다.

홍봉주와 김계호 등이 다녀간 지 이틀이 지났을 때 소년 왕의 유모 박씨가 궁궐에서 나와 이하응의 부인 민씨를 찾아가 인사를 했다.

"어찌하여 너희 천주교도들은 아무 일도 하지 않고 있느냐? 내가 듣자니 로서아 오랑캐가 조선을 침략하려고 변방을 어지럽게 한다는데 외교적으로 수완을 발휘해야 하지 않느냐? 청나라, 조선, 불란서가 삼국동맹을 맺으면 러시아를 격파할 수 있지 않겠느냐?"

민씨가 유모 박씨에게 호통을 쳤다.

"삼국동맹이라니 금시초문입니다."

박씨는 어리둥절했다.

"일전에 김계호 등이 로서아의 침략을 막으려면 주교의 힘을 빌려야 한다고 했다. 그런데 글이 조잡하여 대감께서 좋아하지 않으셨다. 전 승지 남종삼 같은 이를 시켜 다시 글을 올리도록 해라. 주교가 로서아를 물리치도록 힘을 써주면 대감께서 포교의 자유를 허락할 것이 아니냐?"

"정말 그렇게 하실까요?"

"내가 무엇 때문에 허튼소리를 한단 말이냐? 속히 주교를 한양으로 올라오라고 하여 활약하게 하여라."

민씨의 지시를 받은 재황의 유모 박씨는 즉시 이 사실을 홍봉주에게 알렸다. 홍봉주와 김계호 등은 자신들이 지은 글이 내용이 서툴고 빈약했던 것을 깨닫고 승지를 지낸 남종삼에게 글을 써 올리도록 부탁했다. 남종삼은 독실한 천주교 신자로 조선에 들어와 있던 외국 신부들에게 조선말을 가르치고 있었을 뿐만 아니라 한양에 머물면서 명문세가의 자제들에게 한문을 가르치기도 했다.

남종삼은 홍봉주의 얘기를 듣고 손수 글을 지어 이하응을 찾아갔다.

"참으로 좋은 계책이니 둘째 재상에게 가서 말하라."

이하응은 몸이 좋지 않아 남종삼에게 지시했다. 둘째 재상은 좌의정 김병학을 일컫는 말이었다. 남종삼은 김병학과 사이가 좋지 않아 그를 찾아가지 않았다.

다음 날 이하응은 남종삼을 불러 천주교에 대해 자세히 물었다. 남종삼은 천주교에 대해서 자세히 설명했다.

"이 도리는 좋고 옳으나 조상에 제사를 지내지 못하게 하는 것이 흠이다. 조상의 제사를 지내지 못하게 하여 어찌 유림의 반대를 감당할 수 있겠소?"

이하응이 남종삼을 뚫어질 듯이 쏘아보았다.

"천주교가 어찌 조상을 섬기지 않겠습니까? 다만 귀신을 섬기지 않을 뿐입니다."

"로서아가 조선을 침략하려고 하는데 주교가 외교적인 수단으로 이를 방지할 수 있겠소?"

남종삼이 대답을 망설이자 이하응은 화제를 바꾸었다.

"주교에게는 그런 힘이 있습니다."

남종삼은 자신 있게 대답했다.

"주교는 어디 있소?"

이하응이 다시 물었다.

"주교는 지방에서 전교 활동에 힘쓰고 있습니다."

"그러면 내가 급히 만나겠다고 전해주시오."

이하응이 남종삼에게 지시했다. 남종삼은 이하응의 말을 듣고 무척 기뻐하면서 홍봉주와 김계호 등에게 알리고 주교를 불러오라고 지시했다. 아울러 이하응이 주교를 만나겠다고 하였으므로 조만간 포교의 자유를 얻게 될지 모른다고 말했다. 홍봉주와 김계호는 그 얘기를 듣고 조선에서 포교의 자유를 얻게 되었다면서 춤을 출 듯이 기뻐했다. 그러나 그들은 큰 성당을 짓는다고 떠들고 다닐 뿐 주교에게 알리지 않았다. 그들이 한가하게 지내고 있을 때 조정은 더욱 긴박하게 움직이고 있었다.

"북쪽 국경에 러시아인들이 출몰하는 것은 서교도 때문입니다. 서교도는 조상을 숭배하지 않는 사악한 집단이니 이를 엄단하여 나라의 기강을 바로 세워야 합니다."

조정의 대신들이 이하응을 압박했다.

"청나라 같은 대국도 영국과 불란서 연합군에 대패했는데 서양인들을 죽이면 오히려 화근을 부르게 되오. 이것을 빌미로 외국이 조선을 침략해 오면 어찌 방비할 것이오? 차라리 영국, 불란서, 조선이 삼국동맹을 맺고 로서아를 방비하는 계책이 좋을 듯싶소."

이하응은 남종삼의 계책대로 대신들을 설득하려고 했다. 그러나 대신들은 완강하게 사학을 처벌하라고 요구했다.

"유교의 근본인 서원은 철폐하고 서교도를 용인하는 이유가 무엇입니까?"

"그대들은 서양 여러 나라가 침략을 하면 감당할 수 있겠소?"

이하응은 눈에 불을 켜고 대신들을 쏘아보았다.

"서양 사람들을 이미 여럿을 죽였으나 아무도 군사를 일으키지 않았소이다."

조정 대신들은 계속 천주교를 탄압할 것을 주장했다.

"청나라도 천주교를 용인하고 있소."

"서교도를 용인하는 것은 유교의 뿌리를 흔드는 일이오."

이하응은 신정왕후와도 맞섰다. 신정왕후에게 서교도 탄압이 옳지 않다고 주장했다.

"내가 도끼와 작두로 다스리겠다고 한 것은 허투루 한 말이 아니오."

신정왕후가 소맷자락을 펄럭이면서 벌떡 일어섰다. 그때 북경에 동지사로 간 이흥민이 편지를 보내왔다.

> 청나라에서는 서교도를 용인하고 있으나 서교도들이 청나라 인민의 재산을 약탈하고 부녀자를 겁탈하는 등 폐해가 심각하다.

이홍민의 편지가 도착하자 조정의 여론이 물 끓듯 했다. 조정 대신들은 금방이라도 서양인들이 쳐들어올 것처럼 흥분하여 이하응을 압박했다.

'내 손을 빌려 서교도를 죽이려는 것인가?'

이하응은 씁쓸했다. 안동 김씨까지 신정왕후의 편에 가담해 있었다. 원로대신인 정원용과 조두순도 신정왕후를 거들었다.

***

이하응은 눈을 부릅떴다.

'신정왕후의 목표는 나를 몰아내려는 것이다. 일단 한 걸음 물러서자.'

'서교도들이 진정 나라를 사랑하는 것인가? 어찌 주교라는 자가 오지 않는 것인가?'

이하응은 천주교 주교들이 올 때를 기다렸으나 여러 날이 지나도 그들은 오지 않았다.

"전국에 영을 내려 사학죄인들을 토벌하라."

이하응은 마침내 사학 토벌령을 내렸다. 신정왕후는 조정의 명령을 듣지 않는 관리들은 도끼와 작두로 다스리겠다고 다그쳤다.

이하응은 나라가 위급한데도 천주교도들이 무성의할 뿐 아니라 무능력하다고 생각했다.

남종삼이 뒤늦게 장 베르뇌 주교와 안 다블뤼 주교를 부른 뒤 이하응을 찾아갔으나 늦고 말았다.

"어찌하여 그대는 아직도 한성에 있는가? 그대는 새해가 되었는데도 부친에게 세배도 드리지 않는가?"

이하응이 크게 책망을 하자 남종삼은 당황했다.

"저도 세배를 드리러 충주로 내려가려고 합니다만 일전에 대감과 약속한 일이 있어서 찾아뵈었습니다."

"이제는 너무 늦었으니 향리로 돌아가 부친에게 효도나 하시오."

이하응은 냉정하게 잘라 말하고 돌아앉았다. 남종삼은 실망하여 충주로 돌아가 부친 남상교에게 자초지종을 얘기했다. 남상교도 승지 벼슬을 지냈을 뿐 아니라 학문이 높아 선비들의 존경을 받고 있었다.

'아아 모든 일이 수포로 돌아갔구나.'

남상교가 우두커니 하늘을 쳐다보면서 탄식했다.

"네가 성교(聖敎)를 위하여 힘쓴 것은 좋으나 너의 생명은 이미 위태롭게 되었다. 만일의 경우를 당하더라도 천주를 욕되게 하지 마라."

남상교가 처연한 목소리로 당부했다. 남종삼은 포졸이 체포하러 올 때를 기다리면서 매일같이 기도했다.

'신정왕후의 뒤에 누군가 있다. 그가 신정왕후를 조종하고 있

는 것이다.'

이하응은 대비전을 노려보았다.

'그래. 사학을 토벌하자. 조선인들을 단결시켜 외세에 대항하자.'

이하응은 눈을 부릅뜨고 주먹을 움켜쥐었다.

"사학은 혹세무민하는 사교다. 사학을 토벌하여 기강을 바로 세우라."

신정왕후의 강경한 하교가 떨어져서 지방 수령들이 다투어 천주교 신자들을 잡아들여 처형하는 바람에 시체가 산을 이루고 피가 내를 이루었다.

남종삼은 1866년, 병인년 1월 15일 고양에서 의금부 나졸들에게 체포되어 조사를 받은 뒤 1월 21일 홍봉주와 함께 서소문 밖에서 참수되었다. 남종삼은 우차(牛車)를 타고 서소문 밖 형장으로 끌려가게 되었다. 형리들은 우차 위에 십자가를 세우고, 그 위에는 명패를 매달고, 아래쪽을 나무토막으로 막았다. 그들은 십자가 형틀에 남종삼의 손발을 묶어 매단 뒤 서소문 언덕까지 달리게 하였다. 마침내 우차가 서소문 언덕에 이르자 형리들은 남종삼의 발밑에 받쳤던 나무토막을 빼내고, 우차를 끄는 소에게 사정없이 채찍질을 하여 남종삼이 십자가에 매달린 채 맨발로 비탈길을 내리달리게 만들었다. 그리하여 남종삼이 형장에 이르렀을 때는 정신을 잃게 되었다.

형리들은 정신을 잃은 남종삼을 땅에 떨어트려 옷을 벗기고 두 팔을 결박한 다음, 나무토막으로 목을 괴고 군졸 하나가 머리카락을 맨 밧줄을 잡고 회자수(劊子手)에게 목을 베게 했다.

천주교인들에 대한 대대적인 검거 선풍이 불고 사형이 집행되는 피바람이 불 때 조선 조정은 암투에 휘말렸다.

"마마, 천주교를 발본색원하면서 이하응도 조정에서 쫓아내야 합니다. 어찌 이하응이 왕 노릇을 하게 그냥 두십니까?"

신정왕후의 사촌동생인 조호영이 은밀하게 신정왕후를 찾아와 아뢰었다.

"이하응을 어떻게 해야 조정에서 몰아낼 수 있겠나?"

신정왕후가 조호영을 살피면서 물었다. 조호영은 이조참의로 있을 때 뇌물을 받아 귀양을 갔다가 석방된 인물이었다.

"이하응의 딸이 서교도라고 합니다."

"그것이 사실인가? 그렇다면 중대한 일이 아닌가?"

"딸이 서교도라는 것이 밝혀지면 무슨 면목으로 이하응이 섭정 노릇을 하겠습니까?"

"그렇다면 이하응의 딸을 잡아들이게 하라."

신정왕후가 조호영에게 영을 내렸다.

"신이 좌포도대장 이경하에게 명을 전하겠습니다. 이경하는 대왕대비마마의 인척이 아닙니까?"

"속히 거행하라. 이하응이 물러나면 왕비 간택도 내가 주도적으로 할 수 있다."

"그렇습니다. 섭정에서도 물러나게 하고 왕비도 간택하고 일거양득입니다."

조호영이 음침하게 웃으면서 물러갔다.

***

궐문을 나온 장순아는 뛸 듯이 빠르게 걸음을 떼어놓았다. 사방이 어둑어둑해지고 있었으나 바람은 불지 않았다. 그래도 한겨울이라 뺨을 스치는 기온이 차디찼다. 그녀는 걸음을 서두르면서 뒤를 돌아보았으나 미행하는 사람은 없었다. 창덕궁에서 운현궁까지는 지척지간이었다. 이하응의 집은 공덕리 구름재에 있었으나 둘째 아들이 왕이 되면서 창덕궁 앞에 있는 안국방으로 옮기면서 운현궁이라고 불리게 되었다.

장순아는 운현궁에 이르자 다시 뒤를 돌아보았다. 다행히 따라오는 사람은 보이지 않았다. 그녀는 서둘러 대문을 두드렸다. 청지기가 문을 열고 밖을 내다보았다.

"급한 일이에요. 속히 나리에게 기별해주세요."

장순아는 청지기에게 낮게 말했다. 그녀의 얼굴을 아는 청지기가 장순아를 문간방으로 안내하고 이하응에게 고했다. 이하응이 손님들을 기다리게 한 뒤에 문간방으로 왔다.

"앉아라. 예를 올릴 필요는 없다."

장순아가 절을 올리려고 하자 이하응이 막았다.

"일전에 대감께서 하명하신 일…… 누가 대왕대비마마를 은밀하게 만나는지 알아보았습니다."

"그자가 누구냐?"

"이조참의를 지낸 조호영입니다."

"음."

장순아의 말에 이하응은 자신도 모르게 신음을 삼켰다. 조호영은 60대 초반의 늙은이로 귀양을 가 있었다. 위인이 탐욕스럽고 색을 좋아했다. 안동 김씨가 정권을 잡은 뒤에 함경도 경흥 지방으로 귀양을 보냈었다.

"그자가 큰아기씨를 노리고 있습니다."

"큰아기씨를?"

"큰아기씨께서 서교도라고 대왕대비마마께 아뢰어 잡아들이라는 영을 받고 좌포도청으로 갔습니다. 속히 손을 써야 할 것 같아서 달려왔습니다."

이하응은 장순아의 말에 가슴이 철렁했다.

"그자들이 원하는 것이 무엇이냐?"

"대감을 섭정에서 물러나게 하고 왕비를 마음대로 간택하는 것입니다."

"조호영이 이런 술책을 부리고 있을 줄 몰랐구나. 너는 그만 돌아가거라. 네가 아니었으면 큰일 날 뻔했구나."

이하응은 일단 장순아를 대궐로 돌려보냈다. 그는 손님들을 모두 돌려보내고 민승호만 남게 했다.

"대왕대비가 조카를 미끼로 자형을 제거하려는 것입니다."

민승호가 그의 이야기를 듣고 주먹을 움켜쥐었다. 이하응은 눈에 핏발이 서는 것을 느꼈다. 그는 장순규를 불렀다.

"좌포도청에 가서 포도대장 이경하에게 내가 병이 났다고 하라."

좌포도대장 이경하는 신정왕후의 인척이었다.

"나리, 그렇게만 말씀합니까?"

장순규가 의아한 표정으로 물었다.

"그렇게만 전하라. 알아들을 것이다."

"예."

장순규가 머리를 조아리고 물러갔다.

"사람들을 불러 경비를 강화하고 조경호의 집에 가서 딸을 데리고 오너라."

이하응은 천희연에게 지시했다. 그의 딸은 서교도인 조기진의 아들 조경호에게 시집을 가 있었다.

"예."

천희연이 명을 받고 물러갔다.

"너희 둘은 좌포도청 앞에 있다가 조호영이 나오면 따라가서 자격하라."

이하응은 하정일과 안필주에게도 명을 내렸다. 자격하라는 것은 칼로 찌르라는 뜻이다.

"나리, 명줄을 끊습니까?"

"명줄은 붙여놓도록 하라."

하정일과 안필주가 명을 받고 물러갔다. 이하응의 집은 순식간에 긴장감에 휩싸였다.

"자형, 제가 좌포도청에 가보겠습니다."

만승호가 조용히 앉아 있다가 말했다.

"음."

이하응이 고개를 끄덕거렸다. 민승호는 그의 손발 노릇을 톡톡히 하고 있었다.

"이경하가 움직이지 못하도록 하겠습니다."

"부탁하네."

이하응이 민승호를 살피다가 고개를 끄덕거렸다. 민승호는 즉시 좌포도청으로 달려갔으나 이경하는 낙동 집에 있다고 했다. 민승호가 낙동으로 가자 이경하의 집은 불이 곳곳에 켜져 있고 포졸들이 삼엄하게 호위하고 있었다. 좌포도대장 이경하는 대청에 앉아서 천주교인들을 신문하고 있었다. 민승호는 이경하가 죄인들을 신문하는 것을 보고 눈살을 찌푸렸다.

"조경호의 부인 때문에 왔는가? 국태공 대감이 보냈군."

이경하가 민승호를 쓸어보면서 탐탁지 않은 표정을 했다. 천주교인들을 집에서까지 신문하고 죽이는 것은 과잉 충성이다. 그의 인물됨이 어떻다는 것을 알 수 있었다.

"대왕대비전의 하교를 따르시겠습니까?"

민승호가 이경하의 얼굴을 쏘아보면서 물었다. 조호영은 돌아갔는지 보이지 않았다.

"조경호의 부인은 임금의 누이입니다. 대감이 아무리 강직해도 왕명을 받지 않고 누이를 잡아들일 수는 없을 것입니다."

"네가 나를 협박하는 것이냐? 대왕대비전의 하교인데 누가 뭐라고 할 수 있느냐?"

이경하가 눈을 부릅뜨고 민승호를 노려보았다. 그의 눈에서 불이 일어나는 것 같았다.

"연산군조에 얼마나 많은 사람이 부관참시를 당했는지 아십니까?"

이경하는 대답을 하지 않았다. 부관참시는 죽은 뒤에 무덤을 파고 관을 꺼내 시체를 베거나 목을 잘라 거리에 내거는 극형으로, 지금 임금의 누이를 잡아들이면 후대에 그 대가를 치르리라는 뜻이었다.

"역모에 연루되었다고 해도 임금의 생친은 함부로 잡아들이지 않습니다. 임금의 허락을 받아야 한다고 대명률에 있습니다."

"돌아가게."

이경하가 씹어뱉듯이 잘라 말했다. 왕의 친인척이 죄를 지으면 임금에게 허락을 받고 체포와 심리를 해야 한다. 이하응의 딸을 체포하면 불법이 되는 것이다.

“오늘은 가지 않겠네. 하나 내일 조경호의 부인을 잡으러 갈 걸세.”

민승호가 걸음을 돌리려고 하자 이경하가 등 뒤에서 차갑게 말했다. 오늘 밤 안에 도망을 치든지 알아서 하라는 뜻이다.

***

이경하는 뜬눈으로 밤을 새웠다. 그는 밤새도록 잠을 이룰 수 없었다. 대왕대비전의 명을 따라야 했으나 조경호의 부인은 임금의 누나다. 이하응과의 한판 승부가 아니다. 임금은 15세가 되었으니 조만간 친정을 하게 될 것이다. 임금의 누이를 죽이고 어떻게 임금과 정사를 볼 수 있겠는가. 민승호의 말대로 죽은 뒤에 부관참시를 당할 수도 있다. 그는 천주교인들을 잡아 죽이는데 여념이 없었다. 신정왕후가 한번 영을 내리자 포졸들이 하루에도 수십 명씩 서교도들을 잡아왔다. 좌포도청이 미어터지는 바람에 그는 낙동의 집에 따로 감옥을 만들고 서교도를 신문한 뒤에 죽였다.

사람들은 그를 낙동의 염라대왕이라고 불렀다.

‘대왕대비전의 명을 거역할 수는 없다.’

이튿날 그는 포졸들 수십 명을 거느리고 조경호의 집으로 갔다. 그러나 조경호의 부인은 지난밤에 운현궁으로 가고 없었다. 그는 포졸들을 거느리고 운현궁으로 달려갔다. 그런데 운현궁이 어수선했다.

"무슨 일이냐?"

이경하는 청지기를 불러 물었다.

"우리 아씨께서 방금 돌아가셨습니다."

늙은 청지기가 소맷자락으로 눈물을 훔치면서 말했다.

"아씨라니. 누구를 말하는 것이냐?"

"조경호 나리에게 시집간 아씨요. 아침을 드시고 배가 아프다고 하더니…… 갑자기 운명하셨습니다."

이경하는 무엇인가 심상치 않은 일이 벌어지고 있다고 생각했다.

"합하께서는 계시느냐?"

이경하는 청지기에게 물었다.

"등청하셨습니다."

이경하는 난감했다. 이하응은 없고 서교도로 의심을 받은 딸은 죽었다.

'이하응이 딸을 죽여서 위기를 모면하려는 것인가?'

이경하는 생각이 거기에 미치자 소름이 끼치는 듯한 기분이 들었다.

'국태공이 딸을 죽인 것인가? 이는 내가 대왕대비의 명을 따르려고 했기 때문이다.'

이경하는 좌포도청으로 돌아오면서 기분이 미묘했다. 좌포도청은 여전히 서교도의 검거와 심문으로 어수선했다. 그는 가혹한 형벌을 중지시키고 낙동의 집으로 왔다. 둘째 아들 범윤이 서당에 가려고 늙은 종과 함께 집을 나서고 있었다. 아들은 그에게 인사도 하지 않고 서당을 향해 갔다.

'저놈이 왜 인사도 하지 않고 가는 거지?'

둘째 아들이 멀어지는 것을 쏘아보던 이경하는 벽에 종이가 붙어 있는 것을 보았다. 종이에는 붉은 글씨로 '낙동염라'라고 씌어 있었다.

'흥! 서교도를 죽인다고 이런 것들을 붙이는군.'

이경하는 벽에 붙은 글을 보고 코웃음을 쳤다.

***

자영은 해가 바뀌면서 수표교에 있는 유대치의 한약방을 찾아가지 않았다. 전국에서 서교도를 잡아 죽이느라고 아우성이었다. 백성들은 숨을 죽였고 조정 대신들도 바짝 몸을 낮추었다. 그러한 가운데 이하응의 딸이 갑자기 죽었다. 민씨는 통곡했고 장례는 조경호의 집에서 치러졌다.

'무언가 음모가 있는 것 같아.'

민승호는 침통한 표정으로 운현궁에서 일어난 일에 대해 입을 다물었다. 그러나 이경하가 딸을 잡아들이려고 하자 이하응이 독살했다는 소문이 은밀하게 나돌았다. 자영은 운현궁에서 들려오는 소식에 몸을 떨었다.

'참 얌전한 아씨였는데…….'

조경호의 부인은 27세밖에 되지 않았다. 이하응의 집을 왕래할 때 두어 번 본 적이 있었다.

"네가 자영이구나. 외삼촌이 네가 총명하다는 이야기를 많이 하더구나."

그녀는 자영에게 머리꽂이까지 선물했다. 그러한 그녀가 죽었다고 생각하자 가슴이 아팠다. 전국에서 피바람이 불고 있었으나 감고당 민자영의 집에는 초간택에 참여하라는 승정원의 기별이 왔다. 상의원에서는 옷감까지 내려왔다. 그러나 자영은 초간택일이 하루하루 가까이 다가오자 불안하고 초조해지기 시작했다. 이하응의 서원 철폐, 경복궁 중건으로 나라 안이 어수선한 데다 천주교 탄압까지 시작되어 불길했다. 게다가 영의정 조두순의 손녀딸이 간택에 참여하고 신정왕후가 조두순의 손녀딸을 중전의 재목으로 점찍고 있다는 소문까지 은밀하게 나돌았다.

민승호는 그 일 때문에 안절부절못하고 있었다.

안동 김문의 권신들이 아직도 건재하고 김병학은 좌의정으로 승차해 있었다. 이하응은 야인 시절부터 김병학과 친분을 두텁게 하고 있었다.

'아무래도 김병학의 딸이 간택에 참여할 게 분명해.'

정치란 무상한 것이다. 아침저녁으로 이합집산이 이루어지는 것이 정치다. 언제 어떻게 바뀔지 알 수 없어 자영은 초조하고 불안했다. 상의원에서 내려온 옷감은 송화색의 저고릿감 두 벌과 다홍치맛감 한 벌, 그리고 초록 견마기[唐衣]와 모시 속치맛감이 한 벌이었다. 선공감에서는 운혜(雲鞋, 신발)도 한 켤레 내려왔다.

'우리 자영이가 왕비가 되어야 하는데…….'

어머니 이씨는 식구들 몰래 새벽마다 정화수를 떠놓고 기도했다. 자영은 새벽마다 기도를 하는 어머니를 볼 때마다 가슴이 타는 것 같았다.

초간택날은 한겨울인데도 날씨가 화창했다. 겨울답지 않게 포근한 날씨였다. 감고당에는 아침 일찍부터 자영의 일가친척들이 몰려들었다. 민씨 일문에서 중전 간택에 참여하는 날이었다. 국혼은 일생에 한 번 있을까 말까 한 경사라 가깝고 먼 친척들이 찾아와 치하도 하고 장차 국모가 될지도 모를 규수를 구경하는 날인 것이다. 감고당은 자영의 일가친척들로 떠들썩했다.

자영은 조심스럽게 모든 일을 준비했다. 어머니 이씨와 민승호의 부인 이씨가 바느질을 잘하는 여인을 불러다가 밤을 새우며 옷을 지었다. 초간택에 참여하는 규수들은 복식이 똑같아야 했다.

위에는 송화색 명주 저고리를 입고 그 위에 덧저고리로 견마기를 입었다. 견마기는 초록색 당의였다. 치마는 다홍색인데 명주에 풀을 먹여 물방울이 구르도록 다듬어야 했다. 그것을 입으면 치마가 부챗살처럼 풍성하게 퍼졌다.

또 규수는 분을 바르는 것 외에는 얼굴에 일체 성적(成赤)을 하지 못하도록 엄격하게 금했다. 성적은 입체적 화장으로 이마가 사각 모양이 되게 족집게로 솜털을 뽑고, 눈썹을 초승달처럼 그리며, 얼굴에 연지와 곤지를 찍는 것이다.

자영이 단장을 모두 끝냈을 때 부대부인 민씨가 도착했다. 민씨는 국왕의 생모였다. 사람들이 황망히 민씨를 맞아들였다. 민씨는 자영의 방으로 가서 자영의 옷차림부터 살폈다.

"우리 자영이가 아름다움이 월궁항아 같구나. 어찌 이리 예쁠꼬?"

민씨는 진심으로 탄복했다. 성장을 한 자영은 서늘한 눈매로 인해 도도해 보이기까지 했다.

"모두가 언니의 하해 같은 은혜입니다."

자영은 조심스럽게 대꾸했다. 민씨가 찾아준 것이 눈물이 나올 정도로 고맙고 든든했다.

"여러 가지로 마음이 쓰일 줄 안다. 네가 비록 총명한 규수라고는 하나 이런 큰일을 앞에 두었으니 어찌 막막하지 않겠느냐? 나라에서는 천주교인들을 잡아 죽이느라고 아우성이다. 국혼을 앞에 두고 이 무슨 해괴한 일인지……."

민씨가 눈물을 글썽거렸다. 딸의 갑작스러운 죽음이 떠올랐는지 모른다.

"그건 그렇고 오늘이 간택일 아니냐? 대궐에 들어가면 몸가짐을 조심해야 한다. 너무 긴장하여 일을 그르치지 말고…… 눈앞이 캄캄해지거든 허벅지 살이라도 꼬집어서 정신을 수습하도록 해라."

"예."

"나는 먼저 대궐에 들어가야 한다. 뒤따라 들어오너라!"

민씨가 몸을 일으켰다.

"언니, 고맙습니다."

자영은 민씨에게 머리를 조아렸다. 민씨는 그녀에게 12촌이었다. 민씨가 새삼스럽게 자영의 얼굴을 살폈다.

"자영아, 너는 천주교인을 긍휼히 여겨야 한다."

민씨는 자영을 딸처럼 귀여워하고 있었다.

"명심하겠습니다."

"그래."

민씨가 자영의 손을 꼭 잡았다가 놓았다. 자영은 아름다웠다. 자영의 나이 열여섯, 한창 물이 오른 규수의 나이인지라 자태는 부용 같고 살빛은 뽀얗게 희었다. 부대부인 민씨가 대궐로 떠난 뒤 자영도 서둘러 가마를 타고 대궐로 향했다. 한길엔 사람들이 구름처럼 모여 있었다. 그들은 국왕의 간택에 참여하는 규수의 가마를 보려고 아우성이었다.

'이제 나는 대궐로 들어간다.'

자영은 가마 안에서 입술을 가만히 깨물었다. 자신에게 어떤 운명이 닥쳐올지 예측할 수 없었으나 어떤 가시밭길이라도 헤쳐 나갈 것이라고 다짐했다.

가마가 창덕궁을 향해 나아갔다. 민승호가 앞에서 가마를 인도했다. 자영은 밖을 내다볼 수는 없었으나 사람들이 웅성거리는 소리를 들을 수는 있었다. 그들의 소리가 귓전을 간지럽혔다.

"저 가마가 감고당 민 규수의 가마라지?"

"민 규수는 학문이 뛰어나다며? 인현왕후의 후손이라니 오죽하겠어?"

사람들이 수군거리는 소리를 뒤로하고 가마가 창덕궁 앞에 멎었다. 자영은 가마에서 내려 궁문 턱을 넘을 때 미리 준비해놓은 솥뚜껑의 꼭지를 밟고 넘었다. 무슨 까닭인지는 알 수 없었으나 신부가 처음 시댁 문지방을 넘을 때 솥뚜껑 꼭지를 밟는 것은 민간에서도 전해지는 풍속이었다. 궁문을 넘어서는 다시 가마를 탔다. 가마는 인정전을 돌아 중희당 앞에 멎었다. 그곳엔 초간택을 받기 위해 모인 규수들의 가마가 30여 채나 있었다. 모두 쟁쟁한 양반가의 규수들이고, 학문과 재색이 빼어난 규수들이었다.

'규수들이 이렇게 많이 모였으니…….'

자영은 또다시 불안이 엄습해왔다.

중희당 앞뜰은 아침부터 시끌벅적했다. 규수들의 안내를 맡은 나인들과 의장고(義仗庫)의 가마꾼들이 나라의 큰 행사를 맡아 부산하게 움직였다. 청룡, 백호의 의장기가 하늘 높이 펄럭이고 규수들을 위해 청(淸), 홍(洪), 황(黃), 흑(黑)의 사색 개(蓋, 일산)가 마련되었다. 개는 사(紗)로 이루어진 양산 모양의 의장이었다.

나인들은 차례로 규수들을 중희당의 큰방으로 안내했다. 그곳은 차비(差備)로 불리는 방으로 일종의 대기실이었다. 이윽고 30명의 아름다운 규수들이 중희당의 큰방에 모였다. 규수들의 몸에서 꽃향기가 진동했다. 그 안에는 좌의정 김병학의 딸과 영의정 조두순의 손녀딸도 섞여 있었다. 자영이 보기에 두 규수는 지극히 아름다웠다. 특히 김병학의 딸은 여자인 자영의 가슴까지 울렁거리게 할 정도로 아름다웠다.

'우물이야.'

자영은 입술이 타는 것 같았다. 우물(尤物)은 가장 좋은 물건을 말하는데, 여자에게 쓰일 때는 경국지색의 미인을 뜻한다. 김병학의 딸은 그 정도로 아름다웠다. 자영은 맹렬한 질투심을 느꼈으나 내색하지 않았다.

규수들은 각양각색이었다. 송화색의 노랑 저고리와 다홍치마, 초록색 견마기를 똑같이 입었으나 키도 각각이고 몸매도 각각이었다. 얌전하게 앉아 있는 규수가 있는가 하면 초조하여 얼굴이

하얗게 변한 규수도 있었다.

자영은 태연하게 앉아서 기다렸다. 이내 간선(揀選)이 시작되었다. 간선은 선을 보이는 것이었다. 중희당의 넓은 대청에 발을 치고 규수들이 차례로 나가서 간선자인 왕족들에게 절을 하는 것이다. 그날 소년 왕은 나와 있지 않았다. 자영은 재황이 보이지 않아 서운했으나 간선이 끝나자 중희당에서 점심을 대접받고 감고당으로 돌아왔다.

점심으로는 왜반기상(倭盤只床)에 국수장국, 신선로, 김치가 놓여 있었고 또 하나의 상에는 화채가 놓여 있었다. 화채는 후식이었다.

자영이 집으로 돌아오자 일가친척들이 다시 모여들었다. 일가친척들은 자영에게 궁중에서 있었던 일을 이것저것 캐물었으나 자영은 재간택에 뽑혔다고만 대답했다. 기분이 착잡했다. 중희당에서 간선을 보이던 일이 몇 번이나 머릿속에 떠올랐다.

"민 규수는 대왕대비전에 사배를 올리시오."

차례가 되어 자영이 중희당의 대청으로 나가자 시립해 있던 늙은 상궁이 근엄한 표정으로 말했다. 자영은 상궁 나인들의 부축을 받아 조심스럽게 사배를 올렸다. 지엄한 대왕대비전이었다. 그러나 발이 가려 있어 간선자들의 얼굴을 볼 수 없었다.

"민치록의 딸입니다."

다만 발 건너편에서 폐부를 찌르는 듯한 이하응 특유의 낮은 목소리를 들을 수 있었다.

"대감, 민치록이 누굽니까?"

50대 여인의 기품 있는 목소리였다.

"대왕대비마마, 여양부원군의 후손입니다."

"오, 그럼 인현왕후의 인척이 아니오?"

"그러하옵니다."

"대감, 그러면 저 규수도 재간택에 넣도록 하시오."

"황송하옵니다. 하나 아비 되는 민치록을 여의어서……."

"영상의 손녀딸도 조실부모하지 않았소? 개의치 마시오."

민치록의 딸을 재간택에서 제외하면 영의정 조두순의 손녀딸도 재간택에 넣을 수 없는 것이다. 신정왕후는 그런 까닭으로 한사코 민자영을 재간택에 넣으라고 하였다.

"그럼 분부받자옵겠습니다."

이하응은 마지못해 응하는 척했다. 자영은 신정왕후와 이하응의 얘기를 들으며 이하응에게 배신을 당한 것 같은 기분이었다. 자세한 내막을 알 수 없었으나 영의정 조두순의 손녀딸을 위해 자신이 들러리를 서는 듯한 기분을 떨쳐버릴 수 없었다.

자영은 새벽에야 간신히 잠이 들었다. 이튿날도 일가친척 때문에 집 안이 부산했다. 자영은 방에 얌전하게 앉아서 책을 읽었다. 사람들이 수군거리는 소리는 귓전으로 흘려들었다.

'왕비가 되고 싶다.'

자영은 때때로 책에서 시선을 떼고 허공을 쏘아보았다.

'왕비는 왕과 함께 조선을 다스린다.'

자영은 그런 생각을 하면서 가슴속에서 무엇인가 뜨거운 것이 치밀고 올라오는 듯한 기분이 들었다.

재간택은 초간택일로부터 보름 후에 실시되었다. 초간택에 뽑힌 일곱 명의 규수들이 다시 중희당에 모였다.

"네가 민치록의 딸이구나."

그날은 대청에 발이 쳐 있지 않았다. 신정왕후는 자영이 인사를 올리자 만면에 홍조를 띠었다.

"예."

자영은 조심스럽게 대답했다. 그러나 그것으로 끝이었다. 자영은 신정왕후에게서 찬바람이 도는 것을 느꼈다.

"지엄한 자리이니 민 규수는 시선을 아래로 향하고 아미는 살짝 들도록 하십시오."

노상궁이 근엄하게 말했다.

"예, 항아님."

자영은 노상궁의 지시대로 시선을 내리깔고 고개를 살짝 들었다. 중희당의 넓은 방에 신정왕후가 좌정해 있고 그 옆으로 왕대비 홍씨, 대비 김씨가 그림처럼 앉아 있었다. 이하응은 대청 문 쪽에 부대부인 민씨와 함께 서 있었다.

"감고당의 민 규수는 물러가도록 하라."

신정왕후의 목소리는 얼음처럼 싸늘했다.

"예."

자영은 다소곳이 대답하고 차비 방으로 물러나왔다. 신정왕후의 싸늘한 목소리를 생각하자 두 다리에 맥이 풀렸다. 재간택에서 떨어진 것이 분명하다는 생각에 눈앞이 캄캄하기까지 했다.

***

재간택의 간선을 모두 마친 중희당의 넓은 방에서는 신정왕후와 두 대비, 그리고 이하응 사이에 한담이 오가고 있었다. 간선을 마친 뒤의 가벼운 설렘과 흥분에서 오가는 한담이었다.

"어떻소. 대감, 이제 간선을 마쳤으니 삼간택에 올릴 규수들을 가려야 하지 않겠소?"

신정왕후는 만면에 온화한 미소를 짓고 있었다. 그러나 눈꼬리에서는 무서운 살기가 쏟아지고 있었다. 얼음 가루가 날릴 것처럼 차가운 눈빛이었다. 그녀는 이하응이 두려웠다. 이하영은 조호영을 칼로 찔러 겨우 목숨만 붙여놓게 하였고 자신의 딸까지 독살했다.

"내 딸을 죽인 자가 누구인지 알고 있다."

이하응은 조호영의 집에 와서 그렇게 말했다. 문병을 하러 온 것이 아니라 경고를 하러 온 것이다.

"그러하옵니다. 대왕대비마마."

이하응이 머리를 깊숙이 숙였다. 신정왕후는 그를 섭정의 자리에서 몰아내고 정권을 장악하려고 하고 있었다.

"어떻소? 대감께서 세 규수를 뽑으시겠소?"

"대왕대비마마께서 하교해주십시오."

"내가요?"

신정왕후는 가당치도 않다는 듯이 좌우의 두 대비를 돌아보았다. 그러나 기쁜 표정이 역력했다. 왕비를 뽑는 일은 대궐의 가장 어른인 대왕대비의 몫이다. 그러나 팽팽하게 대립하고 있는 이하응이 자신이 선택하겠다고 나설 줄 알았는데 뜻밖이었다. 신정왕후 옆에 앉은 왕대비 홍씨와 대비 김씨는 조용히 미소만 짓고 있었다. 그들은 자신들이 나설 계제가 아니라는 것을 너무나 잘 알고 있었다.

"대왕대비마마께서 세 규수를 뽑아주십시오."

"그럼 이 늙은이가 세 규수를 간선하리다."

"예."

이하응은 신정왕후의 얼굴을 주시했다. 대비들도 상궁들도 마른침을 삼키면서 신정왕후를 주시했다.

"먼저 감고당의 민 규수."

신정왕후가 자영을 삼간택에 올리는 것은 영의정 조두순의 손녀딸을 위한 들러리로 삼기 위해서였다.

"당연한 간선입니다."

이하응이 맞장구를 쳤다.

"다음은 좌상 김병학의 영애 김 규수."

"타당한 간선입니다."

이하응은 신정왕후의 간선에 조금도 반대하지 않았다. 신정왕후의 얼굴에 다시 미소가 떠올랐다.

"마지막으로 영의정 조두순 대감 댁의 조 규수."

"지당하신 간선입니다."

이하응의 예상대로였다. 대비들도 가만히 고개를 끄덕거리고 있었다. 예상대로 왕비 후보가 뽑혔다는 뜻이었다.

"나는 세 사람의 규수를 간선했소. 이제 세 규수 중에 대감이 중전을 간선하시오."

신정왕후가 여전히 미소를 띤 얼굴로 이하응을 응시했다. 신정왕후는 이하응이 자신에게 양보할 것이라고 생각했다. 그것이 대궐의 법도이고 관례였다.

"예."

이하응은 잠시 뜸을 들였다. 이하응도 잔뜩 긴장하고 있었다. 그러나 이하응의 입에서는 엉뚱한 말이 흘러나왔다.

"대왕대비마마. 중전의 재목은 대왕대비마마께서 가려주십시오."

"내가요?"

신정왕후의 입이 다시 함지박만 하게 벌어졌다.

"그러하옵니다. 신은 감당하기가 어렵습니다."

"아니오. 대감은 주상의 생친, 당연히 대감이 뽑아야 도리일 것이오."

"하오나 존엄하신 두 분 대비마마께서 계시고 왕실의 가장 어른이신 대왕대비마마께서 계신데 신이 어찌 중전의 재목을 간선합니까?"

"대감, 중전의 자리요. 국모의 자리이기도 하지만 사사로이는 대감의 며느리요. 대감이 뽑아도 크게 흉이 되지 않소."

신정왕후는 이하응이 다시 한 번 사양해줄 것을 기대했다. 한시바삐 중전의 재목으로 영의정 조두순의 손녀딸을 점지하기를 기대하면서 이하응을 재촉했다.

"대왕대비마마의 분부가 지엄하여 신이 감히 받들지 않을 수가 없습니다. 받들지 않으면 불충이고 대왕대비마마의 아름다운 뜻을 저버리는 일이 될 것입니다. 대왕대비마마의 이러한 하교는 조정 대신들도 모두 기쁘게 받아들일 것이고 종친들도 아름다운 일이라고 칭송할 것입니다."

이하응이 조용히 입을 열기 시작했다. 신정왕후와 두 대비는 잔뜩 긴장하여 이하응의 입을 주시했다.

"대왕대비마마, 신은 대왕대비마마의 뜻을 받들어 감고당의 민규수를 중전의 재목으로 점지하옵니다."

신정왕후의 눈이 커졌다. 어리둥절한 표정이었다. 아니 믿어지지 않는다는 표정이었다.

"신이 보건대 감고당의 민 규수는 인현왕후의 혈손으로 그 가문의 어진 성품을 이어받아 눈에는 정기가 흐르고 자태에는 총기가 넘치고 있습니다. 또한 규수로서는 드물게 서사에 두루 통하고 있는지라 중전의 재목으로 짝을 찾기 어려운 규수입니다."

신정왕후는 입을 딱 벌린 채 할 말을 잊었다. 얼굴은 창백하게 질려 있었다.

'이럴 수가!'

신정왕후는 몸이 부르르 떨렸다. 청천벽력과 같은 일이었다. 신정왕후는 눈앞이 캄캄해져왔다. 이하응이 선동과 계략의 달인인 줄은 알고 있었으나 이 정도이리라고는 예상조차 못했다.

"기사관은 오늘의 일을 빠짐없이 기록했느냐? 대왕대비전의 아름다운 말씀을 상세하게 기록하라."

이하응이 기사관들에게 영을 내렸다.

"예."

기사관들이 일제히 대답했다. 이하응은 이 순간을 위하여 신정왕후를 잔뜩 추켜세웠고 그녀가 이하응에게 간선하라고 한 말을 뒤집지 못하도록 쐐기를 박은 것이다.

'깨끗하게 당했어.'

원래 감고당의 민 규수는 영의정 조두순의 손녀딸을 중전으로 간택하기 위한 들러리에 지나지 않았다. 그런데 거꾸로 영의정 조두순의 손녀딸이 감고당의 민 규수를 위해 들러리를 선 셈이 되었다.

"과연 잘 고르셨소."

신정왕후는 침통하게 내뱉었다. 눈에서 불길이 일어나는 것 같았다. 그러나 두 대비들 앞에서 이하응이 선택을 하면 무조건 따르겠다고 했으니 거부할 명분이 없었다.

신정왕후는 대왕대비전으로 올라오자 너무나 화가 나서 견딜 수가 없었다. 이하응에게 이용당했다는 생각을 하면 할수록 피가 역류하는 듯한 기분이었다.

신정왕후는 칭병을 하고 며칠 동안 정사를 보지 않았다. 이하응에 대한 불만과 항의의 표시였다. 그러나 이하응은 문병조차 오지 않았다. 명색이 수렴청정을 하는 대왕대비였다. 신정왕후는 화가 머리끝까지 치솟아 소년 왕과 이하응을 대왕대비전으로 불렀다.

"찾아계십니까. 대왕대비마마."

이하응이 탁한 목소리로 물었다. 그의 눈에 핏발이 서 있는 것 같았다.

"그렇습니다."

신정왕후의 얼굴이 차갑게 빛났다. 이하응이 두렵기는 했으나 이대로 당하고 있을 수는 없다고 생각했다.

"긴요한 일이 있어 외람되이 두 분을 불렀습니다. 이젠 수렴청정을 거두겠습니다."

신정왕후의 입에서 중대선언이 터져 나왔다. 소년 왕이 흠칫하는 표정을 지었으나 이하응은 눈썹 하나 까딱하지 않았다.

"주상의 보령이 열다섯입니다. 열다섯이면 성년이 아닙니까? 게다가 중전까지 맞이하게 되었으니 나 같은 노파가 발 뒤에 앉아서 청정을 하는 것은 번거로운 일입니다."

"황송하옵니다. 삼가 대왕대비마마의 분부를 받들겠습니다."

이하응이 낮게 말했다. 신정왕후는 눈썹을 꿈틀했다. 수렴청정을 거두겠다고 하면 한사코 철회해달라고 부탁을 하는 것이 신하된 자의 도리였다. 철회해달라고 애원하면서 석고대죄를 해야 한다. 그런데 이하응은 당연한 일이라는 듯이 신정왕후의 말을 수용하고 있었다.

'아차! 내가 또 당했어!'

신정왕후는 아찔했다. 수렴청정을 거두겠다고 하면 이하응이 만류를 할 것이고, 그 기회를 노려 중전 간택 문제를 다시 거론할 생각이었다. 그러나 수렴청정을 거두겠다는 그녀의 말을 이하응이 수용할 태세를 보이자 신정왕후는 가슴이 철렁했다. 혹을 떼려다 혹 하나를 더 붙인 격이었다.

"앞으로는 대감이 주상을 보필하여 모든 국사를 처결하시오."

그러나 이미 엎질러진 물이었다. 신정왕후는 전신을 부르르 떨며 앙칼지게 내뱉었다.

"황송하옵니다. 대왕대비마마."

이하응이 머리를 떨어뜨리면서 빙긋이 웃었다. 신정왕후는 피가 나도록 입술을 깨물었다.

이하응은 끝내 수렴청정을 거두겠다는 신정왕후를 만류하지 않았다.

음력 2월 13일의 일이었다. 신정왕후는 중희당으로 시원임대신들을 불러들여 수렴청정 철폐를 선포했다. 대신들이 혹시 만류하지 않을까 해서였다. 그러나 그것은 신정왕후의 착각이었다.

"모두들 들으시오. 아무것도 모르는 늙은이가 발을 늘이고 정사를 보는 것은 나라에 큰 불행이 있어서 만부득이 그렇게 한 일이었소. 그러나 주상이 혈기왕성한 때에 이르렀으니 더 이상 청정을 하는 것은 백해무익한 일이라 나는 이제 궁중 아녀자로 돌아가겠소."

신정왕후의 목소리는 찬 서리가 내리는 것같이 냉랭했다.

"대왕대비마마, 계해년 겨울에 선왕께서 창졸지간에 승하하시어 모든 신하와 백성들이 어찌할 바를 모르고 있었습니다. 이러한 때에 대왕대비마마께서 큰 계책을 마련하시어 금상전하를 옹립하시고 유충하신 전하를 깨우쳐주고 도와주고 하여 오늘에 이르렀습니다. 이제 주상 전하께서 정사를 도맡아 처결할 수 있게 되었사오니 이것은 모두 대왕대비마마의 공덕입니다."

영중추부사 정원용이 신정왕후의 업적을 형식적으로 치하한 뒤에 수렴청정 철폐를 당연한 일이라는 듯이 말했다.

'괘씸한 늙은이!'

신정왕후는 치를 떨었다. 그러나 돈령부 영사 김좌근, 영의정 조두순, 돈령부 판사 이경재, 좌의정 김병학, 우의정 유후조까지 신정왕후의 수렴청정 철폐를 기정사실로 받아들였다. 이하응의 회유와 협박에 굴복한 것이 분명했다.

"우리 전하는 한창 때고 성인의 학문은 날을 따라 일취월장하고 있습니다. 이때 대왕대비마마의 교지를 받들게 되니 참으로 경사스러운 일입니다."

대신들이 일제히 아뢰자 분노조차 느껴지지 않았다.

'모두가 이하응에게 붙었어.'

신정왕후는 참담한 기분을 억누를 수 없었다. 그녀는 비로소 자신의 시대가 끝났다는 사실을 절감했다.

3월 7일, 마침내 민치록의 딸 민자영을 조선조 제26대 국왕 재황의 왕비로 맞아들인다는 조칙이 승정원을 통해 반포되었다. 경복궁의 화재와 천주교인의 탄압으로 나라 안이 온통 술렁거렸으나 국혼은 차질 없이 진행되었다.

대혼은 납채례(納采禮, 신랑 집에서 신부 집에 혼인을 청하는 의식)로 시작되었다. 납채례는 3월 9일, 납징례(納徵禮, 신랑 집에서 신부 집으로 예물을 보내는 의식)는 3월 11일, 고기례(告期禮)는 3월 17일, 대혼과 책비례(册妃禮, 책봉하는 예식)는 3월 20일, 친영례(親迎禮,

신랑이 신부를 맞아들이는 예식)는 안동별궁에서 3월 21일, 상견례(相見禮, 신랑과 신부가 마주 보고 절을 하는 예식)는 3월 22일 인정전에서 문무백관의 하례를 받으며 거행되었다.

이로써 한말 풍운의 주인공이 될 명성황후가 탄생하게 되었다. 명성황후의 당시 나이는 16세. 무너져가는 조선왕조를 한 몸으로 버티기에는 너무도 어린 나이였다.

10

소년 왕과 소녀 왕비

왕비를 맞이하는 행사는 오랫동안 계속되었다. 재황은 왕비를 맞이하는 친영례, 책봉을 하는 책비례, 종묘에 제사를 지내는 고기례 등을 여러 날에 걸쳐 하고 마침내 동뢰를 하게 되었다. 동뢰는 부부가 첫날밤을 보내는 행사다. 민간에서는 신랑 신부가 동뢰상 앞에 마주 앉아 술잔을 주고받은 뒤 신랑이 신부의 족두리를 벗기고 옷고름을 풀면서 첫날밤이 시작된다.

왕과 왕비의 첫날밤도 크게 다르지는 않다. 그러나 조선 팔도를 다스리는 왕과 왕비의 첫날밤이었다. 궁녀들은 동뢰를 위하여 왕비를 목욕시키고 무거운 대례복 대신 소례복으로 갈아입힌다. 소례복은 분홍색이고 속치마와 속저고리는 눈처럼 하얀 색이다. 간택을 할 때는 성적을 하지 못하게 하지만 첫날밤에는 신부가 가장 아름다워야 하기에 상궁들이 달라붙어 화장을 시켜준다. 신부의 얼굴에 천연 진주 가루로 분을 바르고 미묵으로 눈썹을 그린다. 입술에는 주사(朱沙)를 바르고 볼에는 연지곤지를 찍는다. 속옷은 비단이라 꽃잎처럼 부드럽다.

왕도 대례복을 벗고 평복을 입는다.

3월이다. 전국에서 천주교 박해의 피바람이 불어 눈물과 곡성이 한창일 때 어린 왕과 왕비는 신혼 첫날밤을 맞이하고 있었다.

재황은 등롱을 든 내시를 따라 편전을 나섰다. 3월인데도 대궐에 벚꽃이며 복사꽃이 활짝 피어 꽃 숲을 이루고 있었다.

왕은 대궐에서 움직일 때도 보련을 탄다. 그러나 소년 왕인 재황은 걸어서 중궁전으로 갔다. 등롱을 든 내시가 황급히 앞에 서고 궁녀들이 줄줄이 뒤를 따랐다. 중궁전에도 벚꽃이며 살구꽃이 만개했다. 코를 벌름거리지 않아도 꽃향기가 진동을 했다.

'왜 하필 감고당 아줌마를 왕비로 삼은 것일까?'

재황은 어른들의 결정이 납득되지 않았다. 감고당의 민 규수는 예쁜 얼굴이지만 범접하기 어려운 기상이 있다. 기품이 있는 여자지만 말을 붙이기가 은근히 망설여졌다.

'그래도 이제는 왕비야.'

왕비니 그의 색시가 되는 것이다. 남녀의 야사(夜事)에 대해서는 이미 잘 알고 있었다. 지난가을부터 침전을 돌보던 상궁 이씨와 잠자리를 같이했다. 재황보다 나이가 열두 살이나 더 많지만 그녀의 가슴에 안겨 있으면 따뜻하고 아늑했다.

"주상 전하 납시오."

중궁전에 이르자 내시가 목청을 가다듬어 소리를 질렀다. 중궁전에 있던 내시와 궁녀들이 일제히 몰려나와 머리를 조아렸다.

재황은 중궁전으로 들어서자 궁녀들에게 둘러싸인 새 왕비 자영을 보았다. 자영은 일어나서 다소곳이 고개를 숙이고 있었는데 마치 꽃이 피어난 것 같았다.

'아름답구나.'

재황은 가슴이 설레었다. 잠저에 있을 때 자영을 몇 번 본 일이 있었다. 그때도 자영이 예쁘다고 생각했으나 수줍어서 말을 건넨 일이 없었다.

'아줌마가 더 예뻐졌구나.'

재황은 속으로 그렇게 생각했다. 재황이 동뢰상 앞에 앉자 궁녀들이 자영을 동뢰상 앞에 앉혔다. 자영은 여전히 고개를 숙이고 있었다.

"전하, 동뢰연을 시작하겠습니다."

제조상궁이 아뢰었다.

"그리하라."

재황이 낮게 말했다. 그도 자영의 앞이라 긴장이 되었다.

중궁전 상궁들이 좌우에 서서 먼저 재황의 잔에 술을 따르고 이어 자영의 잔에 술을 따랐다. 재황이 잔을 들자 자영도 잔을 들었다. 재황이 술을 마시자 자영도 살짝 입술을 축이고 내려놓았다. 대궐의 숲 어디선가 접동새 우는 소리가 들렸다.

"전하 관을 벗으옵소서."

재황이 익선관을 벗자 의대상궁이 관을 받았다. 곤룡포는 일어나서 벗었다. 자영은 미동도 하지 않고 있었다.

"전하, 중전마마의 관을 벗겨주옵소서."

재황은 자영에게 가까이 다가갔다. 자영의 머리에 씌워진 화관에 손을 얹자 궁녀들이 화관을 벗긴다. 임금은 모든 일을 손수 하지 않는다. 화관을 벗자 자영의 수려한 미모가 드러난다. 재황은 목이 말라온다.

"이제 전하께서 옷고름을 풀어주셔야 합니다. 중전마마께서는 당의를 벗으옵소서."

예방상궁의 말에 따라, 자영이 당의를 벗는 시늉을 한다. 그러자 궁녀들이 양쪽에서 당의를 벗겨준다. 궁녀들은 소례복의 저고리 옷고름을 풀고 저고리와 풍성한 치마를 벗을 때까지 시중을 든다. 첫날밤이라고 해도 왕과 왕비의 시중을 든다.

"신들은 원앙금침 깔아놓고 물러갑니다. 이제 화촉동방을 밝히옵소서."

재황과 자영이 속옷 차림이 되자 궁녀들이 물러간다. 그러나 완전히 물러가는 것은 아니다. 노상궁들이 귀에 솜을 넣고 밤새도록 문밖에서 대기한다. 재황은 어둠 속의 자영을 살핀다. 매미 날

개 같은 속저고리 사이로 자영의 가슴이 희미하게 드러나 있다.

"아줌마."

재황의 말에 자영이 화들짝 놀라서 고개를 든다. 어둠 속에서 그녀의 얼굴이 하얗게 빛을 발한다.

"이제 우리는 부부가 되었소."

재황이 손을 뻗어 자영의 손을 잡아당겼다. 자영은 다소곳이 재황의 품에 안겼다. 재황의 입술이 그녀의 입술에 얹히고 재황의 손이 그녀의 가슴을 더듬는다. 자영은 순식간에 불덩어리처럼 달아오른다.

***

여름이 오고 있다. 온 세상을 파랗게 물들일 듯이 푸르디푸른 여름이 오고 있다. 문을 열어놓으면 구중궁궐의 녹원이 청정한 녹향을 뿜어대고 있다. 대궐에 빽빽한 누각과 전각들 사이사이로 신록이 무성해지는 것을 보면서 자영은 여름이 오고 있다고 생각한다.

자영은 보고 있던 책장에서 시선을 거두고 낮게 한숨을 떨어뜨렸다. 여름이 오고 있다는 생각이, 재황이 한낱 상궁 출신의 궁녀에 빠져 있다는 생각이 자영의 가슴을 아프게 하고 있었다. 그 생각을 할 때마다 자영은 가슴으로 묵직한 통증이 훑고 지나가는 것 같은 기분을 느꼈다. 그러나 누구에게도 내색할 수 없었다.

나이가 어려도 국모요, 왕비였다. 한 나라의 왕비로서 체통을 지켜야 했다. 투기를 해서도 안 되고 할 수도 없었다. 여염 사대부가에서도 투기는 칠거지악이라고 하여 엄히 다스리고 있었다.

재황은 자영과 국혼을 치르기 전부터 궁녀 이씨를 가까이하고 있었다. 스물일곱 살의 궁녀라고 했다. 자영은 그 사실을 처음 알았을 때 날카로운 비수로 가슴을 찔린 것처럼 쓰라렸다.

자영은 그때부터 깊은 시름에 잠기기 시작했다. 처음 얼마 동안은 궁중 생활을 익히기에 여념이 없어 그 생각을 할 겨를이 없었다. 그러나 하루 이틀 시일이 흐르자 외로움이 밀려오기 시작했다. 궁중은 오히려 사가보다 더욱 쓸쓸했다.

재황은 국혼을 치르고 나서 자영과 겨우 두 번 잠자리를 같이했을 뿐이다. 그 뒤에는 대조전 대청을 사이에 두고 동온돌과 서온돌에 따로 떨어져 잠을 자거나 이 상궁의 처소에 가서 잠을 자고는 했다. 동온돌은 동쪽 방으로 왕의 침실이고 서온돌은 왕비의 침실이다. 이 두 방을 합쳐 대조전, 또는 곤전이라고 불렀고 안주인의 별칭을 따라 중궁전이라고 부르기도 했다.

자영은 궁중 생활의 엄격함 때문에 처음엔 숨조차 쉴 수가 없었다. 궁중 어느 곳에서도 혼자 떨어져 있을 수가 없었다. 그러나 아침 수라가 끝나고 나면 약간의 시간이 있었다. 자영은 그 시간을 이용해 책을 읽거나 후원을 산책했다.

재황은 아침 일찍 수라가 끝나면 정전에 나가 문무백관들의 조참(朝參)을 받기도 하고 희정당에서 대소정무에 임어하기도 했다. 신정왕후가 수렴청정을 거둔 후 재황이 친정을 하고 있었으나 형식뿐이었고 실질적으로는 이하응이 정사를 좌지우지하고 있었다.

'사람의 운명이란 이상한 거야.'

자영은 인현왕후를 떠올리며 상념에 젖었다. 숙종대왕이 요화 장희빈에게 빠져 있을 때 인현왕후는 적막한 나날을 보내야 했다. 공규(空閨)의 세월이었다. 게다가 천품이 어질고 착한 인현왕후는 장희빈의 모함을 받고 사가로 내쫓긴 뒤 3년 동안이나 쓸쓸하게 살다가 복위되었다. 그러나 복위의 기쁨도 잠깐, 인현왕후는 폐비 시절에 얻은 병으로 책 한 권을 남기고 죽고 만다. 그 책이 바로 《인현왕후전》이다. 자영은 그 책을 읽을 때마다 인현왕후의 전철을 밟지 않으리라고 모질게 결심했다.

'이씨라는 무수리는 어떤 여자일까?'

자영은 이따금 재황의 승은을 입고 총애를 받고 있는 궁녀가 궁금했다. 아직 영보당에 기거하는 그녀를 한 번도 본 일이 없었다. 승은을 입었다는 것은 임금과 잠자리를 같이했다는 뜻이었다. 승은을 입는 것은 결코 쉬운 일이 아니었다.

왕의 침실에는 잠을 잘 때도 직숙상궁이 넷이나 방 밖에서 숙직을 했고 어보를 옮길 때는 수십 명의 상궁과 내관들이 시종에 나서곤 했다. 또 궁녀가 임금의 침실로 불려올 때는 수십 명이나 되는 상궁들의 따가운 시선을 한 몸에 받아야 했다. 자영은 중궁전 서온돌에서 나왔다.

"중전마마, 어디 행차하시나이까?"

지밀상궁이 재빨리 따라 일어나 허리를 숙였다.

"후원이나 거닐어야겠구나."

자영이 짙푸른 녹음을 내다보면서 말했다.

"차비하겠습니다."

"연(輦)을 준비할 필요는 없다. 후원을 거닐 것이다."

"예."

지밀상궁이 허리를 숙이고 뒷걸음으로 물러갔다.

"박 상궁 밖에 있느냐?"

"예, 중전마마."

문밖 대청에서 박 상궁의 목소리가 들렸다. 사가에서 몸종으로 데리고 있던 간난이였다.

"박 상궁도 함께 가자꾸나."

"예, 중전마마."

자영은 서온돌 방을 나서 대청으로 나왔다. 시녀상궁과 무수리들이 벌써 월대 양쪽으로 갈라서서 수행할 준비를 하고 있었다. 무수리들은 분홍색 저고리를, 상궁들은 하늘색 저고리를 입고 있었다. 상궁과 무수리들은 직급에 따라 옷의 색이 달랐다.

자영은 중궁전 월대를 내려와 집상전 쪽으로 걸음을 떼어놓았다. 집상전 옆의 옥천이라는 개울을 건너면 조그만 숲이 있고, 자경전을 지나면 부용정과 춘당지가 있다. 춘당지는 대궐에서 가장 큰 연못이었다. 부용정은 2층 누각으로 건축된 아름다운 정자였다. 자영은 집상전 뒤의 숲으로 가까이 갔다. 숲이 청정했다. 초여름의 햇살이 녹향을 뿜어대는 숲과 전각의 지붕 위에서 깃발처럼 펄럭거리고 있었다.

그때 젊은 내관이 어깨를 잔뜩 늘어뜨리고 춤을 추듯이 우쭐우쭐 걸어오는 것이 보였다. 그 내관은 중궁전 내시로 임금의 동정을 전하는 승전색이다.

"중전마마."

내관이 자영에게 허리를 깊숙이 숙였다.

"김 내관, 주상 전하께서는 어디 계시는가?"

자영은 환하게 미소를 지으며 김 내관을 응시했다.

"희정당에서 정무를 보고 계십니다."

"오늘 정무는 무엇에 관한 것인가?"

"호서 지방의 기민에 관한 것입니다."

"호서 지방의 기민?"

자영은 아미를 살짝 찡그렸다. 호서 지방은 작년에 흉년이 들었고 아직 하곡(夏穀)이 생산되지 않아 수많은 기민이 발생하였다는 장계가 전라 감영으로부터 올라와 있었다.

"그러하옵니다."

"그래, 논의는 어찌 되었는가?"

"국태공 저하의 주청대로 결정되었습니다."

국태공은 이하응을 일컫는 말이었다.

"어떻게?"

김 내관이 얼굴을 찌푸렸다. 희정당에서 논의된 기민 구휼 문제를 아직 솜털도 가시지 않은 어린 왕비에게 낱낱이 보고해야 할 일이 난감했다.

"국태공 저하께서 호서 지방의 21개 읍(邑), 진(鎭)의 기민 11만 6356호(戶)에 미조(米組) 9492석(石)을 분급하겠다고 하셨습니다."

미조는 탈곡을 하지 않은 벼를 말하는 것이었다. 호서 지방에 기민이 11만 호가 넘는다는 것은 수십만의 백성들이 굶주리고 있다는 뜻이었다.

"김 내관, 대신들이 모두 찬성했는가?"

"일부는 찬성하고 일부는 반대했습니다."

"원임대신들이 반대를 했겠구나?"

"그러하옵니다."

김 내관은 자신도 모르게 머리를 조아렸다. 나이 어린 왕비가 희정당에서 논의된 일을 훤히 알고 있는 것이 신기하기까지 했다.

"주상 전하께서는 말씀이 있었는가?"

"주상 전하께서는 말씀이 없으셨습니다."

"알았네. 물러가도록 하게."

재황이 이하응 앞에서 아무 말도 없었다는 것은 뚜렷한 식견이 없는 것이라고밖에 할 수 없었다. 자영은 한 시간쯤 후원을 산책하다가 중궁전으로 돌아왔다. 점심 수라 시간이 가까워져 있었다.

오후가 되자 자영은 경복궁 중건 역사를 재개하는 것에 대한 논의가 중희당에서 이루어지고 있다는 얘기를 김 내관에게 전해 들었다. 중희당에 모인 대신들은 영의정 조두순을 비롯해 좌의정 김병학, 영돈령부사 김좌근, 흥인군 이최응 등이었고, 이하응은 원납전을 다시 거두어들이고 사대부가의 묘역에 있는 나무나 함경도에 있는 거목들을 베어서 재목으로 쓰고 사대문을 지나는 사람들에게 문세(門稅)를 거두어들이라는 영을 내렸다고 했다.

'이하응은 역시 과감한 인물이야.'

자영은 경복궁 중건 역사를 재개하는 것을 찬성했다. 경복궁 중건은 왕실의 위엄을 되살리는 일이었다. 그리고 그것은 자영의 앞날과도 밀접한 관계가 있었다.

"김문에서는 반대를 하지 않던가?"

"영돈령부사 김좌근, 좌의정 김병학 대감 등이 백성들에게 과중한 부담이 된다고 역사를 재개하는 것을 반대했습니다."

김 내관의 대답이었다.

"그래서 어찌 되었는가?"

"국태공 저하께서는 원납전을 다시 거둬들인다고 하셨습니다. 원납전 1만 냥을 내면 상민들이라고 해도 벼슬을 주고 10만 냥을 내면 방백 수령 자리를 주시겠다고 하셨습니다. 또 4대문을 왕래하는 사람들에게 문세를 거두고 전결(田結)의 세금까지 인상하신다고 하셨습니다."

"사학죄인들에 대해서는 아무 논의가 없었는가?"

"국태공 저하께서 사학죄인들을 토벌하느라고 민심이 흉흉해져 있으니 농사철만이라도 사학죄인들을 다스리는 일을 중지하라고 하셨습니다. 얼마 전 충청도 진천에서 한 여아가 운현궁을 찾아와 포졸들이 어린아이들까지 마구 죽이고 있으니 서학군을 죽이는 일을 금지해달라고 청했다고 하옵니다."

"포졸들이 어린아이까지 죽인다는 말인가?"

자영은 가슴이 아릿하게 저렸다.

"그러하옵니다."

"세상에 어찌 이런 무법한 일이 있는가?"

"부대부인 마님께서 그 얘기를 듣고 크게 통곡하셨다고 하옵니다."

"그랬겠지."

자영은 고개를 끄덕거렸다. 부대부인 민씨가 서학군을 긍휼히 여기라고 신신당부하던 일이 머릿속에 떠올랐다.

"국태공 저하께서는 진천 현감을 파직하시고 포도대장을 불러 사학죄인들을 잡아들인답시고 백성들을 토색질하는 자들을 엄벌하라고 분부를 내리셨다고 하옵니다."

자영은 김 내관의 말에 가만히 고개를 끄덕거렸다. 이하응은 확실히 백성들을 사랑하고 있었다. 원납전을 거두어들이며 문세를 징수하는 일도 사실상 양반과 토호들을 상대로 하는 정책이었다.

"지방 백성들의 형편은 어떻다고 하는가?"

"아뢰옵기 황공하오나 흉년과 질병으로 백성들이 굶주리고 있다고 하옵니다."

"사학 때문에 억울하게 죽임을 당하는 백성들은 없는가?"

"중전마마, 배교를 하는 백성들은 살려준다고 하옵니다."

"백성들이 배교를 했으면 좋겠구나. 목숨은 귀한 것인데……."

"그러하옵니다. 주상 전하께서 《척사윤음(斥邪綸音)》을 반포한 것은 혹세무민에 빠진 백성들을 구하기 위함이지 백성들을 해치려는 뜻이 아니라 하옵니다."

《척사윤음》은 헌종 때 검교제학으로 있던 대신 조인영이 지은 것으로 유교를 숭상하고 사학의 그릇됨을 알리기 위해 임금이 내린 윤음이었다. 백성들을 설득하는 내용으로 되어 있었다.

윤음은 원래 임금이 새해가 되면 팔도의 백성들에게 농사를 권장하기 위해 내리는 글이었으나 기해년 들어 천주교 박해의 수단으로 이용되었고, 병인년에도 그 예를 따라 《척사윤음》을 반포한 것이다.

'서교도 박해가 이 나라에 큰 화를 미치겠구나.'

자영은 김 내관을 물러가라 이르고 곰곰이 생각에 잠겼다.

***

깃발이 하늘 높이 펄럭였다. 양화진의 드넓은 백사장으로 군사들이 말을 타고 달려와 도열했다. 금위영, 어영청, 총융청 등 각 군과 진영의 군사들이 깃발을 펄럭이면서 달려와 양화진의 백사장에 살벌한 기운이 감돌았다. 이하응은 말을 타고 양화진에 이르러 대(臺)에 올랐다. 안개비가 내리는 가운데 한강 양화진에는 많은 군사들이 몰려와 있었다. 이하응이 각 군영에 군사들을 소집하라는 영을 내린 것이다. 병조판서 이규철을 비롯하여 각 군영의 영장(營將, 군영의 장수)들이 모두 어리둥절한 표정을 짓고 있었다.

"각 군영은 녹슨 병기들을 갈고 닦고 군적에 있는 병사들과 실제 병사들이 맞는지 철저하게 점검하라."

이하응이 영장들을 쏘아보면서 영을 내렸다.

"예!"

영장들이 일제히 머리를 조아렸다.

"아울러 각 군영은 대완구 5문, 소완구 20문을 확보하도록 하라."

이하응이 잇달아 영을 내리자 병조판서 이규철이 얼굴을 찡그렸다. 그는 전쟁이라도 목전에 닥친 것처럼 다그치는 이하응을 이해할 수 없었다.

"아버님 어찌 군사를 점검하는 것입니까? 백성들이 불안해하고 있습니다."

이재면이 의아한 표정으로 물었다.

"서교도를 죽이지 않았느냐? 불란서인 아홉 명도 죽였는데 불란서에서 그냥 있겠느냐?"

이하응은 빗속에 우두커니 서 있는 군사들을 쏘아보았다. 군사들의 모습이 어쩐지 추레해 보였다.

"외국이 침범한다는 징조가 하나도 없습니다."

"외침은 미리 대비해야 하는 것이다. 침략을 해온 뒤에는 대비해도 때가 늦다."

이하응의 뒤에는 병조참의 이휘복과 병조참지 이윤수가 서 있었다. 이휘복은 과거에 급제하자마자 병조참의에 임명되어 조정을 깜짝 놀라게 했다.

'국태공이 대완구에 밝은 이휘복을 발탁한 것은 전쟁이 닥쳐올 것이라고 생각하기 때문이야.'

병조판서 이규철은 이하응의 갑작스러운 군사 사열이 심상치 않다고 생각했다.

이하응이 사열대에서 내려와 군사들을 살피기 시작했다. 이하응은 예조판서 이흥민을 대동하고 있었다. 경상우도 병마절도사를 지낸 이용희와 좌포도대장을 지낸 이경하도 수행하고 있었다.

"무엇이 가장 부족한가?"

"합하, 군사를 점검하는 것은 옳은 일이나 각 군영의 재정이 어려운 상황입니다."

이용희가 난색을 표시했다. 그는 이하응이 안동 김씨를 몰아내면서 경상도에서 불러올린 무장이다. 무장들 중에는 양헌수, 한성근, 신헌 같은 인물도 보였다. 그들은 안동 김씨 정권에서는 빛을 보지 못한 이들이었다. 서교도들에 대한 대대적인 탄압은 조정에도 새바람을 몰고 왔다. 신정왕후가 서교도들을 탄압할 때 이하응은 안동 김씨들을 하나씩 숙청하여 절반을 몰아냈다.

"군사들의 요미(料米, 급료로 주는 쌀)가 밀리고 있습니다."

"이제 경복궁 공사도 어느 정도 끝났으니 재정이 어렵지는 않을 것이오."

이하응이 고개를 끄덕거렸다. 경복궁 중건과 육조 관청에 대한 대대적인 수리는 굶어 죽어가던 백성들의 숨통을 틔어주었다. 이하응이 사대부와 부자들로부터 원납전을 거두어들여 공사에 동원된 장정들에게 임금을 지불하면서 오히려 서민 경제가 살아난 것이다.

이하응은 양화진에서 군사들을 사열하고 대궐로 돌아왔다. 그는 빈청에 앉아서 깊은 생각에 잠겼다. 재정이 어려워 나라 살림이 엉망이었다. 국방을 충실하게 하고 나라를 부강하게 하려고 해도 부패가 만연해 있었다. 경복궁 중건은 민력을 혹사시키는 것이 아니라 굶주리는 백성들에게 일을 시키고 노임을 지불하여 굶주림을 면하게 하려는 고육책이었다.

이하응은 조정의 비리를 척결해야 한다고 생각했다. 그는 북경에서 돌아온 이흥민을 대사헌에 임명하여 사정의 칼날을 날카롭게 세웠다. 지방에는 천하장안을 보내 수령들의 탐학을 보고하게 했다.

이하응이 퇴청하여 운현궁으로 돌아오자 박유봉이 사랑에 와 있었다.

"남양 부사는 할 만한가?"

이하응은 빙긋이 웃으면서 박유봉에게 물었다.

"대감 덕분에 위패에 이름 석 자를 올리게 되었습니다."

박유봉은 남양 부사를 사직하러 왔다고 했다.

"그 좋은 자리를 어찌 사직하겠다는 것인가?"

"대감에게 좋은 소식과 나쁜 소식이 있습니다."

"나쁜 소식은 무엇인가?"

이하응이 얼굴빛이 변하면서 물었다.

"해가 가기 전에 병란이 있을 것입니다."

"서교도 때문이겠지. 그래서 부사직을 버리고 산으로 들어갈 셈인가?"

이하응은 천주교 박해가 시작되었을 때 전쟁이 일어날 것이라고 예측하고 국방을 강화하고 있었다.

"산이라…… 산이 참 좋을 것 같습니다."

박유봉이 절묘하다는 듯이 무릎을 쳤다.

"좋은 소식은 무엇인가?"

"왕손을 보실 것 같습니다."

"왕손?"

이하응은 박유봉의 말에 깜짝 놀랐다.

"왕손을 잘 보호해야 합니다. 사직의 존망이 그의 손에 달려 있습니다."

"정궁인가?"

정궁은 왕비를 말하는 것이다.

"아닙니다."

이하응은 고개를 끄덕거렸다. 정궁이 아니라면 영보당 이 상궁이 왕자를 생산한다는 뜻이다. 왕비에게서 왕자가 태어난다면 더 바랄 것이 없겠지만 후궁 중에서 태어나도 상관이 없다. 열다섯 살의 소년 왕이 이 상궁을 가까이한다는 말을 들었을 때 어리다고만 생각했을 뿐 아이를 잉태하게 될 것이라고는 생각하지 못했다.

'허허. 임금이 왕자를 생산한다는 말인가?'

이하응은 고개를 절레절레 흔들었다.

***

나뭇잎이 검푸르게 살랑거리고 있다. 한바탕 소나기라도 퍼부으려는 것일까. 자영은 대왕대비전에 문후를 드리고 돌아오다가 걸음을 멈추고 나뭇가지를 쳐다보았다. 서쪽 하늘로 검은 구름이 몰려오고 살매 들린 바람이 불고 있었다.

'바람이 어쩐지 불길해.'

자영은 이상하게 가슴이 뛰는 것을 느꼈다. 중궁전으로 돌아오자 궁녀들이 웅성거리고 있다가 황망히 머리를 조아렸다.

"무슨 일이냐?"

자영이 박 상궁에게 물었다.

"영보당 이 상궁이 회임을 했다고 합니다."

자영은 가슴이 쿵 하고 내려앉는 것을 느꼈다. 재황이 이 상궁을 가까이하는 것은 알았으나 아기까지 잉태할 것이라고는 생각하지 못했다. 재황은 이제 열다섯 살일 뿐이다.

'이 상궁이 아기를 낳으면 내 자리가 위태로울 것이다.'

자영은 서온돌로 돌아와 보료에 앉았다. 궁녀들 앞에서 내색하지는 않았으나 기분이 좋지 않았다. 이 일을 어떻게 해야 좋지? 자영은 대궐 안에 이런 일을 의논할 사람이 없다는 사실이 쓸쓸했다.

"친가에 가서 수일 내에 대궐에 드시라고 하여라. 들어오실 때는 책 좀 빌려 오라 하고……."

자영은 박 상궁을 친가로 내보냈다. 무엇인가 큰일이 벌어지고 있는 느낌이 들었으나 대책을 세울 수 없었다.

'야속하구나. 나는 정실인데 첩을 가까이하여 아기를 잉태하다니…….'

자영은 재황이 서운했다. 저녁때가 되자 빗발이 뿌리기 시작하더니 밤이 되자 굵은 빗줄기가 장대질을 하기 시작했다. 재황이 오지 않았기에 자영은 밤이 늦도록 책을 읽었다. 거의 매일같이 되풀이되는 일이었다.

'제왕의 곁에는 많은 여자들이 있다. 이들을 투기하면 끝이 좋지 않다.'

자영은 중국의 고사를 읽다가 고개를 흔들었다. 중국의 고사는 비록 모함을 받아 죽는다고 하더라도 어질어야 한다고 씌어 있었다. 자영은 인현왕후를 떠올렸다. 인현왕후는 어질고 착한 여인이었으나 사랑하는 남자인 숙종에게 버림을 받았다. 임금에게 버림을 받으면 비참하게 살아야 한다, 성종의 왕비였던 폐비 윤씨는 사약을 받고 죽었다.

'어질고 착한 것만이 좋은 것은 아니다.'

자영은 책을 덮고 밖을 내다보았다. 이튿날 비가 오는데도 친가에서 어머니 이씨와 민승호의 부인 이씨가 들어왔다.

"어머니."

자영은 이씨를 와락 끌어안았다.

"이제는 중전마마이시고 이 나라의 국모이신데 어찌 아직도 아기처럼 어미 품에 안기십니까?"

이씨가 웃으면서 자영의 등을 두드려주었다.

"언니, 어서 오세요."

자영은 올케 이씨의 손을 잡고 반갑게 맞이했다.

"마마, 이제는 마마께서 하대를 하셔야 합니다."

올케 이씨가 궁녀들의 눈치를 살피면서 난처한 듯이 말했다.

"괜찮습니다. 궁중의 법도가 지엄하긴 하나 사사로운 자리인데 어떻겠습니까?"

제조상궁 윤씨가 눈웃음을 치면서 말했다.

"제조상궁은 소주방에 일러 맛있는 음식 좀 들이라고 하세요."

"마마, 그리하겠습니다. 마마께서는 소인에게 하대를 하셔야 합니다."

윤 상궁이 허리를 숙이고 물러갔다.

"너희들도 물러가 있거라."

자영이 궁녀와 내시들에게 지시했다. 궁녀와 내시들이 일제히 물러갔다.

"새 중전마마가 기상이 추상같다는 말이 있더니 과연 서릿발 같으십니다."

올케 이씨가 궁녀들이 물러가는 것을 보고 감탄하여 말했다.

"사람이 그렇게 하겠습니까? 자리가 그렇게 만드는 것입니다."

자영이 올케 이씨에게 눈을 흘기는 시늉을 했다.

"이 상궁이 임신을 했다는 말을 들었습니다. 마마는 젊으니 언제든지 회임을 할 수 있습니다. 심려하지 마세요."

어머니 이씨가 자영의 손을 잡고 위로했다.

"그럼요. 중전마마는 이제 열여섯 살입니다. 조만간 회임을 하여 원자 아기씨를 생산하실 것이니 걱정하지 마세요."

올케 이씨도 자영을 위로했다.

"네. 알았어요."

"집에 마땅한 패설(稗說, 소설)이 없어서 세책방에 가서 사 왔습니다. 마마께서 책을 좋아하시니 이거라도 보세요."

올케 이씨가 책 보따리를 자영 앞에 내놓았다. 자영이 보자기를 풀어서 살피자 언문으로 되어 있는 《춘향전》과 《심청전》 같은 책들이 가득했고 《무미랑전》과 《삼국지연의》, 《열국지》 같은 중국 소설도 있었다. 자영은 《춘향전》과 《심정전》은 보자기에 다시 쌌다.

"어떠세요? 마음에 드세요?"

올케 이씨가 자영의 눈치를 살피면서 물었다.

"네. 마음에 들어요. 이것들은 본 책이니 다시 가져가세요."

자영은 보자기에 싼 책을 올케 이씨에게 돌려주었다. 비는 밤에도 계속 왔다. 자영은 《무미랑전》을 펴서 읽었다. 《무미랑전》은 중국 당나라의 황후, 중국 최초의 여황제라고 불리는 측천무후에 대한 책이었다.

'사람들은 그녀를 악녀라고 부르지만 그녀가 다스릴 때 당나라는 가장 번성했다.'

여자의 몸으로 천하를 다스린 측천무후를 생각하자 잠이 오지 않았다. 그녀의 남자, 재황은 오늘 밤에도 이 상궁의 처소에서 돌아오지 않고 있었다.

***

날이 점점 더워지고 있었다.

대궐의 숲은 초록빛으로 무성해지고 매미가 시끄럽게 울어댔다. 농사철 내내 가뭄이 들어 농민들을 애타게 했던 비도 장마철이 되자 시원하게 쏟아져 가뭄이 말끔하게 해갈되었다. 그러나 장마철이 지나가자 불볕더위가 기승을 부리고 있었다. 대궐도 녹음이 우거졌으나 덥기는 마찬가지였다. 풀잎 하나 까딱하지 않는 더위가 며칠째 계속되어 짜증스럽게 했다.

'어디로 가지?'

재황은 중희당을 나서자 걸음을 멈추고 녹원을 우두커니 쳐다보았다. 날씨가 후텁지근했다. 공기는 건조했고 더위는 숨이 막힐 것 같았다. 그러나 그를 더욱 짜증 나게 하는 것은 아버지 이하응이었다. 이하응은 재황이 소년 왕이 된 지 일 년이 되면서부터 사정없이 개혁을 단행하고 있었다. 서원 철폐로 전국의 유림을 들끓게 하더니 천주교 박해, 경복궁 중건으로 한순간도 쉴 짬이 없었다. 이하응은 모든 것이 강압적이었다.

'영보당에나 갈까?'

영보당에는 재황이 총애하는 상궁이 있었다. 나이가 스물일곱 살이라 누나처럼 포근한 느낌이 들면서도 사랑스러웠다.

"주상, 중궁을 멀리해서는 안 되옵니다."

그러나 이하응의 당부를 생각하자 선뜻 영보당으로 걸음이 떨어지지 않았다. 게다가 이 상궁은 회임을 하여 몸가짐을 삼가야 했다.

"조강지처를 멀리하면 반드시 응보를 받습니다."

그것은 당부가 아니라 엄한 명령이었다. 재황은 자신도 모르게 중궁전으로 걸음을 떼어놓기 시작했다. 이하응을 거역할 자신이 없었다. 이하응의 차고 날카로운 눈빛이 뒤통수를 쏘아보고 있는 듯한 기분이었다.

재황은 이하응에게 잊을 수 없는 상처를 갖고 있었다. 언젠가 이하응은 담력을 키운다면서 공덕리 뒷산에 있는 공동묘지에 다녀오라고 했다. 재황은 비가 오는 밤에 공동묘지에 가는 일이 너무나 무서웠다. 그는 공동묘지에 가지 않겠다고 버티며 울었다.

"이놈! 사내놈이 어찌 이리 나약하느냐? 내가 천하를 너에게 주려고 하는데 너는 고작 귀신 따위가 두렵다는 말이냐?"

이하응은 재황에게 사정없이 회초리를 때렸다.

"나리, 어찌 싫다고 하는 것을 억지로 시킵니까?"

그때 어머니 민씨를 찾아온 자영이 말했다.

"어린 것이 어디라고 어른의 일에 나서느냐? 썩 물러가라."

이하응이 쩌렁쩌렁 울리는 목소리로 호통을 쳤다.

"나리께서 어떤 큰 뜻을 가지고 있는지 소녀는 알 수 없으나 담력이 크지 않아도 상관이 없습니다. 담력이 크지 않으면 담력이 큰 사람의 도움을 받으면 되고, 지략이 없는 사람은 지략이 있는 사람의 도움을 받으면 됩니다."

"그러면 네가 재황이를 돕겠느냐?"

"재황이는 제 조카입니다. 조카이니 당연히 돕겠습니다."

"그렇다면 네가 공동묘지에 다녀오거라."

이하응은 당돌한 자영에게 버럭 소리를 질렀다.

"그렇게 하겠습니다."

재황이보다 더 놀란 것은 이하응이었다. 그러나 자영은 비가 오는 한밤중에 공덕리 뒷산의 공동묘지에 올라가서 이하응이 꽂아놓은 칼을 가지고 돌아왔다.

"허허. 내가 졌다. 어떤 사내가 너와 같은 담력을 갖고 있겠느냐? 큰일을 도모할 때 가장 중요한 것이 무엇이냐?"

이하응은 입을 다물지 못했다. 사내들이라고 해도 공동묘지에 다녀오는 일을 두려워할 것이다.

"사람을 모으는 일입니다."

자영이 낭랑한 목소리로 대답했다.

재황은 그때 자영의 모습을 잊을 수 없었다. 어쩌면 저리도 당당할 수 있을까. 나는 남자로서 너무 창피하구나. 비를 흠뻑 맞고 돌아온 자영에게서는 이 세상 사람이 아닌 듯 요기까지 느껴졌다.

"네가 나를 가르치는구나. 평생 동안 우리 재황이 옆에 있어주면 좋겠구나."

이하응이 탄복하여 자영에게 말했다. 재황은 이하응과 자영이 하는 말을 알아들을 수 없었다. 재황은 그들보다 학문이 짧았다. 어릴 때부터 귀하게 자라 이하응이 다그치는데도 게으름을 피우기만 했다. 그러나 왕이 되고, 자영이 왕비가 되어 그의 곁으로 오자 무슨 뜻인지 확연히 깨달을 수 있었다.

재황은 그때의 일이 떠오를 때마다 기이한 수치심을 느꼈다.

재황은 느릿느릿 중궁전으로 걸음을 떼어놓았다. 숲에서 줄기차게 울어대던 매미들도 더위에 지쳤는지 궐 안이 갑자기 조용했다. 희디흰 햇살만 궐 안의 잿빛 기와지붕과 숲, 그리고 마른 대지 위에 작열하고 있었다.

"중전은 아니 계시느냐?"

대조전 서온돌은 덩그러니 비어 있었다.

"예. 중전마마께서는 경복궁에 납시었습니다."

"경복궁에?"

재황은 가슴이 답답한 기분이 들었다. 경복궁 중건의 대역사는 거의 끝나가고 있었다. 이 더운 날씨에 자영이 그곳에 갔다는 것이 믿어지지 않았다.

재황은 서온돌 방에 들어가 보료 위에 앉았다. 자영의 방이었다. 방 안에서 여자의 희미한 살냄새와 함께 분 냄새가 풍겼다.

"내 잠시 여기서 쉬겠노라."

재황은 익선관을 벗고 화문석 돗자리 위에 누웠다. 상궁들이 황급히 베개를 대령했으나 물러가라 이르고 목침을 베고 눈을 감았다. 아버지의 얼굴이 또 선하게 눈앞에 떠올라왔다. 그는 얼굴을 찡그렸다. 경연이 끝나자 이하응은 부패한 이조전랑 이민학을 참수형에 처하라고 영을 내렸다. 대신들이 지나치게 가혹하다고 일제히 반대했다.

"이조전랑이라는 자가 벼슬을 사고팔았소. 일찍이 대왕대비마마께서 부패한 관리를 도끼와 작두로 엄단하겠다는 영을 내린 바 있소."

이하응이 냉랭하게 내뱉었다.

"서산 전 군수 오병선, 천안 전 군수 김복용, 고성 전 군수 이국녕과 전전 군수 김주호, 신계 전 현령 송희성, 양천 전 현감 이보응, 시흥 전 현령 성재건, 남포 전 현감 김양연, 회덕 전 현감 이인익, 음성 전 현감 이헌춘과 전전 현감 윤우현, 연기 전 현감 이유열, 황간 전 현감 김주진이 비록 경중은 있지만 모두 뇌물을 받고 백성들을 수탈했으니 엄벌에 처해야 할 것입니다."

대사헌이 아뢰었다. 재황은 이하응을 쳐다보았으나 그는 고개를 돌리고 있었다.

"그리하라."

재황은 대신들의 청을 윤허했다.

"전라도에서 올라오는 세곡은 국가 재정의 절반을 차지하고 있습니다. 하나 전라도 아전의 농간이 심하니 본보기로 몇을 잡아다가 능지처사해야 할 것입니다."

"그리하라."

재황은 대신들의 말을 모두 윤허했다.

"군왕이 어찌 그리 식견이 없습니까? 그래서 식견이 없는 왕이라는 말이 돌고 있는 것입니다. 그리하라, 그리하라…… 군왕이 그 말밖에 하지 못합니까? 사리를 분별하여 대신들의 잘못을 꾸짖도록 하십시오."

경연이 파하자 이하응이 재황을 매섭게 꾸짖었다. 재황은 이하응이 꾸짖을 때마다 가슴속에서 반발심이 끓어오르는 것을 느꼈다.

***

자영은 경복궁에서 돌아와 대왕대비전으로 향하면서도 생각이 많았다. 신정왕후가 수렴청정을 철수하면서 친정이 시작되었으나 재황은 허수아비에 지나지 않았고 모든 정사는 이하응이 처리하고 있었다. 춘추전국시대 중국 진나라 시황제의 부친으로 국태공이라는 자리에 올라 막강한 권세를 휘두르던 여불위처럼 '국태공 분부'라는 한마디에 삼천리강토가 벌벌 떨었다. 자영은 대왕대비전을 향해 천천히 걸음을 떼어놓았다. 천주교 박해와 경복궁 중건을 계기로 모든 권력이 이하응에게 쏠리고 있었다. 놀라운 추진력이었다. 안동 김문과 풍양 조씨 일문도 이하응의 위세 앞에서 바짝 긴장하여 숨을 죽이고 있었다.

'재황은 성품이 우유부단하다.'

왕이 성품이 우유부단하면 간신들이 활개를 친다. 지금은 이하응 때문에 대신들이 꼼짝을 못하지만 그가 물러나면 조정이 혼란에 빠질 것이다.

대궐의 숲에서 매미가 울고 있다. 길고 지루한 여름은 언제까지 계속될 것인가. 자영은 이마에 흐르는 땀을 손등으로 훔치면서 걸음을 재촉했다.

"대왕대비마마, 중전마마 드셔 계십니다."

자영이 대청으로 올라서자 발 앞에 앉아 있던 상궁 장씨가 재빨리 일어서며 신정왕후에게 고했다. 장 상궁은 이하응이 대궐에 심어놓은 첩자였다.

"드시라 이르게."

안에서 신정왕후의 카랑카랑한 목소리가 들렸다.

"중전마마, 어서 드시옵소서."

장 상궁이 발을 걷었다. 대왕대비전에는 조성하 형제가 앉아 있다가 황망히 몸을 일으키며 허리를 숙였다.

"이리 앉으시오."

자영이 대례를 올리자 신정왕후가 함박웃음을 지으며 옆자리를 가리켰다. 자영은 익종대왕의 대통을 이었기에 신정왕후에게는 며느리가 된다.

"황송하옵니다."

자영은 옆으로 약간 비켜 앉았다. 마주 앉지 않는 것이 웃어른에 대한 예의였다.

"중전마마, 신 조성하 형제 문후드리옵니다."

자영이 자리에 앉자 조성하 형제가 절을 했다.

"일찍이 홍원식 형제가 단수묘아하다는 얘기를 들었는데 이제 보니 두 분은 홍원식 형제를 능가하는 것 같습니다."

자영은 활짝 웃으며 조성하 형제를 칭찬했다.

"풍양 조씨 일문의 준재들이오."

신정왕후가 기쁜 표정으로 말했다. 조카들에 대한 칭찬이 싫지 않았던 것이다. 신정왕후는 자영이 영의정 조두순의 손녀딸을 누르고 국모로 간택되자 이하응에 대한 깊은 배신감을 느끼고 수렴청정까지 철회했었다. 마음속으로는 이를 갈았으나 겉으로 드러내어 말하지 않고 있었다.

"대사성 대감, 요즈음 황해가 시끄럽다던데 사실인가요?"

자영은 조성하 형제에게 깍듯이 공대를 했다. 조성하는 젊은 나이인데도 성균관 대사성을 맡고 있었다.

"그러하옵니다. 중전마마."

조성하가 공손히 대답을 했다.

"그들은 아직도 황해에 있나요?"

그들이란 황해도 일대에 나타난 외국 상선을 말하는 것이다. 외국의 상선들까지 조선에 통상을 요구하고 있었다.

"그러하옵니다."

신정왕후는 조용히 미소만 짓고 있었다.

"그들이 원하는 것은 무엇인가요?"

자영이 조성하와 조영하를 살피면서 물었다. 조영하의 화려한 옷차림으로 보아 사치와 향락을 일삼는다는 시중의 소문이 거짓이 아닌 것 같았다.

"중전마마, 그들은 조선과 통상하기를 원한다고 하옵니다."

조성하가 신정왕후의 눈치를 살피면서 물었다.

"통상이면 서로 장사를 하자는 것이 아닙니까?"

"그러하옵니다."

"그쪽에서는 우리에게 무엇을 팔겠다고 합니까?"

"자세히는 알지 못하오나 서양 비단이라고 하옵니다."

"비단이라면 우리나라에서도 많이 나오거늘……."

자영은 가만히 고개를 흔들었다. 비단이라면 조선에서도 생산되고 중국에서도 들여올 수 있다. 그것을 굳이 서양인들과 교역을 해야 할 이유는 없는 것이다.

자영은 조성하와 조영하와 담소를 나누었다. 조영하는 신정왕후의 5촌 조카이니 자영과도 인척이 되는 것이다.

자영이 대왕대비전에서 나와 중궁전으로 들어오자 재황이 서온돌에서 낮잠을 자고 있었다.

'아!'

자영은 자신도 모르게 얼굴에 홍조를 띠었다. 사랑하는 지아비였다. 그러나 그 지아비가 영보당 이 상궁을 총애하고 자신을 멀리하고 있었다. 자영은 그리움과 원망이 담긴 눈빛으로 재황을 내려다보다가 앞에 앉아서 부채질을 하기 시작했다.

***

재황이 눈을 뜨자 자영이 한가하게 부채질을 하고 있었다. 재황은 깜짝 놀라 벌떡 일어나려고 했다. 시간이 얼마나 된 것일까. 중궁전 서온돌로 서산으로 넘어가는 햇살이 사선으로 비껴들고 있었다.

"전하, 누워 계세요. 여기가 전하의 집입니다."

자영이 환하게 미소를 지었다.

"석강에 늦겠소. 아버님께서 꾸중을 하실 것이오."

재황은 이하응의 얼굴을 떠올리고 눈빛이 어두워졌다.

"첩이 기별하였습니다. 전하께서 쉬신다고……."

자영이 잔잔하게 웃으면서 재황을 안았다.

재황은 다시 자리에 누웠다. 자영이 대처를 잘하여 석강에 나가지 않아도 된다고 생각하자 안심이 되었다. 방 안은 조용했다. 방문을 활짝 열어놓았으나 임금이 잠을 자고 있기에 궁녀와 내시들은 숨을 죽이고 있었다. 해가 뉘엿뉘엿 기울어 뜰에 긴 그림자가 비치고 있었다.

"아줌마…… 아니 중전은 무엇을 하고 있었소?"

재황이 멋쩍은 표정으로 웃었다.

"전하의 얼굴을 들여다보고 있었습니다."

"허, 내 얼굴에 무엇이 묻기라도 했소?"

"그럴 리가 있습니까?"

"하면 어찌하여 내 얼굴을 들여다보고 있었소?"

"아직까지 첩은 전하의 얼굴을 자세히 보지 못했습니다."

재황은 어리둥절했다.

"어찌 그렇소? 내 얼굴을 자세히 보지 못하다니……."

"전하는 존귀하신 분입니다. 감히 우러러보는 것도 불경입니다. 그래서 전하께서 쉬고 계실 때 몰래 훔쳐본 것입니다."

자영이 웃고 있는데 역광을 받아 꽃이 핀 것 같았다.

"그래 내 얼굴을 보니 어떻소?"

"아름답고 또 아름답습니다."

"부끄럽게 그게 무슨 말이오?"

"첩의 지아비이니 아름답습니다. 첩이 사랑하는 정인이니 아름답습니다."

재황은 가슴이 뛰고 얼굴이 붉어졌다. 자영이 그의 손을 가만히 잡았다. 눈에는 하나 가득 웃음기가 감돌고 있었다.

"아줌마…… 미안하오. 사저에 있을 때 감고당 아줌마라고 불러 자꾸 그렇게 부르게 되는 것 같소."

"괜찮습니다. 정겨워서 좋아요."

잠시 대화가 끊겼다. 재황은 자영의 손을 만지작거리기만 했다.

"무슨 책을 읽고 있소?"

재황이 침묵을 깨고 입을 열었다.

"《동국이상국집》입니다."

"동국 이상국이라면?"

"고려 말의 문신 이규보가 아닙니까. 〈절화행〉이라는 시가 아주 재미있습니다."

"어디 봅시다."

재황이 일어나 앉았다. 자영이 이규보의 문집을 펼쳤다.

"진주 이슬 머금은 모란꽃을…… 미인이 꺾어 들고 창 앞을 지나며…… 살짝 웃음 짓고 낭군에게 묻기를…… 꽃이 예뻐요, 제가 예뻐요…….”

자영이 구슬이 구르는 것 같은 낭랑한 목소리로 읽기 시작하자 재황이 따라 읽기 시작했다.

“낭군이 짐짓 장난을 섞어서…… 꽃이 당신보다 더 예쁘구려…… 미인은 그 말 듣고 토라져서…… 꽃을 밟아 뭉개며 말하기를…… 꽃이 저보다 더 예쁘시거든…… 오늘밤은 꽃을 안고 주무세요…….”

두 사람은 어깨가 닿을 듯이 나란히 앉았다. 재황은 자영의 옆에서 시를 읽자 새근대는 숨결을 느낄 수 있었고, 그녀의 그윽한 향기를 맡을 수 있었다.

***

재황이 자영을 꼭 끌어안았다. 재황의 가쁜 숨결이 그녀의 귓전에 쏟아졌다. 재황은 얼굴에 땀까지 흥건하게 흘리고 있었다. 자영은 눈을 감은 채 기꺼운 표정을 짓고 있었다. 재황과 수라를 같이 들고, 재황과 저녁 산보를 하고, 재황과 사랑을 나누었다.

재황이 그녀에게서 몸을 일으켜 일어나려고 했다.

“전하, 일어나지 마세요.”

자영이 재황의 귓전에 가만히 속삭였다. 궁녀들이 멀리 물러나 있는 중궁전은 물속처럼 조용했다.

"알았소."

재황이 그녀의 가슴을 만지작거리다가 입속에 넣었다.

"아파요."

자영이 재황의 등을 쓸어안고 웃음을 깨물었다.

"작고 예쁜 가슴이오."

"전하의 것입니다."

"그럼 나는 누구의 것이오?"

"첩의 것입니다."

자영이 까르르 웃음을 터트렸다.

"중전, 궁녀들이 듣겠소."

재황이 그녀를 내려다보면서 조용히 하라는 눈짓을 했다.

"저들은 듣지 못합니다."

"문밖에 노상궁 넷이 입직을 하는데 어찌 듣지 못한다는 것이오?"

"임금의 처소에는 항상 궁녀들이 입직을 하지만 야사(夜事)가 있을 때는 귀마개를 한다고 합니다."

"하하. 그렇다면 마음대로 떠들어도 되겠군."

재황이 유쾌하게 웃음을 터트렸다. 재황은 자영의 등을 더욱 힘껏 껴안았다. 재황이 그녀를 찾아온 것이 말할 수 없이 좋았다. 밤은 점점 깊어가고 있었다. 대궐은 이제야 서늘한 기운이 감돌고 있었다.

"전하."

"말씀하시오."

"이제 중궁전을 자주 찾아주세요. 중궁전에 예쁜 꽃이 있지 않습니까?"

"꽃?"

"그 꽃은 말도 잘합니다."

자영이 까르르 웃었다. 꽃이 피어나는 것처럼 부드러운 웃음이다.

'재황을 다른 여자에게 보내줄 수 없어.'

자영은 재황의 등을 껴안은 채 눈을 지그시 감았다.

***

이하응은 별이 총총한 하늘을 우두커니 쳐다보았다. 머릿속이 심란했다. 서해에 이양선이 자주 출몰하는 것이 불길했다. 아무래도 서교도 탄압이 지나친 것 같았다. 이하응은 평안도 관찰사로 임명된 박규수를 담담한 눈빛으로 건너다보고 있었다.

"평양에 가시면 할 일이 막중할 것이오."

박규수는 북학파의 시조인 연암 박지원의 손자였다. 학문도 높고 강단도 있었다. 효명세자와 절친하게 지냈기에 신정왕후도 그를 좋게 생각하고 있다.

"대감께서 무엇을 걱정하시는지 잘 압니다."

박규수가 비장한 표정으로 고개를 끄덕거렸다. 이하응이 그에게 서해 방어를 맡긴 것이다.

"부디 수고를 아끼지 말아주시오. 이 술 한 잔으로 부탁하겠소."

이하응이 박규수에게 술을 따랐다.

"평양에 가면 군사부터 점검하겠습니다."

박규수가 술잔을 들어 조심스럽게 마셨다. 그는 이하응의 서정 개혁을 적극적으로 지지하고 있었다.

'자형이 사랑방에서 정치를 하는구나.'

민승호는 한쪽에 앉아서 이하응과 박규수의 대화를 주의 깊게 듣고 있었다. 이하응의 사랑방에는 조정 대신들의 발길이 끊이지 않았다.

"소인 물러가겠습니다."

박규수가 머리를 숙여 보이고 일어섰다.

"멀리 나가지 않겠소. 배웅해드리게."

이하응이 민승호에게 말했다. 민승호가 고개를 숙여 보이고 박규수를 대문으로 안내했다.

"오늘은 사람을 만나지 않겠네. 자네도 돌아가서 쉬게."

이하응이 지시하자 민승호는 기다리고 있던 사람들을 모두 돌려보내고 감고당으로 돌아갔다.

이하응은 박규수를 평안도 관찰사에 임명했으므로 이제 평양은 안심해도 될 것이라고 생각했다. 그는 뒷짐을 지고 사랑채 뜰로 나섰다.

"대감마님!"

그때 하인 하나가 황급히 사랑채로 달려왔다. 이하응은 물끄러미 사랑채로 달려오는 하인 이연식을 노려보았다.

"무슨 일이냐?"

"아뢰옵기 송구하오나 경복궁에 또 불이 났습니다."

"뭣이?"

이하응은 안광을 무섭게 폭사시켰다. 재황의 국혼이 거행되던 지난봄의 대화재 이후 경복궁엔 크고 작은 화재가 그치지 않고 일어나고 있었다.

"이번엔 얼마나 탔다더냐?"

"다행히 기찰하던 금화군(禁火軍)이 일찍 발견하여 교태전이 약간 탔다고 하옵니다."

교태전은 왕과 왕비의 처소다.

"불은 껐다더냐?"

"예. 완전히 껐다고 하옵니다."

"알았다. 물러가라."

"예."

이연식이 허리를 굽히고 물러갔다. 이하응은 뒷짐을 지고 골똘히 생각에 잠겼다. 경복궁 중건 현장의 화재는 단순한 실화가 아니라고 생각되었다.

'안동 김문의 짓인가?'

이하응은 안동 김문의 얼굴을 차례차례 머릿속에 떠올려보았다. 김병학은 현재 좌의정의 자리에 올라 있었다. 연로한 영의정 이경재가 퇴임을 하면 그 자리를 이어받게 될 것이므로 굳이 이하응을 적으로 돌리지 않을 것이었다. 중전 간택 문제로 이하응과 틈이 벌어지기는 했으나 그 정도는 아니었다.

'사영 김병기 짓인가?'

안동 김문 중에서 가장 뛰어난 인물은 김병기다. 언젠가 이하응이 태산을 깎아서 평지를 만들겠다고 했을 때 김병기는 태산은 태산이지 그것을 어떻게 깎아서 평지로 만드느냐면서 자리를 박차고 나간 일까지 있었다. 태산은 노론을 의미하는데 당대의 학문이나 권세에서 김병기는 안동 김문 가운데 가장 출중했다.

'안동 김문에서 이런 짓을 저질렀다면 김병기일 거야.'

오랫동안 김병기를 잊고 지내왔었다. 이하응은 김병기의 얼굴을 머릿속에 떠올리자 몸을 부르르 떨었다.

"게 누구 없느냐?"

이하응은 별채를 향하여 소리를 질렀다.

"대감마님 부르셨습니까?"

또다시 이연식이 황급히 달려와 허리를 숙였다.

"좌상을 모셔 오너라. 내가 술이나 한잔하자고 한다고 여쭈어라."

"예."

이연식이 물러갔다. 이하응은 안채에 일러 술상을 준비하라고 명했다. 밤이 되었는데도 날씨가 후텁지근했다. 바람 한 점 없는 날씨였다.

"야밤에 오시느라고 수고하셨소."

김병학은 한 시진쯤 지나서야 운현궁에 도착했다. 이하응이 기생 월선이와 춘심이를 불러다 놓고 죽엽주 세 잔을 마시고 있을 때였다.

"신선이 따로 없으십니다. 대감."

김병학이 먼저 농을 던졌다.

"날씨가 너무 덥습니다. 아무래도 기우제를 드려야 할 것 같습니다."

이하응도 빙긋이 웃었다.

"사학죄인들의 원성이 하늘에 이르렀기 때문이겠지요."

김병학은 서교도 탄압을 후회하고 있었다.

"또 아픈 데를 찌르는구려."

"따지고 보면 제 불찰도 큽니다. 그때 만류를 했어야 하는데 오히려 대감을 윽박질렀으니……."

김병학의 얼굴에 알지 못할 회한이 스치고 지나갔다. 서교도는 수천 명이 죽임을 당했다. 조정의 명이 아무리 지엄하다고 하더라도 지방 수령들이 그토록 많은 서교도를 죽인 것은 이해할 수 없는 일이었다. 다른 일은 아무리 명을 내려도 따르지 않는데 서교도 탄압은 오히려 지방 수령들이 자발적으로 나서고 있었다.

"이미 엎질러진 물입니다."

이하응이 정색을 했다.

"하면 앞으로도 계속 서교도들을 잡아 죽이실 요량입니까?"

"영초도 찬성을 했지 않소? 아니 찬성이 아니라 나를 윽박지르기까지 했지."

"그때는 제가 어리석었다고 하지 않습니까?"

"어디 영초뿐이던가요? 그때 대신 넷이 나를 한 무리로 윽박질렀지 않소?"

이하응은 천주교를 학살한 것을 후회하고 있었다. 불란서 군선이 쳐들어오려고 하는 것도 천주교 교인들에 대한 학살 때문이었다.

"대감, 이제라도 늦지 않았습니다. 서해에 양이 선박이 자주 출몰하는 것도 그 까닭이니 관용을 베풀어야 할 것입니다."

"영초, 나를 웃음거리로 만들 작정이오?"

"어찌 그런 말씀을…… 불란서 군선 일곱 척이 조만간 조선으로 쳐들어온다는데 그 일을 감당할 자신이 없기에 드리는 말씀입니다."

"싸워야지요. 자주국방이 대체 무엇이오?"

"불란서 군선은 쉽게 생각할 군선이 아니라고 합니다."

이하응은 눈을 지그시 감았다. 옳은 말이었다. 영불 연합군에 청나라 같은 대국이 패했다면 그들 군선의 위력이 얼마나 큰지 짐작할 수 있을 것 같았다. 그러나 조선은 청국의 속국이었다. 그것도 억울한데 서양 오랑캐들에게 핍박을 받는 것은 결단코 용납할 수 없는 일이라고 생각했다.

"영초, 그것은 그렇고 요즈음 사영은 어떻게 지내오?"

"그야 대감께서 잘 아실 텐데요?"

"요즈음 경복궁 중건 현장에서 화재가 자주 발생하는 것을 영초도 알고 계시겠지요?"

"예. 알고 있습니다."

"누구의 짓이라고 생각합니까?"

이하영이 날카로운 눈으로 쏘아보자 김병학은 가슴이 섬뜩했다. 그는 안동 김문을 의심하고 있었다.

"대감!"

"영초, 내가 서정을 개혁하자 기득권층이 반발을 하는 것이 아니오?"

이하응이 김병학을 싸늘한 눈빛으로 노려보았다.

"설마하니 사영을 의심하십니까?"

"그럼 김문 중에 누구일까요?"

김병학은 떨리는 손으로 술잔을 들어 입으로 가져갔다. 이하응이 안동 김문을 의심한다고 생각하자 등골이 오싹해져왔다. 잘못 하면 안동 김문이 멸문지화를 당할지도 모른다고 생각했다.

"오늘 종로 네거리에 벽서가 나붙었습니다."

"벽서요?"

김병학은 해연히 놀랐다. 벽서는 지방에서 부정과 비리가 심한 탐관오리의 가렴주구를 폭로하는 농민들의 소극적 저항운동이었다.

"그렇소."

"내용은 무엇입니까?"

"죽은 내 딸과 하인이 사학죄인이라는 것이오."

"음."

김병학은 마른침을 꿀꺽 삼켰다. 이하응의 하인 중에 서교도가 있다는 것은 별문제가 아니었으나 이하응의 죽은 딸이 서교도라면 크게 공론화될 것이고, 잘못하면 이하응의 실각까지 부를 수도 있는 문제였다.

"노론이 조직적인 반발을 하고 있다고 생각하지 않습니까?"

"글쎄요."

김병학은 얼굴을 찡그렸다. 선불리 대답할 수 있는 문제가 아니었다.

"안동 김문을 영초가 좀 다스려야 할 것 같소."

"그렇게 하지요. 명심하겠습니다."

"어느 시대 어느 국가에서나 급진적인 개혁은 기득권층의 반발을 불러일으키는 것은 주지의 사실이오. 안동 김문에게 나에게 반발하지 말라고 하시오."

"예."

"나는 이미 수천 명의 사람을 죽였소. 여기서 내가 몇백 명을 더 죽이지 못할 것 같소?"

그것은 안동 김문에 대한 협박이자 위협이었다.

'정녕 무서운 인물이다.'

김병학은 집으로 돌아오며 온몸을 떨었다. 그러나 김병학을 더욱 놀라게 한 일이 이튿날 오후에 일어났다. 우포도청에 이하응의 하인 이연식이라는 자가 잡혀 들어가고 조경호에게 출가한 딸이 독약으로 살해되었다는 소문이 장안에 파다하게 퍼졌다.

'이하응이 딸까지 죽였다는 말인가?'

김병학은 이하응의 딸이 독약으로 살해되었다는 소문을 듣고 몸을 떨었다.

"안동 김문은 숨조차 쉬지 말고 칩거하라."

김병학은 그날로 장안에 거주하는 안동 김문에게 모조리 사람을 보내어 근신하라고 지시했다. 이하응은 선동정치의 대가였다. 자신의 딸까지 희생시켰으므로 언제 어떻게 안동 김문에 복수의 칼을 휘두를지 알 수 없는 일이었다. 벽서도 안동 김문에서 붙였다고 할 수만은 없는 일이었다. 이하응은 서원 철폐를 단행하여 유림으로부터도 미움을 받고 있었다. 그들이 벽서를 내붙였거나 이하응 스스로 내붙인 뒤 안동 김문에 뒤집어씌우고 있는지도 알 수 없는 일이었다.

김병학은 조만간 피바람이 불어닥칠지도 모른다는 무서운 예감을 느꼈다.

'이럴 때 불란서 군선이 내침을 하면 국면이 전환될 텐데…….'

김병학은 그런 생각을 했다. 대동강 어귀에 닻을 내리고 있는 미국 배만으로는 국면 전환이 어려울 것이라고 생각했다. 그 배는 상선이었다. 그러한 때에 운현궁에 자객까지 들고 폭탄이 터졌다.

'기어이 안동 김문에 칼을 대려는 것이군.'

김병학은 이하응의 사저 운현궁에 자객이 들었다는 소리를 듣고 깊은 탄식을 했다. 불행인지 다행인지 이하응은 아무 위해도 당하지 않았다.

***

김병기는 좌의정 김병학으로부터 날아온 한 통의 서찰을 받고 온몸을 부르르 떨었다. 그는 식솔들과 함께 여주에 낙향해 있었다. 병조판서가 그의 마지막 관직이었다.

……사영, 사영이 역모의 죄를 범하지 않으리라는 사실을 나는

누구보다도 잘 알고 있습니다. 사영은 우리 안동 김문의 수장이자 마지막 보루입니다. 우리 안동 김문의 형제들은 사영이 건재해 있는 그 사실만으로도 든든하게 여기고 있습니다. 이하응은 여론을 움직일 줄 아는 정치가입니다. 경복궁을 중건할 때의 일을 사영은 누구보다도 잘 알고 있으리라 생각합니다. 그와 같이 운현궁에 스스로 폭약을 터뜨려 우리 안동 김문을 음해하여 제거하려는 계획일지도 알 수 없습니다. 그렇지 않고서야 포졸들이 삼엄한 경비를 하는 운현궁에 누가 들어가서 폭약을 장치할 수 있겠습니까. 이제 이하응에게 대소사를 협조하고 우리 김문의 화를 면하는 도리밖에 없습니다. 그러니 사영께서도 자중자애하시고 매사 주의 바랍니다. 이 서찰을 본 뒤에 바로 태워 없애시기 바랍니다……

김병기는 그 편지를 몇 번이나 되풀이해서 읽었다. 이하응의 사저 운현궁에 자객이 들고 폭약이 터졌다는 것은 김병기도 들어서 알고 있었다. 그러나 그것이 김병학의 말대로 흥선군 이하응의 흉계라면 무서운 일이 아닐 수 없었다. 그는 몸서리를 쳤다.

'나를 광주 유수로 내보내고 이세보를 여주 목사에 임명하였을 때 이미 이하응은 나를 제거하려고 했어.'

김병기는 안동 김씨의 시대가 끝났다고 생각했다.

그는 아버지 김좌근을 떠올렸다. 김좌근은 나주 기생 양씨에게 빠져 시정의 조롱을 받았으나 학문이 출중했고 거인다운 풍모가 여실했다. 이하응이 김좌근을 사임시키면서 《철종실록》을 편찬케 한 것으로 보아도 그의 학문을 알 수 있었다. 그러나 그도 조용히 물러나 은둔하고 있었다.

이하응은 용맹 과감한 사람이었다. 천주교인에 대한 박해에 소극적이다가 네 명의 시원임대신(김좌근, 정원용, 조두순, 김병학)의 주장을 받아들이자 거리낌 없이 천주교 말살 정책을 폈다. 안동 김문에 대한 대응도 마찬가지였다. 아직은 안동 김문을 노골적으로 핍박하지는 않았으나 일단 결심을 하면 무서운 피바람이 불어닥치리라는 것은 삼척동자라도 짐작할 수 있는 일이었다.

'영초도 자괴감을 느끼고 있겠지.'

김병학은 소년 왕의 국혼이 선포되고 재간택이 실시될 때까지 자신의 딸이 중전에 간택되리라고 믿었다. 그러나 막상 재간택이 끝나고 보니 엉뚱하게도 인현왕후의 후손 민치록의 딸이 간택되어 있었다.

'당했구나!'

놀란 것은 김병학뿐이 아니었다. 안동 김문은 철퇴로 뒤통수를 한 대 얻어맞은 느낌이었다. 그때는 이미 소년 왕이 즉위한 지 3년이 되었고 군사와 병사를 동원할 수 있는 요직의 장상 자리는 야금야금 이하응 쪽에서 차지하여 김문은 힘을 쓸 수가 없었다.

'오로지 영초의 따님에게 희망을 걸었는데…….'

김병기는 속수무책으로 당한 일이 분통했다.

'내가 이제 더 무슨 영광을 바라겠는가?'

김병기는 씁쓸하게 웃으며 사랑을 나와 마당으로 내려섰다. 마당에 모깃불을 피우고 있어서 밤인데도 후텁지근한 느낌이 들었다. 7월이었다. 모기가 극성을 부리고 있었다. 그는 김병학의 서찰을 모깃불 위에 던졌다.

'양이 오랑캐들을 어떻게 물리치려는지…….'

서찰이 완전히 타버린 것을 확인한 뒤 김병기는 뜰을 거닐기 시작했다. 황주목에 양이의 배가 들어오고 그 배가 마침내 대동강 어귀까지 진출했다는 것은 김병기도 들어서 알고 있었다.

***

대궐 어느 숲에서 접동새 우는 소리가 들렸다.

자영은 그 소리에 잠깐 귀를 기울였다. 대궐은 조용했다. 접동새 울음소리가 이따금 숲을 울리고 공기를 흔들어댈 뿐이었다. 무수리들은 조용조용히 자영의 몸을 씻기고 있었다. 섬세하고 부드러운 손이었다. 자영은 눈을 감은 채 무수리들의 손에 자신의 몸을 맡겨놓고 있었다. 세수간에서는 물소리만 들리고 있었다. 목욕탕이 따로 없고 옻칠한 함지에 물을 가득 받아서 하는 목욕이었다.

"중전마마, 다 되었습니다."

세수간 상궁이 고개를 숙여 말했다. 자영은 눈을 뜨고 함지에서 몸을 일으켰다. 세수간 상궁이 그녀의 몸에 묻은 물기를 명주 수긴[手巾, 수건]으로 닦았다.

몸이 가뿐했다. 후텁지근한 날씨에 속옷이 축축하게 젖었으나 목욕을 하자 날아갈 것처럼 상쾌했다. 상궁들이 그녀의 몸에 옷을 입히기 시작했다. 아래는 속곳과 모시 속치마고 위에는 간삼(汗衫)을 걸쳤다. 여름인 탓에 내의인 적삼도 모시였다. 속저고리는 미색[綠豆色]이었다. 겉옷은 위에다 분홍색의 소고의(여자가 입는 짧은 저고리)를 입고 밑에는 남(藍)치마를 입었다. 그것이 밤에 왕비가 입는 평복이었다.

"중전마마, 참으로 어여쁘십니다."

지밀상궁이 감탄하여 자영에게 말했다. 옷고름에는 소삼작노리개 세 줄을 달았다. 노리개 끝에 산호가 매달려 있었다.

"고맙네."

자영은 지밀상궁에게 치하했다.

"상감마마께옵서 여삼추같이 기다리실 것입니다. 어서 납시옵소서."

"수고들 했구나."

옷을 다 입자 지밀상궁이 자영을 재촉했다. 자영은 상궁들에게 치하를 하고 조신한 걸음걸이로 세수간을 나섰다. 무수리들이 일제히 자영의 뒤를 따랐다.

"전하, 중전마마께서 납십니다."

세수간에서 동온돌까지는 잠깐이었다. 중궁전 대청으로 올라서자 대전 상궁이 동온돌에 고했다.

"어서 모셔라."

동온돌에는 이미 비단금침이 깔려 있었다. 지밀상궁은 자영을 동온돌로 인도한 뒤 오봉 촛대에 꽂힌 황촉을 하나씩 끄고 퇴거했다. 자영은 옷고름을 풀은 뒤 차례로 옷을 벗고 금침에 들어가 누웠다. 재황도 어둠 속에서 옷을 벗고 금침에 들어와 누웠다.

"중전."

재황이 나직한 목소리로 자영을 불렀다.

"예, 전하……."

"대궐에 들어와서 몹시 적조할 것이라고 생각합니다. 모두 내가 부덕한 소치지요."

"전하, 당치 않으신 말씀입니다."

"중전에게 부탁할 것이 하나 있소."

"부탁이라 하오시면……."

자영은 재황의 얼굴을 살피며 의아한 표정을 지었다.

"중전도 내가 상궁 이씨를 총애하는 것을 알고 있을 거요. 본래 궁녀가 승은을 입으면 빈이나 소의, 또는 귀인에 봉해지는 것은 대궐의 관례지 않소? 한데 웃전에서는 아직 아무 분부도 없으니 중전께서 대왕대비전에 잘 여쭈어주오."

재황의 말에 자영은 눈썹이 파르르 떨리는 것을 느꼈다. 그랬던가, 그래서 재황이 상궁 이씨의 처소에 들지 않고 중궁전을 찾아온 것인가, 하는 생각을 하자 배신을 당한 기분이었다.

'이 상궁이 사주를 한 거야.'

자영은 어둠 속에서 두 눈을 날카롭게 빛냈다.

"중전, 내 부탁을 들어주시겠소?"

"전하, 전하께서 하시고자 하는 일인데 무엇이 어렵겠습니까? 하나 남의 이목도 있고 하니 기다려야 할 줄로 아옵니다. 궁녀가 승은을 입으면 특별상궁이 되고 왕자나 공주를 생산해야 비로소 후궁에 책봉되는 것입니다."

"내가 왜 그런 것을 모르겠소?"

"하면 어찌 신첩에게 부탁을 하시는 것입니까?"

"중전, 미안하오."

"전하의 부탁이오니 대왕대비마마께 주청하기는 하겠습니다."

"고맙소."

재황이 비로소 기쁨에 넘친 표정을 지었다. 자영은 어둠 속에서 재황의 손을 잡았다.

11
하늘이 두려우면 속히 조선에서 물러가라

미국 상선 제너럴셔먼호는 밤에 대동강을 거슬러 올라가 평양부 초리방 일리 신장포에 닻을 내렸다. 이에 평안도 관찰사 박규수는 군사들을 이끌고 나가 셔먼호와 대치했다. 박규수는 학행이 뛰어나 19세에 이미 그보다 두 살 연하인 순조의 세자 효명세자와 교유하면서 그가 순조의 대리청정을 하고 있을 때 《주역》을 강의하기까지 한 인물이다.

효명세자는 세자의 신분으로 계동에 있는 박규수의 집으로 친림(親臨)하여 밤이 새도록 서사를 공부하고 국사를 논의했다. 효명세자는 대리청정을 하면서 어진 인물을 등용하고 형옥을 신중히 하는 등 성군의 면목을 보였다. 그러나 불과 21세에 요절함으로써 박규수에게 커다란 슬픔을 안겨주었다. 박규수는 그 이후 학문에만 정진하여 청아한 중년 문사로 명성을 떨쳤다.

박규수가 벼슬길에 나선 것은 1840년의 일로 증광시에 급제하여 정언, 병조좌랑 등 내직을 역임한 뒤 부안 현감을 거쳐 사헌부 지평의 청관을 역임했다. 이어서 1861년에 병조참판, 1862년에 대호군과 대제학을 역임하고 외직 중에도 가장 중직인 평안도 관찰사로 부임한 것이다.

'통상이 평화롭게 이루어지면 조선이 개화될 수도 있다.'

박규수는 제너럴셔먼호의 상인들과 협상을 하려고 했다. 그들에게 물과 식량을 공급하고 일단 조선에서 물러갈 것을 요구했다. 그러나 셔먼호의 선원들은 대동강을 오르내리면서 백성들에게 총을 함부로 쏘고 노략질을 일삼았다.

'이자들은 조선과 통상을 하려는 것이 아니라 약탈을 하려는 것이다.'

박규수는 셔먼호를 격침하라는 영을 내렸다. 이에 평양의 병사들이 불붙은 볏짚을 배에 싣고 떠내려보내서 셔먼호를 불태웠다.

"와!"

평양 백성들과 병사들은 환호했다. 제너럴셔먼호의 격침 소식이 조정에 보고되자 박규수가 이양선을 물리쳤다면서 조정도 크게 기뻐했다.

'미국 배가 격침되었으니 미국인들이 몰려올 것이다.'

자영은 박규수가 미국 상선을 격침했다는 말을 듣고 걱정이 되었다.

'국태공이 어떻게 대응할지 모르겠구나.'

자영은 이하응의 대응에 깊은 관심을 기울였다. 한동안 긴장하고 있던 조정은 이양선이 대수롭지 않다고 생각하게 되었다. 그러나 제너럴셔먼호가 대동강에 출몰한 지 한 달도 되지 않아 이번에는 불란서 군선이 서해에 나타나면서 조정은 다시 긴장감에 휩싸였다. 한양은 민심이 흉흉해지고 피난을 가는 사람들이 줄을 이었다.

"양반들 중에 피난을 가는 자들을 기록해두었다가 다시는 조정 관리에 등용하지 마라."

이하응이 눈에 핏발을 세우고 역정을 냈다.

자영은 승전색을 통해 서해 상황을 보고 받고 조정이 긴박하게 돌아가고 있다고 생각했다.

"오라버니, 어서 오세요."

불란선 군선이 서해에 나타났을 때 민승호가 자영을 찾아왔다. 자영은 민승호와 함께 춘당지를 걸었다. 가을이 깊어 대궐의 나무들도 단풍이 붉게 물들고 있었다.

"중전마마, 그동안 적조하였습니다."

민승호가 미소를 지으면서 아뢰었다.

"조정이 부산한 것 같은데 무슨 일이 있습니까?"

자영이 민승호에게 차를 권하면서 물었다.

"불란서 군선이 서해에 들어왔습니다."

"몇 척이나 내침을 했습니까?"

"일곱 척이라고 합니다."

자영은 불란서 군선이 일곱 척이나 서해에 들어왔다는 말을 듣고 불안해졌다.

"조정에서 대책을 세우고 있습니까?"

"아닙니다. 운현궁에서 대책을 세우고 있습니다."

"아니, 나라가 위기에 빠졌는데 어찌 조정에서 대책을 세우지 않고 운현궁에서 대책을 세우는 것입니까?"

"조선을 다스리는 사람이 국태공이 아닙니까?"

민승호가 마땅치 않은 듯이 대답했다. 자영은 무겁게 한숨을 내쉬었다. 불란서 군선은 미국 상선과 다를 것이라고 생각했다.

"조선이 불란서 군선을 막을 수 있겠습니까?"

"국태공이 국방을 강화하기는 했으나 불란서 군선이 거대하다고 합니다. 불란서 군선에 청나라가 패하지 않았습니까?"

자영은 불란서 군선을 한 번도 본 일이 없었다.

"순무영을 설치하면 동부승지 양헌수를 중히 쓰라고 국태공에게 천거하세요."

"양헌수를 아십니까?"

"양헌수의 할아버지가 진법 책을 썼어요. 어젯밤에 그 진법 책을 읽었는데 좋은 내용이 많았어요."

자영은 한가할 때 왕실 서고에 가서 책을 읽었는데 마침 양헌수의 할아버지가 쓴 책이 있었다.

"알겠습니다."

민승호가 석연치 않은 표정으로 대답했다.

***

서교도 박해로 불란서 신부 아홉 명이 처형을 당한 것은 지난봄이었다. 조선에는 모두 열두 명의 불란서 신부들이 들어와 전교활동을 하고 있었는데 1866년 봄에 아홉 명이 비참하게 목이 잘려 처형당했다. 살아남은 세 명의 신부들은 박해의 칼날을 피해 숨어 다니다가 리델 신부가 조각배를 타고 탈출하여 북경의 로즈 함대에 알렸다. 북경의 서양인들은 경악했고 신부들을 죽인 조선을 징벌해야 한다고 곳곳에서 아우성을 쳤다.

로즈 제독은 8월이 되자 조선으로 출병했다. 중추절을 앞둔 8월 10일의 일이었다.

"저게 뭐야?"

"이양선이다."

강화도 백성들은 불란서 군선 일곱 척이 나타나자 경악했다. 그들이 기껏 볼 수 있었던 것은 세곡선이나 소금 배에 지나지 않았다. 처음으로 군선을 본 그들은 바닷가로 하얗게 몰려나왔다.

"배가 산처럼 크네."

강화도는 비상이 걸리고 즉각 조정에 보고됐다.

"불란서 군선을 먼저 공격하지 말고 조선의 바다를 침범한 사유를 물어서 보고하라."

조정이 강화부에 명령을 내렸다.

"그대들은 무엇 때문에 조선을 침략했는가?"

강화부의 병사들이 조각배를 타고 가서 군선을 향해 소리를 질렀다.

"조선에서 천주교 신부 아홉 명을 살해한 이유가 무엇인지 조사하러 왔다. 책임 있는 대신이 나와서 설명하라."

군선에서 조선인이 대답했다. 강화부는 불란서 군선이 내침한 사유를 조정에 보고했다.

"서양인들은 조선의 국법을 어겼다. 그들을 타일러서 돌아가게 하라."

조정이 강화부에 명령을 내렸다. 그러나 강화도 병사들이 불란서 군선에 물러갈 것을 요구해도 그들은 물러가지 않았다.

불란서 군선 데롤레드호와 타르디프호는 강화도 월곶진을 거쳐 통진의 한강 하류에 이르렀다. 불란서 군선은 유유히 통진을 지나 김포로 거슬러 올라가 한강을 염탐했다.

"불란선 군선이다."

통진과 김포의 백성들이 군선을 따라 이동하면서 소리를 질렀다. 불란서 군선이 김포까지 올라오자 조선은 전운이 감돌았다.

"각 군영은 즉시 한강 방어에 나서라."

이하응이 추상같은 명령을 내렸다. 불란서 군선 데롤레드호와 타르디프호는 8월 18일 마침내 양화진을 거쳐 샛강[西江]까지 올라왔다.

불란서 함대가 샛강까지 진출하자 조선 조정은 발칵 뒤집혔다. 이하응은 어영 중군에 이용희를 임명하여 훈련원 기마병사 2백 명과 보병 7백 명을 거느리고 샛강 나루터에서 방어선을 치게 했다. 훈련대장 이경하는 금위대장과 함께 도성의 각 문에 병사들을 배치하여 방어선을 치고 좌우포도대장은 포졸들을 이끌고 도성의 기찰에 나섰다.

불란서 군선의 내침으로 인한 전운은 대궐까지 휘몰아쳐왔다. 궁녀들은 모이기만 하면 수군거리고 조정 대신들은 부산하게 움직였다.

자영은 상궁들과 내관을 통해 시시각각 급박해지고 있는 염하(鹽河, 강화해협)와 한강의 소식을 들었다. 불길한 일이었다. 청국은 영불 연합군에 의해 이미 청황제가 열하까지 피난을 간 일도 있었다.

'청국은 대국이다. 그러한 청국에 비하면 조선은 얼마나 작은 나라인가. 불란서라는 서양의 대국과 굳이 전쟁을 해야 할 필요가 있을까.'

자영은 혼자서 묻고 혼자 고개를 흔들었다. 어리석은 일이다.

병자호란도 새롭게 일어나는 청국의 기운을 무시하고 케케묵은 명분만 앞세워 주전론을 내세운 대신들의 주장을 따른 탓에 발발한 것이다. 그래서 결국은 남한산성까지 피난을 하고 삼전도에서 임금이 무릎을 꿇고 항복하는 국치를 당한 것이다. 생각해보면 조정 대신들의 생각은 단순하기 짝이 없었다.

'어째서 남자들은 병자호란의 수치를 잊고 청국에는 깍듯이 사대의 예를 다하면서 서양인들이 통상을 하고자 하는 것은 결사적으로 반대하는 것일까?'

서양인들은 단순하게 교역을 원하고 있었다. 청국처럼 군신의 관계를 원하는 것이 아니었다.

자영은 중궁전을 나와 종묘 쪽의 숲을 향해 걸음을 떼어놓았다. 박 상궁을 종묘 쪽으로 부른 것이다. 자영은 그 숲을 좋아했다. 대궐의 다른 숲과 달리 그 숲엔 아름드리 상수리나무들이 빽빽하게 들어차 있었다.

날씨가 좋았다. 하늘은 눈이 시릴 듯이 맑고 대궐의 숲은 울긋불긋 단풍이 들어 추색(秋色)이 깊었다. 대궐의 뜰에는 오상고절이라는 국화가 색색으로 피어 차고 맑은 향기를 뿜어대고 있었다. 이제 찬비만 한 차례 뿌리고 나면 춥디추운 겨울이 닥쳐올 것이다. 사가에 있을 때 겨울이 얼마나 추웠던가 하고 생각하자 자영은 저절로 몸이 떨렸다. 사가의 겨울에는 밤이면 언 하늘이 갈라지는 소리가 들리고 문고리가 손에 쩍쩍 달라붙었다.

"중전마마."

그때 박 상궁이 총총걸음으로 달려왔다.

"너희는 잠시 물러가 있거라."

자영은 호종하는 궁녀들에게 지시했다.

"예."

궁녀들이 고개를 숙인 채 뒤로 물러섰다.

"알아보았느냐?"

"예, 수표교의 백의정승은 평양으로 떠난 지 오래되었다고 합니다."

"평양에는 무슨 일로 갔다고 하더냐?"

"자세히는 모르옵고 역관 오경석을 만나러 갔다고 합니다."

"오경석? 오경석도 평양에 있다는 말이냐?"

"평안도 관찰사 박규수를 따르면서 서양과 통상을 추진할 것이라고 합니다."

자영은 잠시 생각에 잠겼다. 박규수의 집에는 청년재사인 김홍집과 김윤식이 문객으로 드나든다는 풍문도 있었다.

"김옥균에 대해서도 알아보았느냐?"

"김옥균은 강릉 유수인 김병기의 자제라고 하옵니다. 얼마 전에 김병기가 강릉 유수를 그만두었는데 부친을 따라 강릉에서 수학하고 지금은 도성에 돌아와 있다고 합니다."

김옥균의 아버지 김병기는 김좌근의 아들 김병기와는 동명이인이다.

"최익현은?"

"최익현은 동부승지 이항로의 수제자로 유림의 추앙을 받고 있다고 합니다."

자영은 고개를 끄덕거렸다. 이항로 같은 인물이라면 최익현 같은 제자를 키울 수 있으리라고 생각했다.

"김 상궁에 대해서도 알아보았느냐?"

"예."

"누구의 여식이냐?"

"남산골에 사는 김학진이라는 자의 여식인데 국태공 저하께서 투전판을 쫓아다닐 때 사귄 인물이라고 합니다."

"그래?"

자영은 얼굴을 찡그렸다. 이하응다운 행동이었다.

"장 상궁은?"

"장 상궁은 국태공 저하의 집사로 있던 장순규의 누이라고 하옵니다. 국태공 저하의 분부만 잘 받들면 상감마마의 시첩이 되게 해준다고 하여 궁궐에 들어왔다고 합니다."

"시첩(侍妾)?"

"그러하옵니다."

자영은 기가 막혔다. 시첩이란 말에 분노에 앞서 어이가 없었다. 상감마마의 시첩이 되게 해주겠다는 것은 재황의 후궁이 되게 해주겠다는 뜻인 것이다.

'명색이 국태공인데 어떻게 시정잡배와 같은 짓을 하고 있을까?'

자영은 시아버지인 이하응에게 깊이 실망했다.

"수고했구나. 박 상궁은 사가의 오라버니에게 부탁하여 계속 유대치의 행방을 알아보도록 해라. 아울러 역관 오경석과 이동인이라는 스님의 행방도 염탐해보도록 하라."

자영은 박 상궁에게 지시했다. 그녀는 유대치나 오경석 같은 인물이 있으면 불란서 군선에 효과적으로 대처할 수 있을지도 모른다고 생각했다.

"예."

"됐다. 남의 눈도 있고 하니 그만 물러가거라."

"예."

박 상궁이 고개를 숙이고 물러갔다. 자영은 궁녀들을 데리고 숲을 한 바퀴 돌아서 중궁전으로 돌아왔다. 늦가을 해가 어느 새 서산으로 기울고 있었다. 가을이라 해가 짧았다.

***

경복궁은 팽팽한 긴장감에 휩싸여 있었다. 내금위 무사들이 소집되어 대궐을 지키고 한양의 각 성문에도 군사들이 배치되어 삼엄하게 경계를 했다. 남한산성에 있던 군사들이 한양으로 이동하기 시작하고 양화진을 비롯한 한강으로 군사들이 배치되었다.

"합하, 불란서 군선이 샛강까지 올라왔습니다."

민승호가 긴장한 표정으로 보고했다.

"샛강까지?"

이하응은 가슴이 철렁했다. 대신들도 깜짝 놀라서 웅성거렸다.

"차비를 하라."

이하응이 근정전에서 뜰로 나왔다.

"예? 어디로 행차하십니까?"

민승호가 뒤따라 나와 어리둥절한 표정으로 물었다.

"샛강으로 간다. 말을 준비하라."

"합하, 안 됩니다. 저들이 화포를 쏘면 위험합니다."

"어찌 적의 군선을 보지도 않고 대책을 세우겠느냐? 내금위는 속히 말을 대령하라."

이하응의 명은 추상같았다. 내금위 무사들이 황급히 말을 대령하자 이하응은 재빨리 말에 올라타 대궐을 빠져나갔다.

"합하."

민승호가 소리를 지르면서 말을 타고 뒤따라 달렸다. 그 뒤를 무관들이 말을 타고 달리기 시작했다. 이하응은 남대문을 나오자 단숨에 공덕리 구름재에 올라섰다. 저 멀리 한강이 보이고 불란서 군선이 한 척 보였다.

"합하."

그때 무장 출신의 동부승지 양헌수가 달려와 말고삐를 잡아챘다. 이하응은 말고삐를 잡고 불란서 군선을 노려보았다. 배는 검은색이고 돛은 흰색인데 산처럼 거대하여 숨이 막힐 것 같았다. 강가에는 불란서 군선을 보러 백성들이 하얗게 몰려나와 있었다.

"백성들을 향해 화포를 쏘지 않는구나. 무엇을 하는 것인가?"

"정탐을 하고 있는 것 같습니다."

양헌수가 불란서 군선을 노려보면서 대답했다. 그때 민승호를 비롯하여 조정 대신들과 무장들이 말을 타고 달려왔다. 공덕리 구름재의 야산은 단풍이 짙게 물들어 있었고 산 밑의 들에는 벼가 누렇게 익어 황금빛으로 출렁이고 있었다. 이하응은 한식 경이나 공덕리에서 샛강에 있는 불란서 군선을 노려보았다.

"합하, 돌아가시지요."

민승호가 이하응에게 말했다.

"돌아가자."

이하응은 말을 달려 경복궁으로 돌아왔다.

"무장들은 나를 따르라."

이하응은 무장들을 데리고 운현궁으로 돌아왔다. 이미 날이 어두워지기 시작하고 있었다.

'불란서 군선을 어떻게 물리치지?'

사랑에서 무장들과 저녁 식사를 마친 이하응은 생각이 많았다. 무장들이나 대신들은 그의 눈치만 살필 뿐 대책을 내놓지 않고 있었다.

'어떻게 적을 격퇴할꼬?'

이하응은 깊은 생각에 잠겨 손가락으로 책상을 톡톡 두드렸다. 불란서의 거대한 군선이 뇌리에서 떠나지 않았다. 배는 산처럼 크고 성벽처럼 높았다. 마치 거대한 산이 한강에 떠밀려 내려와 있는 것 같았다. 철판으로 이루어진 배가 가라앉지 않고 샛강을 유유히 항해하는 모습은 위압적이었다.

'불란서 군선은 크다. 우리 조선의 군사가 싸워서 이길 수 있겠는가?'

이하응은 생각을 계속했다. 방 안에는 무거운 침묵이 흐르고 있었다.

"국태공 저하."

순무영 중군 이용희가 재촉하듯이 그의 얼굴을 물끄러미 쳐다보았다. 이하응이 고개를 들고 이용희를 쏘아보았다.

"샛강에 있는 불란서 군선을 어찌해야 좋을지 명을 내려주십시오."

이용희가 아뢰었다.

"그대는 어찌하는 것이 좋겠는가?"

"적이 도성 앞에 이르렀으니 어찌 방관하겠습니까? 어두운 밤에 화공을 전개하면 적선을 격파할 수 있을 것입니다."

"불란서 군선이 아직 적대 행위를 하지 않았네. 화공으로 여기 있는 한 척을 격침한다 해도 먼바다에 있는 나머지 여섯 척은 어떻게 할 것인가?"

이하응이 이용희의 말을 잘랐다.

"도성이 코앞입니다. 저들이 대완구를 발사하고 상륙하면 도성이 위태롭습니다."

"장군이 불란서 군선을 격파할 수 있겠나? 물러가서 경비를 더욱 삼엄하게 하여 적의 공격에 대비하게."

"예."

이용희가 머리를 숙이고 물러갔다. 이하응은 또다시 깊은 생각에 잠겼다.

'무슨 생각을 저리 깊이 하는 거지?'

민승호는 침을 삼키면서 이하응의 얼굴을 응시했다. 이하응은 불란서 군선이 내침을 하자 순무영을 설치하고, 모든 군사를 순무영에서 통솔하게 했다. 순무사에는 훈련대장 이경하를 임명하고, 총융사 신헌은 염창에서 한강을 방어하게 했다.

"동부승지는 무인인가? 문인인가?"

이하응이 양헌수를 살피면서 물었다. 양헌수는 헌종 때 무과에 급제하여 선전관이 되었고 이후 갑산 부사, 제주 목사 등 많은 외직을 전전하면서 선정을 베풀어 백성들의 칭송이 높았다.

"이항로 선생에게 학문을 배우기는 했습니다만 난세라 무에 뜻을 두었습니다."

양헌수가 무인답지 않게 조용히 대답했다. 처남 민승호가 천거한 인물이다.

"할아버지가 《악기도설》이라는 진법서를 지었다고 하는데 내 미처 읽어보지는 못했네. 어떤 책인가?"

"군사의 진법에 관한 책입니다."

"읽었는가?"

"예."

"불란서 군선을 물리치려면 어찌해야 하겠는가?"

"불란서 군선에는 많은 병사들이 타고 있으니 식량과 물이 부족할 것입니다. 그들은 분명 물과 식량을 공급받기 위해 강화도에 상륙할 것입니다. 그때 유인하여 섬멸하면 승리할 수 있을 것입니다."

"그렇다면 동부승지가 가야겠군. 동부승지를 순무영의 천총에 임명할 테니 포수군 8백 명을 선발하여 강화도로 가게."

"명을 받들겠습니다."

양헌수가 조용히 머리를 조아렸다.

'우리 중전마마가 천거한 양헌수가 공을 세워야 할 텐데…….'

민승호는 밤이 늦어서야 감고당으로 돌아오기 시작했다.

***

불란서 군선은 양화진과 샛강을 정찰한 뒤에 강화도 앞바다로 돌아왔다. 그들은 갑곶진과 통진을 오가면서 불란서 신부 아홉 명을 죽인 일을 해명하라고 지방 관리들에게 요구했다. 조선은 여러 차례 조선에서 천주교는 불법이라 그들을 처형한 것은 당연한 일이니 내해(內海)에서 속히 퇴거하라고 요구했다.

"서양 오랑캐가 침략한 것은 서교도 때문이다. 서교도를 모조리 죽여 나라를 구하라."

불란서 군선의 내침으로 어수선하자 유림이 격렬하게 들고일어났다.

조선에 또다시 천주교 박해의 피바람이 불었다. 불란선 군선의 내침으로 조선의 천주교인들이 대대적으로 체포되어 처형을 당했다.

불란서 군선의 로즈 제독은 각 함선의 사령관들을 소집했다.

"우리는 여러 차례 조선에 성의 있는 답변을 요구했다. 그러나 조선은 이에 응하지 않고 있다. 일단 강화도를 점령하여 무력시위를 한다."

로즈 제독이 명령을 내렸다. 이에 육전대 상륙을 위한 긴급 작전회의가 열렸다.

통진은 갑곶진 맞은편의 육지였다. 염하를 사이에 두고 갑곶진과 통진이 마주 보고 있으므로 통진을 그냥 두면 후방이 위험해질 것이라고 생각했다.

"문수산성을 먼저 공격하라."

로즈 제독은 120명의 분견대를 통진 방면의 육지에 상륙시켰다.

조선군 순무영 초관 한성근은 광주에서 선발한 선포수 50명을 거느리고 통진부의 외성인 문수산성을 지키고 있었다. 선포수는 사격술이 뛰어난 사냥꾼이고 초관은 군사 1백 명을 거느리는 위관급 계급이었다.

"적을 반드시 막아야 하오."

한성근은 초관 지홍관과 함께 문수산성을 사수하기로 결정했다. 병사들을 배치하고 혈전에 대비했다.

"적이다!"

한성근은 불란서 분견대가 군선에서 내려 통진부 외성인 문수산성을 향해 진격해 오는 것을 발견하고 병사들에게 화승총을 쏘도록 지시했다. 문수산성은 긴장감이 감돌았다. 조선의 선포수들은 불란서 군사가 가까이 오자 일제히 화승총을 쏘았다. 불란서 분견대는 느닷없는 기습에 당황하여 질서정연하게 행군을 하다가 흩어졌고 세 명의 전사자와 많은 부상자를 냈다.

"사격하라!"

불란서 분견대도 맹렬하게 사격을 하기 시작했다. 탄환이 빗발치듯 날아가고 날아왔다.

'조선의 저항이 완강하구나.'

불란서 분견대는 치열하게 사격을 했으나 문수산성을 함락할 수 없었다. 그러는 동안 날이 저물고 밤이 왔다. 불란서 분견대는 들판에서 야영을 하기 시작했다.

"야습이다."

한밤중 꽹과리 소리가 요란하게 울리면서 총성이 맹렬하게 들려왔다. 불란서 분견대는 혼비백산하여 방어에 나섰다. 분견대가 바짝 긴장했으나 조선군은 더 이상 총을 쏘지 않았다. 분견대가 다시 잠을 자려고 하면 조선인들이 가까이 다가와서 맹렬하게 꽹과리를 두드려대는 통에 불란서 분견대는 한숨도 잘 수 없었다.

불란서 분견대는 이튿날 다시 문수산성 공격에 나섰다. 분견대가 문수산성에서 고전을 하자 불란서 군선이 갑곶진에 이르러 맹렬하게 함포사격을 했다. 포탄이 성벽을 때리고 불기둥이 하늘 높이 치솟았다.

'화력이 너무나 강하다.'

조선군은 뿔뿔이 흩어져 달아날 수밖에 없었다. 불란서 군선의 함포사격은 조선군 병사들이 상상을 할 수 없을 정도로 막강했다.

"퇴각하라."

한성근이 병사들에게 철수 명령을 내렸다. 불란서군 분견대는 문수산성을 점령하고 통진부로 짓쳐 들어갔다. 통진 부사 이공렴은 제대로 전투조차 하지 않고 부성을 탈출했다. 불란서 분견대는 전사자를 낸 탓에 흥분하여 통진부의 관청을 습격하고 민가에 불을 지르고 약탈을 자행했다. 이 소식은 즉시 조선의 조정에 보고되었다. 조정과 도성은 다시 벌집을 쑤신 듯이 들끓었다. 피난민들이 줄을 잇고 한성 부중은 하루가 다르게 인적이 비어갔다. 이번에도 사대부 명문세가들이 다투어 피난을 갔다. 불과 며칠 사이에 한성 부중에 있는 민가가 7천 호나 피난을 떠나 빈집이 되었다.

'아아, 나라가 어찌 이리 허약한가?'

자영은 통진부가 함락되었다는 소식을 듣자 쓸쓸했다. 그녀는 중궁전에서 나와 뜰을 걸었다. 가을밤이 깊어 대궐은 찬바람이 불고 있었다. 자영은 불란서군이 도성으로 달려올까 봐 불안하고 초조했다.

'위기가 지나면 반드시 군사를 새로 양성해야 한다.'

자영은 밤하늘에 가득한 별을 보면서 한숨을 내쉬었다.

***

이하응은 장신(將臣)들을 거느리고 한강 방어선을 순시했다. 통진부가 함락되어 김포가 뚫릴 가능성이 높았다.

"적이 통진을 점령했다. 모든 장신들은 목숨을 걸고 적을 격퇴하라. 싸우지 않고 물러나는 자는 목을 칠 것이다."

이하응의 명은 서릿발이 서 있었다.

"이공렴을 잡아다가 국문하라."

불란서군과 싸우지도 않고 달아난 이공렴을 엄벌에 처하라는 명을 내렸다. 서교도도 모조리 잡아들여 처형하라는 명을 내렸다.

"오라버니, 더 이상 서교도를 죽이면 안 됩니다."

민승호에게 이 소식을 들은 자영이 이하응의 명이 잘못되었다고 반대했다.

"국태공 저하의 명입니다. 반대하면 안 됩니다."

"임진왜란이 일어났을 때 재상 류성룡은 적과 싸우는 노비는 면천을 시켜주고 공을 세운 노비는 상을 주었습니다. 격문을 보내 사명당 같은 대사가 울면서 승병을 일으키기도 했습니다."

자영은 이하응의 대책이 잘못되었다고 비난했다.

"자형, 서교도 때문에 병란이 일어났는데 또 서교도를 탄압합니까?"

민승호가 이하응에게 은밀하게 고했다.

"병란이 일어나자 백성들이 분노하고 있다. 왕실과 조정이 무능하여 병란이 일어났다는 말을 듣지 못했느냐? 민심이 이반되고 있다."

불란서 군선이 내침하자 왕실과 조정이 무능하다고 맹렬하게 비난했다.

"그럼 민심을 모으기 위해서 서교도를 죽이는 것입니까?"

"그렇다. 왕실과 조정에 대한 분노를 서교도에게 돌릴 것이다."

민승호는 이하응의 말에 입을 다물 수 없었다. 국난에 대처하는 방법이 자영과 전혀 달랐다.

'국태공은 피도 눈물도 없는 사람이구나.'

민승호는 이하응을 수행하면서 몸이 떨리는 것을 느꼈다. 민심 이반은 심각했다. 백성들은 달아나려고 할 뿐 나라를 위해 의병을 일으키려고 하는 이들은 없었다.

'민심을 잃으면 어떻게 전쟁을 하겠는가?'

자영은 조정의 동정에 촉각을 곤두세웠다. 조정이 비상사태에 돌입하자 소년 왕인 재황은 더욱 할 일이 없었다. 대신들과 무장들은 군사상의 중요한 일을 모두 이하응에게 보고했다.

'국태공이 이 나라의 국왕이나 다름없구나.'

자영은 국난을 당했는데도 재황이 왕의 역할을 제대로 하지 못하는 것을 보고 답답했다.

"전하, 국난을 잘 살피십시오."

자영은 재황에게 조용히 말했다.

"아버님이 운현궁에서 모든 일을 처결하고 있소."

재황이 우울한 표정으로 내뱉었다.

"승지들을 전하 곁에 두십시오."

"운현궁에서 부르면 어찌하오? 공연히 아버님의 노여움을 살까 봐 두렵소."

"승지는 국왕의 곁에 있어야 합니다. 운현궁으로 가고 대궐에 들어오지 않으면 꾸짖으십시오. 승지가 나태하다고 꾸짖으면 전하를 두려워할 것입니다."

자영의 말에 재황이 무겁게 한숨을 내쉬었다.

"전하께서는 전쟁을 잘 모르십니다. 국태공 저하의 옆에서 배워야 할 것입니다."

자영은 재황이 긴장하지 않도록 웃으면서 여러 가지 이야기를 해주었다. 재황이 이튿날 아침 편전인 사정전으로 나가자 승지들이 두 명밖에 나와 있지 않았다.

"나라가 위급한데 승지들이 보이지 않으니 어찌 된 일인가? 승지들이 이렇게 나태해서야 불란서 군선을 어찌 물리치겠는가? 나태한 승지들을 추고해야 하는가? 속히 불란서 군선에 대해서 고하게 하라."

재황이 승정원에 영을 내렸다. 운현궁에 모여 있던 승지들이 깜짝 놀라 사정전으로 달려왔다. 이하응은 승지들이 보이지 않자 비로소 대궐로 등청했다.

***

강화도는 전쟁의 한가운데에 놓여 있었다.

강화도는 벼 베기 철이었다. 농민들은 아침부터 들판에 나가 누렇게 고개를 숙인 벼를 베고 있었다. 황금 들판이었다. 전국적으로 큰 가뭄과 수재가 닥쳤으나 수리시설이 잘되어 있는 강화는 근래에 보기 드문 풍년이 들었다. 그러나 백성들은 풍년이 든 논과 집을 버리고 무리를 지어 피난을 떠났다. 섬이라 피난 갈 곳이 없어서 산으로 올라갔다. 강화읍 주위의 산들이 하얗게 변했다.

강화 유수 이인기는 남문에서 급보를 받고 경력(經歷) 김재헌을 다시 파견했다. 불란서군은 경력 김재헌이 병사들을 데리고 불란서 함대로 접근하는 것을 방해했다. 김재헌이 수없이 대장을 만나러 왔다고 했으나 불란서군은 칼을 뽑아 들고 삼엄한 기세로 김재헌의 앞을 가로막았다.

"길을 열어라! 나는 너희 대장을 만나러 왔다! 너희 대장에게 안내해라!"

김재헌은 불란서 병사들이 앞을 막자 몸으로 뚫고 앞으로 나아갔다. 조선의 병사들도 공포에 떨면서 김재헌의 뒤를 따랐다. 이때 강화 유수부의 경력 김재헌이 유수 이인기를 통해 조정에 올린 장계는 다음과 같다.

> 갑곶진에 있는 농가로 끌고 갔는데 그들 수백 명이 칼과 총을 각각 휴대하고 모여들어서는 쭉 늘어섰습니다. 그리하여 글로 써서 묻기를,
>
> "당신들은 수만 리 풍파를 헤치고 왔는데 앓는 사람은 없습니까?"

라고 하니 그들은 없다고 대답하였습니다. 계속해서 글로 써서 묻기를,

"당신들은 어느 나라 사람인지 알 수 없는데 무슨 일 때문에 여기까지 왔습니까?"

라고 하였으나 저것들은 또 대답이 없었습니다. 그들이 쓴 글을 우리에게 보여주었는데 저것들의 글이 우리나라의 글과는 같지 않았습니다. 얼마 안 가서 저것들이 우리더러 배에 올라가자고 하기에 그들을 따라 그들의 배에 올라갔는데 수를 헤아릴 수 없는 양이 오랑캐들이 좌우에 늘어섰으며 2층에 있는 배 칸으로 끌고 들어갔습니다. 그 방 안에는 등불과 촛불이 환하게 켜져 있었는데 양이 오랑캐 한 놈이 한가운데 앉아 있고 그 곁에 우리나라 사람 옷차림을 한 사람이 의자에 앉아서 우리나라 말을 하면서,

"강화 유수입니까?"

라고 하였습니다. 그리하여 대답하기를,

"아닙니다. 지방 관리입니다."

라고 하자 그는 묻기를,

"누가 당신을 보냈습니까?"

라고 하므로 대답하기를,

"나는 지방관으로서 내막을 알아보기 위해 여기까지 왔습니다."

라고 하였습니다. 그는 묻기를,

"금년 봄에 당신네 나라에서는 무엇 때문에 서양 사람 아홉 명

을 죽였습니까?"
라고 하므로 대답하기를,

"실로 봄에 그런 일이 있었습니다. 당신네 나라 사람이 수도에 잠복해 있으면서 여인들을 강간하고 남의 돈과 재물을 빼앗고 암암리에 반역 음모를 꾸몄으므로 나라의 법에 비추어 사형죄에서 벗어날 수 없었기 때문에 처형하였습니다. 대체로 우리나라 사람이 만약에 당신네 나라에 들어가 이와 같이 법에 어긋나는 행동을 하였다고 하면 당신네 나라에서도 응당 사형에 처하였을 것입니다."
라고 하였습니다. 저놈들은 말하기를,

"지금 당신의 말은 너무나 터무니없는 중상모략입니다. 신부는 결혼조차 하지 않는 사람인데 어떻게 부녀자들을 강간하겠습니까? 지금 당신을 죽이겠습니다."
라고 하므로 대답하기를,

"죽어도 두렵지 않습니다. 그러나 역관으로서 내막을 물어보러 온 사람을 죽이는 일은 예로부터 없었습니다. 당신들은 빨리 배를 돌려 돌아가야 할 것입니다."
하자 그놈들이 칼을 빼들고 죽일 듯이 위협을 하면서 가라고 독촉을 했기에 부득이 도로 육지에 올라와 해문 안에 이르렀습니다. 그런데 한 무리의 추악한 놈들이 칼과 창을 뽑아 들고 길 가운데서 막아섰으며 또한 음식물을 요구하였습니다. 그래서 소 세 마리를 주도록 하겠다는 내용으로 글을 써서 보였는데 그들은 흡족하게 여기지 않고 끝끝내 길을 막아서 열어주지 않았습니다. 그리하여 멀리 떨어진 나라 사람들을 너그럽게 대해주어야 하는 뜻에서 소 다섯 마리, 돼지 다섯 마리, 닭 열 마리를 주도록 하겠다는 내용으로 글을 써서 보였더니 그들은 그제야 길을 열어주었습니다. 그들의 배 세 척은 갑곶진에 정박해 있고 10여 척의 종선을 타고 다니며 제멋대로 육지를 상륙해서 백성들의 집 제물을 뺏고 온 산과 들을 마구 싸다녔습니다. 배 모양이며, 연통이며, 기계들은 지난번에 왔던 배 모양과 같았으나 배 안에 있는 오랑캐들은 얼마나 되는지 알 수 없었습니다.

강화 유수 이인기가 보고한 내용이다. 이인기는 이하응에게 장계를 올려 불란서 군선이 강화도 앞바다에 정박해 강화부를 유린할 태세를 보이고 있고, 일단의 병사들이 민가를 습격하여 방화와 약탈을 일삼고 있다고 보고했다. 아울러 불란서 군선이 신부 아홉 명을 죽인 일을 보복하기 위해 강화부로 쳐들어왔으며 불란서 군선에는 서양인과 내통한 조선인도 있다고 보고하였다.

불란서 함대는 갑곶진에 분견대를 상륙시켰다. 이에 초지 첨사 주기수가 그들의 상륙을 저지하려고 했으나 불란서 군대는 통역도 없는 데다 대화에 응하려고도 하지 않고 강화 읍성 남문을 향해 진격해 왔다.

"불란서 군사들이 갑곶진에 상륙했습니다."

병사들이 유수 이인기에게 달려와 보고했다.

"몇 명이나 상륙했느냐?"

"자세히는 알 수 없으나 수백 명에 이릅니다."

불란서 해군 중령 도스리가 지휘하는 분견대는 갑곶진을 거쳐 동성(東城)을 깨트리고 성루에 올라가 조선군의 방어 태세를 점검했다. 의외로 조선군의 방어는 허술해 보였다. 도스리는 이 사실을 즉각 로즈 제독에게 보고했고 로즈 제독은 8일 아침 본대를 거느리고 남문으로 진출했다.

강화 읍성 남문을 지키던 조선군은 불란서군이 진격해 오자 바짝 긴장했다. 불란서군은 대오가 정연했다. 남색 바지에 붉은색 군복을 입고 진격을 하는 불란서군의 모습은 차라리 아름답기까지 했다.

'아!'

조선군은 마치 환상을 보는 듯했다.

"공격하라!"

조선군은 불란서군이 가까이 진격해 오자 일제히 활을 쏘고 화승총을 쏘았다. 그러나 사정거리가 불란서군에게 미치지 못했다.

불란서군은 성벽 앞에서 대오를 2열로 정비했다. 대완구를 앞줄에 나란히 세우고 뒷줄에 보병들이 장총을 들고 섰다. 이내 불란서군이 대완구를 발사하기 시작했다. 천지를 진동하는 굉음과 함께 성벽이 와르르 무너져 내리고 조선군 병사들의 몸뚱이가 공중으로 튀어 올랐다. 순식간의 일이었다. 남문성 일대는 금세 불길이 치솟고 초연이 자욱했다. 포탄은 성안까지 날아와 민가들이 박살났다. 성안의 백성들은 허둥지둥 인근 산으로 달아났다. 아비규환의 지옥이었다.

조선군 병사들은 우왕좌왕했다. 강화 남문 수문장은 군사들을 독려해 싸우려고 했으나 불란서군의 포탄과 총탄이 빗발처럼 조선군 병사들을 향해 날아오고 있었다.

조선군 병사들은 다투어 달아났다. 불란서군은 남문 성루에서 조선군이 모두 달아나자 도끼로 남문을 부수고 물밀듯이 읍내로 진격해 들어갔다.

읍내는 텅텅 비어 있었다. 민간인들도 군사들도 보이지 않았다. 그들은 단숨에 유수부까지 진격하여 강화읍을 점령했다.

이때 조정에서 판서를 지낸 이시원과 군수를 지낸 이지원 형제는 불란서군에게 강화읍이 함락되자 분을 참지 못해 극약을 먹고 자결했다. 남문장 이춘일과 조광보는 남문에서 전사했다.

이 일은 그날로 조정에 알려졌다. 조정은 강화읍이 불란서군에게 함락되었다는 급보를 받자 망연자실했다.

"마마, 강화부가 함락되었으니 큰일입니다. 불란서군이 도성으로 짓쳐들어올 것입니다."

민승호가 사색이 되어 중궁전으로 달려왔다. 자영은 나뭇잎이 모두 떨어진 수목을 응시했다. 아침에 서리가 하얗게 내려 이제 곧 겨울이 오겠구나 하는 생각을 했었다.

"순무영이 한 달만 버티면 됩니다."

자영이 민승호를 살피면서 낮게 말했다.

"마마, 그게 무슨 말씀입니까?"

"한 달이 지나면 한겨울입니다. 한강이 꽁꽁 얼어붙으면 불란서군은 꼼짝을 못하게 될 것입니다."

민승호는 자영의 말에 자신도 모르게 무릎을 쳤다.

"강화도에 있는 양헌수 장군에게 병력과 화력을 집중하게 하십시오. 병력이 집중되어야 승리할 수 있습니다."

자영은 마치 바둑판을 들여다보듯이 전쟁을 꿰뚫어보고 있었다.

***

재황은 통진부에 이어 강화부가 유린되자 눈앞이 캄캄해지는 것 같았다. 조정과 운현궁은 긴박하게 움직이고 대궐은 벌집을 쑤신 것 같았다. 신정왕후는 몽진을 해야 한다고 뒤에서 수군거리고 궁녀와 내관들은 삼삼오오 모여 재황의 눈치를 살피고 있었다. 그런데 자영이 있는 중궁전만이 기이하게 평화로웠다.

"중전, 중전은 전쟁이 두렵지 않소?"

재황은 서온돌에 앉아서 자영에게 물었다.

"전하는 두렵습니까?"

"두렵소. 전쟁이 어찌 두렵지 않겠소?"

"어릴 때 공동묘지에 다녀오라던 국태공 저하의 말씀을 기억하십니까. 그날 비가 왔었지요."

"부끄럽지만 기억하오."

"그때 첩이 말씀 올린 일이 있습니다. 담력이 없으면 담력이 있는 사람을 옆에 두고, 지략이 없으면 지략이 있는 사람을 옆에 두면 된다고……."

"그 사람이 중전이오?"

"첩이 그날 전하를 지켜드린다고 약속드렸습니다."

재황이 고개를 끄덕거렸다. 이상하게 자영의 말에 안심이 되는 것 같았다.

"이제부터 조정의 일을 첩에게 소상하게 알려주십시오. 첩이 전하를 위대한 군왕으로 만들어드리겠습니다."

재황이 고개를 끄덕거리고 조정에서 보고되거나 논의된 전쟁 상황을 자영에게 이야기하기 시작했다.

불란서군은 천주교인들을 통해 조선군이 정족산성에 매복하고 있다는 정보를 입수했다.

"그대가 분견대를 지휘하여 정족산성의 조선군을 격파하시오."

로즈 제독은 조선군을 토벌하기 위해 올리비에 대령을 지휘관으로 하여 160명의 수병을 출동시켰다.

불란서군은 새벽 6시에 갑곶진의 야영지에서 대오를 이루고 정족산성을 향하여 행군하기 시작했다. 불란서군에는 조선을 탈출한 리델 신부와 조선인 천주교도 최인서 등 여러 명이 길 안내와 통역을 위해 동행했다. 정족산성은 이미 불란서군이 1차로 기습을 하여 다수의 승군(僧軍)을 사살하고 돌아온 일이 있었다. 정족산성을 재차 공격하는 것은 어려운 일이 아니라고 생각했다.

불란서군은 질서정연하게 행군했다. 날씨가 좋았다. 군대가 찬우물 고개를 넘을 때 붉은 해가 둥실 떠오르면서 어둠이 걷혔다. 기온은 쌀쌀했다. 겨울이 문턱까지 다가와 있었다.

정찰대가 앞에 서고 분견대 본진은 가운데에 그리고 뒤에는 탄약과 병사들의 짐을 실은 말들이 따랐다.

정족산성이 있는 온수리까지는 50리 길이었다. 그들은 정오 무렵이 되었을 때 정족산성 앞에 도착했다. 올리비에 대령은 장교들을 집합시키고 오랫동안 회의를 했다. 그러더니 정찰대 장교에게 남쪽 성문으로 돌아가라고 지시했다. 정찰대가 분견대의 본진에 앞서서 산성 남쪽을 향해 가기 시작했다. 이번엔 리델 신부도 정찰대에 합류했다.

정찰대는 이내 정족산성 남문 앞에 이르렀다. 성은 협곡 안에 있었는데 능선을 따라 거대한 돌성[石城]이 축조되어 있었다. 산성 안에 있다는 절은 울창한 송림에 가려 보이지 않았다. 성벽의 높이는 얼추 12자나 되어 보였다. 천험의 요새로 보였다.

그때 무장한 조선 병사 한 사람이 송림에 나타났다. 정찰대의 불란서 병사들이 조선군 병사를 향해 일제히 총을 쏘았다. 조선군 병사는 재빨리 달아났다. 불란서군 병사 세 명이 추격했으나 조선군 병사는 눈 깜짝할 사이에 산성으로 달아나버리고 말았다.

불란서군은 산성 2백 미터 앞에서 대오를 정비했다. 산성에서는 처음에 잠깐 고함 소리가 들렸으나 이내 물속처럼 조용해졌다.

***

천총 양헌수 장군은 그때 정족산성의 동문에 있었다. 동문이라고 해야 숲속에 있는 조그만 월동문이었고 성의 정문은 남문이었다. 그는 불란서군이 산성의 남문으로 향했다는 보고를 받자 즉시 남문으로 향해 달려갔다.

'왔구나!'

불란서군은 산성 2백 미터 전방에 도착해 있었다. 오솔길이 가득 메워져 있는 것을 보면 적은 숫자는 아니었다. 그러나 불란서군의 진영에 대완구가 보이지 않자 안심이 되었다. 대완구만 가지고 오지 않았다면 불란서군의 총이 아무리 우수하다고 하더라도 싸워볼 만하다고 생각했다.

"별군관!"

양헌수 장군은 별군관 이현규를 불렀다.

"예, 장군님!"

"적이 바짝 다가오면 그때 총을 쏘시오. 우리는 탄약이 넉넉하지 않소."

"명심하겠습니다."

별군관 이현규는 불란서군을 향해 총을 겨누고 있는 병사들을 돌아보며 힘차게 대답했다. 성벽에는 총안(銃眼)이 뚫려 있었다. 병사들은 적이 가까이 다가오기만을 기다리고 있었다. 그때 불란서군 진영에서 경쾌한 나팔 소리가 들려왔다.

"이게 무슨 소리요?"

"진격 나팔인 것 같습니다."

별군관 이현규의 말대로였다. 불란서군이 갑자기 함성을 지르며 산성을 향해 달려오기 시작했다. 나팔 소리는 계속되고 있었다. 한 번도 들어보지 못한 음조였다. 양헌수 장군은 경쾌한 나팔 소리에 맞춰 달려오는 불란서군을 노려보면서 한순간 지극히 아름답다고 생각했다. 군복 상의는 짙은 남색이었다. 바지는 피처럼 붉은색이었다. 그들이 나팔 소리에 맞춰 성문을 향해 달려오는 모습은 한순간이기는 하지만 한 무리의 꽃이 움직이는 것처럼 아름답기 짝이 없었다.

"사격 준비!"

양헌수 장군은 숨이 막히는 것 같았다.

"제1대 사격!"

양헌수 장군은 마침내 군령을 내렸다. 조선군 병사들은 양헌수 장군의 명령이 떨어지자마자 일제히 사격을 시작했다. 금세 화약 연기가 성루에 자욱하게 퍼지고 요란한 총성이 골짜기를 진동했다. 총탄이 불란서군을 향해 빗발치듯 날아갔다.

"제2대 사격!"

조선군 병사들의 총은 단발이었다. 제1대가 총을 쏘고 뒤로 빠지면 제2대가 앞으로 나가서 사격을 했다. 그동안 제1대는 탄약을 장전하는 것이다.

불란서군은 조용하던 성안에서 총탄이 빗발치듯 날아오자 길바닥에 납작 엎드렸다. 그러나 조선군 병사들의 사격은 맹렬했다. 여기저기서 불란서 병사들이 쓰러져 뒹굴고 비명을 질러댔다.

불란서군은 특공대를 조직해 오른쪽 성벽을 향해 진격하게 하고 본대는 성문을 향해 진격해 나갔다. 그러나 조선군 병사들의 사격은 더욱 맹렬해지고 있었다. 불란서군은 바짝 엎드려서 조선군을 향해 응사했으나 성벽에 뚫린 작은 구멍으로 총을 쏘는 조선군을 맞출 수가 없었다. 불란서군의 총탄은 성벽에 맞고 헛되이 튕겨 나갈 뿐이었다.

"앞으로 나가라!"

"진격하라!"

불란서 장교들이 병사들을 독려했으나 명령이 이행되지 않았다. 오히려 병사들은 죽음의 공포에서 벗어나기 위해 총을 쏘며

후퇴했다.

“퇴각하라.”

올리비에 대령이 마침내 퇴각 명령을 내렸다. 불란서군 진영에서 퇴각 나팔이 울려 퍼졌다.

“적이 퇴각한다. 추격하라.”

양헌수 장군이 벌떡 일어나서 명령을 내렸다. 조선군은 불란서군이 퇴각하기 시작하자 산성에서 나와 맹렬한 사격을 해댔다.

불란서군도 결사적으로 응사했다.

이번엔 조선군이 퇴각했다. 그렇게 세 차례 격렬한 총격전이 전개되자 불란서군은 전의를 상실하고 말았다. 조선군도 탄약이 떨어져가고 있어서 불란서군의 퇴로를 차단하지 못했다.

‘탄약이 충분하지 못한 것이 천추의 한이다.’

양헌수 장군은 퇴각하는 불란서군의 행렬을 보면서 가슴을 쳤다.

불란서군은 부상자를 부축하여 퇴각하기 시작했다. 전사자와 부상자를 뺀 나머지 병사들은 80명밖에 되지 않았다. 조선군이 퇴로를 차단하고 공격했더라면 단 한 명도 살아남지 못할 정도로 불란서군은 대패했다.

불란서 함대를 이끌고 온 리텔 신부는 침통한 표정이었다. 패잔병 대열은 비참했다. 불란서군은 정족산성에서 멀어지자 들것을 만들어 부상자를 태우고 갑곶진까지 계속 걸어갔다. 탄약과 식량, 다수의 무기까지 조선군에게 뺏긴 불란서군은 점심도 먹지 못하고 패주했다.

로즈 제독은 야영지에서 2킬로미터나 떨어진 곳까지 불란서군을 마중 나왔다. 그는 올리비에 대령에게 자세한 보고를 받은 뒤 부상자들을 위로하고 기함 게르에르호로 돌아갔다.

그날 밤 로즈 제독은 조선에서 철수하기로 결정했다. 조선 정부와 더 이상 교섭을 할 희망도 없고 날씨도 점점 추워지고 있었다. 음력 10월 4일, 불란서 함대는 마침내 강화읍의 장령전과 남문 안 민가에 불을 지르고 갑곶진에서 철수하기 시작했다.

"적이 물러간다."

불란서군이 강화도를 떠나는 것을 본 백성들이 함성을 질렀다. 불란서군은 함포사격을 하면서 물치도까지 철수했다. 이로써 강화읍에서 불란서군이 완전히 철수하게 되었다.

순무영 중군 이용희는 정족산성의 양헌수 장군에게 강화읍으로 나와 강화 유수가 부임할 때까지 유수 업무를 대행하도록 지시했다. 10월 6일 조정에서는 강노를 강화 위유사(慰諭使)로 삼아 백성들을 위로하고 나라의 돈 1만 냥을 하사하여 전란으로 집과 농토를 잃은 백성들에게 나눠 주게 하였다.

12
적, 그리고 사랑

조선을 공포에 떨게 한 불란서와의 전쟁은 끝이 났다. 불란서 군선은 겨울이 닥쳐올 것을 두려워하면서 강화도 외규장각을 대대적으로 약탈하여 떠났다. 양헌수는 개선장군이 되었다.

'외적이 물러가기는 했어도 대승을 거둔 것은 아니다. 적의 사상자가 수십 명밖에 되지 않는다.'

자영은 양헌수의 승리를 높게 평가하지 않았다.

"불란서 군선이 물러간 것은 오로지 양헌수 장군의 공로다. 문무백관은 남대문에 나가서 양헌수 장군을 성대하게 맞이하라."

이하응은 크게 기뻐하면서 영을 내렸다. 그는 양헌수의 승리를 자신의 승리로 만들려고 했다. 양헌수가 개선하는 날은 구경하는 백성들로 아침부터 길이 메워졌다.

'양헌수를 발탁한 것은 국태공이 아니라 우리 중전마마다.'

민승호는 양헌수 장군을 환영하는 막차에서 그렇게 생각했다. 대신들이 다투어 이하응에게 양헌수를 발탁한 혜안이 있다고 칭송했다.

"핫핫! 장군이 사직을 구하였소."

양헌수가 개선군을 이끌고 남대문으로 들어오자 이하응은 손수 막차에서 나아가 환영했다.

"소인이 무슨 공로가 있겠습니까? 오로지 주상 전하와 국태공 저하의 위엄으로 적을 물리친 것입니다."

양헌수는 남대문 앞에서 이하응과 문무백관의 환영을 받았다. 이하응이 술을 권하고 전쟁 상황을 물었다. 양헌수는 남문에서 벌어진 상황과 불란서군에 유린당한 강화 읍내 상황을 고했다. 개선 장군을 환영하는 일은 국왕이 주도해야 한다. 그러나 이하응은 개선 행사를 자신이 주도하면서 잔치 마당으로 이끌었다. 양헌수는 오후 늦게야 대궐에 들어가 국왕인 재황에게 절을 올렸다.

"그대가 사직을 구하는 공을 세웠다. 과에는 벌을 주고 공에는 상을 주는 것이 예부터의 법이다. 그대를 한성 판윤에 제수한다."

양헌수는 한성 판윤이 되고 병조판서까지 승차했다.

유림은 불란서군이 물러가자 또다시 서교도 탄압을 격렬하게 주장했다.

"양이 오랑캐의 침입은 서교도로 인한 것입니다. 서교도를 모조리 잡아 죽여 국가의 기강을 바로 세워야 합니다."

유림의 상소가 빗발쳤다. 조정은 서교도를 대대적으로 탄압했다.

해가 바뀌어 1867년이 되었다. 자영은 정초의 어수선한 분위기가 어느 정도 가라앉자 다시 영보당 이 상궁에 대한 문제를 심각하게 생각하기 시작했다. 지난해는 분주하기 짝이 없는 해였다. 자영 개인으로서는 여자의 최고 지위인 왕비의 자리에 올랐고 마침내 한 남자의 여자가 되었다. 어떻게 생각하면 그 두 가지 일은 자영이 평생 잊을 수 없는 일이었다. 지난해는 무엇보다 천주교 탄압의 피바람과 불란서 군선의 내침으로 어수선했다.

천주교의 탄압과 병인양요는 민심을 크게 술렁거리게 했다. 그러나 양헌수 장군이 정족산성에서 불란서군을 대파하고 불란서 군선이 물러감으로써 민심은 다소 안정되었다.

'국태공이 지나치게 독선적이다.'

자영은 이하응에게 실망했다. 재황은 이하응에게 끌려다니다시피 하면서 정사를 보고 있었다. 재황은 아버지인 이하응을 두려워했다. 아버지와 아들 사이가 점점 벌어져갔다. 이하응은 아들인 재황을 신인무의(信人無疑, 아무런 의심 없이 무조건 사람을 믿는다)하다고 질책했다.

재황은 그 소리를 듣고 대조전에 돌아와 오랫동안 울었다. 재황을 모시던 상궁들이 황망하여 몸 둘 바를 몰라 쩔쩔매었다.

재황은 이하응과 눈을 마주치려고 하지 않았다.

자영은 재황이 영보당 이 상궁을 자주 찾아가는 것을 그때서야 이해했다. 재황은 이하응의 따가운 눈빛에서 벗어날 안식처가 필요했던 것이다. 영보당 이 상궁은 재황의 안식처였다.

자영은 그 일 때문에 잠을 이룰 수 없었다. 재황이 이 상궁의 처소에서 잠을 잘 때면 밤을 새우기 일쑤였다. 잠이 오지 않았다. 눈을 감으면 재황과 이 상궁이 알몸으로 껴안고 뒹구는 모습만 머릿속에 떠올랐다. 자영은 점점 얼굴이 수척해져갔다.

그러던 어느 날 자영은 영보당 이 상궁이 세배를 드리러 온다는 전갈을 받고 깜짝 놀랐다. 생각조차 못한 일이었다. 그녀는 이 상궁이 느닷없이 세배를 드리려 하는 저의를 알 수 없어 한참 동안 생각에 잠겼다.

이 상궁과는 그동안 딱 한 번 얼굴을 대면했을 뿐이다. 불란서 군선이 물러간 지 얼마 되지 않은 지난해 11월이었다. 자영이 대왕대비전에 문안을 드리고 오는데 애연정 정자를 돌아오던 궁녀가 황급히 고개를 숙이고 옆으로 비켜섰다. 뒤에는 무수리까지 하나 거느리고 있었다. 자영은 일반 상궁이겠거니 하고 무심히 보았다.

"중전마마."

그때 박 상궁이 자영의 걸음을 멈추게 했다.

"이 상궁이옵니다."

박 상궁이 옆에 서서 낮게 소곤거렸다.

"어느 전각 소속이냐?"

"특별상궁이옵니다."

"특별상궁이라니?"

"아뢰옵기 황송하오나 전하의 승은을 입고 있는 상궁입니다."

자영은 그때서야 이 상궁이라는 궁녀의 모습을 자세히 살폈다. 재황의 총애를 받는 궁녀가 있다더니 저 계집이구나, 하는 생각이 빠르게 머리를 스쳤다.

"네가 이 상궁이냐?"

자영은 고개를 잔뜩 숙이고 있는 이 상궁의 머리를 쏘아보며 물었다. 자신도 모르게 목소리가 떨렸다.

"예."

이 상궁이 모깃소리처럼 낮게 대답했다. 이 상궁도 긴장을 했는지 어깨가 가늘게 떨리고 있었다.

"고개를 들어보아라."

자영은 이 상궁의 얼굴을 보고 싶었다. 이 상궁이 얼마나 예쁘게 생겼는지 자신의 눈으로 직접 확인하고 싶었다.

"고개를 들라시지 않느냐?"

박 상궁이 쌀쌀하게 호통을 쳤다. 이 상궁이 그때서야 조심조심 고개를 들었다.

'평범한 얼굴이야.'

이 상궁은 얼굴이 동그스름하여 복스럽게 생긴 얼굴이었다. 결코 미인이라고는 할 수 없는 얼굴이어서 자영은 안도감을 느꼈다.

'재황은 이 계집애의 어디가 좋아서 총애를 하는 것일까?'

자영은 얼핏 그 점이 이해되지 않았다. 자신의 용모가 이 상궁을 능가한다는 자신감이 생기자 관대한 마음이 생겼다.

"용모가 가려하구나. 마음도 그처럼 예쁘겠지."

자영은 한마디를 던지고 중궁전으로 향했다. 그러고는 이 상궁을 다시 만난 일이 없었다.

"중전마마."

박 상궁 간난이가 자영을 불렀다. 자영은 그때서야 정신이 번쩍 들었다.

"영보당 이씨 대령했사옵니다."

"들라고 해라."

자영은 자세를 바로 하고 앉았다. 이내 장지문이 열리고 영보당 이 상궁이 조심스러운 걸음으로 서온돌로 들어섰다. 자영은 이 상궁의 거동을 차갑게 쏘아보았다. 이 상궁은 회임을 하여 배가 불러 있었다.

이 상궁이 천천히 큰절을 올렸다. 정초의 세배였다. 거동이 다소곳했다.

"음."

자영은 억지로 미소를 지으며 고개를 끄덕거렸다. 중궁전에는 여러 상궁과 무수리들이 이 상궁의 출현에 촉각을 곤두세우고 있었다. 그들에게 중전이 투기를 한다는 입질 거리를 만들어주고 싶지 않았다. 이 상궁은 몇 달 사이에 몰라보게 숙성해 있었다.

"중전마마. 새해 하례드리옵니다. 부디 소원 성취하옵소서."

덕담은 윗사람이 먼저 하는 것이 궁중의 법도였다. 그러나 자영은 내색하지 않았다.

"이 상궁도 소원이 있으면 성취를 이루도록 해라."

자영의 목소리에는 나이답지 않게 위엄이 서려 있었다.

"예."

"너를 본 지가 참으로 오래되었구나. 그동안 무탈했겠지."

"중전마마의 하해 같은 배려로 잘 지냈사옵니다. 그간 문후 올리지 못해 송구하옵니다."

"괜찮다. 궁중의 법도가 그렇지 않으니 어쩌겠느냐? 낮것이라도 들겠느냐?"

낮것은 점심을 말하는 것이었다.

"아니옵니다. 소인이 어찌 중전마마 안전에서 낮것을 들겠사옵니까? 분부 거두어주시옵소서."

"여염으로 말하면 정실과 후실이다. 못 들 것도 없지 않느냐?"

"소인 감당할 자신이 없사옵니다. 통촉해주시옵소서."

"아니다. 너는 내게 세배를 온 손님이다. 낮것조차 대접을 아니하면 중전이 그릇이 작다고 말이 있을 터…… 박 상궁!"

자영은 밖에 있는 박 상궁을 불렀다.

“예. 중전마마.”

“여기 이 상궁에게 낮것을 올리도록 해라.”

“분부 받자옵니다. 중전마마.”

박 상궁이 물러가는 기척이 들렸다. 자영은 무릎을 세우고 앉아 있는 이 상궁을 다시 자세히 살폈다. 나이는 자영보다 열 살이 더 많았다. 그래서 그런지 숙성한 여인의 체취가 은은하게 풍기는 것 같았다.

자영은 이 상궁에게 점심을 대접해서 돌려보냈다.

***

민승호가 자영을 찾아온 것은 정월 보름이 지났을 때였다. 자영은 민승호와 함께 춘당지를 향해 걸어갔다. 중궁전은 답답했다.

“오라버님. 사가는 어찌 지내는지 궁금하군요. 사가를 떠난 지 벌써 1년이 되었습니다.”

춘당지는 한겨울이라 쓸쓸했다. 부용정도 나뭇잎만 수북이 쌓여 스산해 보였다.

“사가는 두루 평안하옵니다.”

민승호가 조용히 대답했다. 자영은 민승호와 함께 부용정으로 들어갔다. 전도하는 궁녀들은 연못가에 떨어져 있었다. 하늘은 낮고 찌뿌듯했다. 눈이라도 흩뿌릴 듯이 음산한 날씨였다.

"어머님은 평안하시고요?"

자영의 눈이 허공을 좇았다. 민승호는 자영이 내심을 말하지 않고 허공을 쓸쓸히 바라보는 것에 마음이 쓰였다.

"예."

민승호는 다시 조용히 대답했다.

"조카들도 많이 컸겠지요. 언제 한번 궁궐에 데리고 들어오십시오. 조카들이 보고 싶습니다."

"그러잖아도 아들놈이 중전마마 뵙기를 소원하고 있사옵니다."

"잘 키우십시오. 우리 여흥 민씨의 대를 이을 귀한 손이 아닙니까?"

"예."

자영은 민승호의 어린 아들을 머릿속에 떠올리며 자신도 그런 아들을 낳았으면 하는 생각이 떠올랐다.

"오늘의 내가 있는 것은 모두 오라버님 덕분입니다. 오라버님께서도 정승의 반열에 오르셔야 할 줄 믿습니다."

"아직은 경륜이 짧습니다. 과거에 급제한 지 2년밖에 안 되었습니다."

연못엔 얼음이 얼어 있었다. 그러나 보름이 지났으니 머지않아 봄이 오리라고 생각했다.

"이항로 같은 이는 상소문 한 장으로 이하응을 사로잡아 동부승지가 되었습니다."

이항로는 병인양요가 일어나자 목숨을 바쳐 싸울 것을 주장한 상소를 올렸는데 그 상소의 문장이 명문이라고 소문이 자자했다.

"이항로는 유림의 명망 높은 학자입니다. 또 이항로의 주전론은 1백 년 이래 가장 깐깐한 상소라는 평판이 자자합니다."

"오라버님은 이 나라 국모의 오라버님이십니다. 어찌 초야의 일개 학자와 비교를 하십니까?"

"……."

"오라버님은 반드시 정승의 반열에 올라야 합니다. 저에게는 오라버님밖에 믿을 사람이 없습니다."

민승호는 자영이 무슨 일인가 계획을 세우고 있다고 생각했다.

"국태공 저하는 여흥 민씨들을 탐탁하게 여기지 않습니다."

민승호가 비로소 목소리를 낮추어 본심을 털어놓았다.

"어째서요?"

"외척의 득세를 경계하기 위해서라고 합니다."

민승호의 말에 자영이 피식 웃었다.

"그것은 겉으로 하는 말이고 사실은 전하의 생친이라는 것을 빌미로 천년만년 정권을 놓지 않으려고 하는 것입니다."

"당치 않습니다."

"중전마마. 국태공 저하는 여불위 같은 인물입니다."

"여불위요?"

"어린 진시황의 아버지로서 진나라를 다스린 인물 말입니다. 국태공이란 게 대체 무엇입니까? 전횡이 여간 극심하지 않습니다."

"오라버님."

"예."

"오라버님의 말씀이 지나칩니다. 오라버님의 말씀이 외인의 귀에 들어가면 목이 열 개라도 붙어 있지 못할 것입니다."

"중전마마!"

"말씀을 삼가셔야 할 줄 압니다."

"제 목숨은 중전마마께 달렸습니다. 중전마마를 위해 신명을 바칠 뿐입니다."

"그럼 저를 위해 목숨을 바치겠다는 말씀입니까?"

자영이 고개를 들어 하늘을 쳐다보았다. 낮고 찌뿌듯한 하늘에서 그예 눈발이 날리기 시작하고 있었다.

"그러하옵니다."

"제가 무엇으로 오라버님을 믿을 수 있겠습니까?"

"저는 중전마마의 오라버니입니다. 중전마마의 친가는 저로 인해 대가 이어집니다."

"하나 우리는 피 한 방울 섞이지 않았지요."

"피가 무엇이 중요합니까? 중전마마와 저는 오누이입니다. 중전마마가 중전으로 간택되실 때처럼 힘을 합쳐야 합니다."

"눈이 내리기 시작하는군요."

"중전마마."

"마치 하늘에서 흰 꽃이 날리는 것 같습니다."

"중전마마께서는 대궐 안에서의 일을 도모하십시오. 저는 밖에서의 일을 도모하겠습니다."

"무슨 말씀입니까?"

자영이 몸을 똑바로 돌려 민승호를 쏘아보았다.

"이 상궁을 죽여야 합니다."

자영은 민승호의 말에 가슴이 철렁했다. 이 상궁에게 은근하게 화가 나는 것은 사실이었으나 그녀를 죽여야 한다는 생각은 한 번도 한 일이 없었다.

"이 상궁은 장차 중전마마에게 큰 화근이 될 것입니다. 더욱이 이 상궁이 왕자를 생산하면……."

"당치 않은 말씀입니다. 오라버님의 목숨이 도대체 몇 개나 된다고 그런 엄청난 말씀을 입에 담습니까?"

"중전마마!"

"다시는 그런 말씀 입에 담지 마십시오."

자영은 온몸을 부르르 떨었다.

"모든 책임은 제가 질 것입니다."

"오라버님의 말씀 한마디라도 외부에 흘러가면 삼족이 멸하게 됩니다."

"명심하고 있습니다. 조금도 심려하지 마십시오."

민승호가 허리를 깊숙이 숙였다. 자영은 고개를 흔들면서 엉뚱한 짓을 하지 말라고 단단히 일렀다. 눈발은 점점 어지럽게 날리고 있었다. 자영은 잿빛 하늘을 가득 메우며 쏟아지는 흰 눈송이들을 잠깐 응시하다가 민승호를 돌아보았다.

"대업에 뜻이 있으면 사람을 모으세요. 입은 천 근처럼 무거워야 합니다. 이 상궁을 죽이는 일은 대업이 아닙니다. 대업은 국태공을 물러나게 하는 것입니다. 아시겠어요?"

"예."

"내 말을 명심해야 할 것입니다."

"명심하겠습니다."

"물러가세요."

자영이 쌀쌀맞게 내뱉었다. 마치 서릿발이 날리는 것처럼 차가운 표정이었다.

"예."

민승호가 머리를 조아리고 물러가기 시작했다. 나뭇가지며 대궐의 크고 작은 전각들의 기와 위에도 눈이 하얗게 쌓이고 있었다.

'오라버니가 잘못하면 역풍을 맞는다.'

자영은 하얗게 쌓이는 눈을 보면서 가슴이 답답했다.

***

풍년이 오려는 것일까. 이하응은 대궐에서 돌아오면서 눈발이 날리기 시작하자 하늘을 쳐다보았다. 잿빛 하늘에서 눈발이 자욱하게 쏟아지고 있었다.

이하응은 1월에 왕정양을 병조참의에 임명하여 고려 왕씨 등용의 길을 열었고 3월엔 일본에 국서를 보내 정한설을 강력히 비난했다. 이때 일본은 왕정복고를 선언하고 서양 문물을 받아들여 근대국가의 틀을 갖추어가고 있었다.

5월에는 백성들의 원성이 자자한 당백전의 주조를 중지시키고 영의정에 김병학, 좌의정에 유후조를 임명했다. 또 윤질이 횡행하여 전국에서 수많은 백성들이 죽어갔다. 북도의 변민들은 겸황(歉荒)과 무거운 세금을 견디다 못해 월경 도주하는 백성들이 속출했다. 나라 안은 재황이 왕이 된 지 4년이 되었는데도 어수선했다.

"겸황이라니요? 도대체 정치를 어찌하였기에 백성들이 그 지경에까지 이르렀다는 말씀입니까?"

신정왕후는 이하응의 전횡에 노골적인 불만을 터뜨렸다. 겸황이 무엇인가. 겸황이란 흉년이 들어 논밭에서 먹을 것이 생산되지 않는 상태를 말하는 것이다.

"경복궁 중건과 병인양요로 백성들의 삶이 말이 아닙니다. 굶어 죽는 백성들이 허다한 실정입니다."

병인양요 때문에 이하응을 비난하는 상소들이 빗발치듯 올라왔다.

"변고입니다. 어찌 그런 일이 있을 수 있다는 말입니까?"

"5월에는 윤질까지 횡행하여 길거리에 백성들의 시체가 늘어져 있다고 합니다."

"경복궁 중건이 문제예요. 거기에 드는 비용만 없애도 백성들이 굶주리지는 않을 것입니다."

신정왕후는 상소를 일일이 살핀 뒤에 비난했다.

마침내 경복궁 중건을 중지해달라는 상소가 올라왔다. 선전관 이혁주가 올린 것이었다.

> 신 이혁주 삼가 성상께 엎드려 비옵나이다. 경복궁 중건의 대역사가 시작된 지 햇수로 어언 3년째, 대소 화재로 물자가 탕진되고 국가의 재정이 궁핍해진 지 오래입니다. 이에 백성들의 삶은 더 이상 역사를 감당할 여력이 없는지라 빈사지경에 이르렀습니다. 경복궁 중건의 대역사가 왕부의 위엄을 찾고 사직을 튼튼히 하자는 것임을 온 천하가 모르는 바는 아니나 어진 임금의 도리는 몸소 절용(節用)하고 애민(愛民)하는 것에 있사온지라 경복궁 중건 역사를 중지해야 합니다. 원납전, 당백전, 결전 등 각종 세전(稅田)의 폐해는 필설로 형언할 수 없사옵고 도성과 전국 방방곡곡에는 피골이 상접한 백성들의 해골이 서로서로 머리를 맞대

고 누울 지경이 되었사오니 엎드려 비옵건대 성상께서는 경복궁 역사의 중지를 명하시어 이 나라 만백성의 짓눌린 숨통을 틔워 주시옵소서.

이른바 절용애민(節用愛民)의 상소였다. 기정진이니 이항로 같은 유림이 올린 상소는 직언이라고 하여 벼슬을 내렸다.

'감히 이혁주 따위가 이런 상소를 올리다니…….'

이하응은 문구가 흉측하다며 이혁주를 경상도 단성으로 유배시켜 버렸다.

"대감, 전하께서 박유봉을 데리고 가셨습니다."

운현궁으로 돌아오자 장순규가 아뢰었다.

"전하께서?"

"예. 비밀리에 선전관을 보내 박유봉을 데리고 가셨다고 합니다."

"음."

이하응은 사랑에 앉아서 생각에 잠겼다. 재황이 무엇 때문에 박유봉을 데리고 간 것일까.

"박유봉의 집에 가서 기다리고 있다가 대궐에서 돌아오면 데리고 오너라."

이하응은 장순규에게 지시했다. 장순규가 박유봉을 데리고 온 것은 날이 완전히 어두워졌을 때였다. 박유봉은 소매에 두 손을 넣고 벌벌 떨면서 왔다.

"대궐에 들어갔다가 나왔소?"

이하응이 찌르듯이 날카로운 눈으로 박유봉을 쏘아보았다.

"예, 전하께서 부르셔서……."

박유봉은 이하응이 부른 것을 예상했던 것일까. 사랑으로 올라오지 못하고 마당에서 서성거렸다. 이하응도 굳이 들어오라고 하지 않았다.

"이 상궁의 회임에 대해서 물었겠지."

"예."

"무어라고 대답했소?"

"군왕이 될 것이라고 말씀드렸습니다."

"답답한 위인이로고…… 어찌 천기를 함부로 누설하는가?"

이하응의 눈에서 살기가 쏟아지자 박유봉은 가슴이 철렁했다. 이하응은 박유봉을 지그시 쏘아보다가 물러가라고 손짓을 했다. 박유봉이 몸을 떨면서 물러갔다. 밖에는 눈이 하얗게 내리고 있었다.

'눈이 푸짐하게 오니 풍년이 들겠구나.'

박유봉이 눈을 맞으며 돌아가자 이하응은 문을 열어놓은 채 밖을 내다보았다. 불란서 군선은 가까스로 물리쳤으나 언제 다시 올지 알 수 없었다.

'이 상궁의 배 속에 있는 아이가 군왕이 될 것이라고? 그런데 재황은 왜 박유봉을 부른 것일까? 배 속에 있는 아이가 왕자인지 옹주인지 확인하기 위한 것인가? 그러한 일에 신경 쓸 시간에 학문을 더 닦을 것이지.'

이하응은 강단이 없는 재황의 얼굴을 떠올리고 고개를 흔들었다.

문을 열어놓아 차가운 눈바람이 방으로 불어 들어왔다.

'승호가 요즘 나를 멀리하는 것인가?'

이하응은 민승호가 하루 종일 보이지 않자 의아한 생각이 들었다. 민승호는 처남이었기에 야인 시절엔 항상 함께 다녔고 재황을 왕으로 만드는 데 많은 공을 세웠다. 그리하여 과거에 급제하자 파격적으로 승진시켜 주었다. 눈이 오는 탓인가. 늘 번잡하던 운현궁이 오늘따라 조용했다.

그때 강화 위유사를 지낸 강노가 찾아왔다. 강노는 헌종 때 대사헌까지 지낸 인물이었으나 북인 계열이었기에 노론 중심의 세도정치 시대에는 관직에 나아갈 수 없었다. 그러나 이하응은 남인과 북인을 골고루 등용하고 있었다.

"어서 오시오. 눈이 오는데 불러서 미안하오."

이하응은 강노를 일어나서 맞이했다.

"눈이 많이 오는 것을 보니 풍년이 들겠습니다."

강노가 이하응에게 공손하게 허리를 숙였다.

"앉으시오. 풍년이 들어야 백성들이 굶주리지 않을 텐데 걱정이오."

"국태공께서 백성을 이리 사랑하는데 반드시 풍년이 들 것입니다. 너무 걱정하지 마십시오."

"그랬으면 얼마나 좋겠소?"

이하응은 주안상을 내오라고 일러 강노와 술잔을 나누었다.

"나 같은 북인을 불러주시어 고맙습니다."

술이 몇 순배 돌자 강노가 자세를 바로 하고 말했다.

"노론 치하에서 고초가 많으셨습니다. 이제 우리가 손을 잡고 조선을 이끌어갑시다."

"야인 생활을 참으로 오랫동안 했습니다. 저하께서 불러주시니 신명을 다 바치겠습니다."

강노는 이하응에게 충성을 맹세했다. 이하응은 이후 강노를 요직에 발탁하기 시작했다.

***

눈이 자욱하게 내려 대궐이 온통 하얗게 뒤덮였다. 자영은 중궁전 대청에서 눈에 덮인 대궐을 응시했다. 어린 궁녀들이 눈 속에서 이리저리 뛰어다니면서 깔깔거리다가 자영이 중궁전 대청에 있는 것을 발견하고 재빨리 머리를 조아리고 사라졌다. 멀리서 박상궁이 걸음을 재촉하여 오는 것이 보였다. 자영은 서온돌에 들어가 앉았다.

"마마, 다녀왔습니다."

박 상궁이 서온돌로 들어왔다.

"그래. 알아보았느냐?"

"예. 유대치의 집에는 오경석만 찾아올 뿐 이동인 대사는 몇 달째 보이지 않는다고 합니다."

"유대치는 무엇을 하고 있다고 하느냐?"

"병자들을 치료하고 있다고 합니다."

"김옥균에 대해서도 알아보라고 하지 않았느냐?"

"알아보았습니다. 김옥균은 과거 공부에 열중하고 있다고 합니다."

"음,"

자영은 고개를 끄덕거렸다. 유대치는 여전히 조선을 개화시키려고 노력하고 있는 모양이다.

"너의 이종사촌동생이라는 홍재희는 어찌 되었느냐?"

홍재희는 박 상궁의 이종사촌으로 서교도인 탓에 좌포도청에 구금되어 있었다. 박 상궁이 울면서 살려달라고 애원을 하자 자영이 친서를 써서 민겸호에게 보냈다. 민겸호는 민승호의 동생으로 지난해에 알성 장원으로 급제했다. 슬하에 민영환이라는 아들을 두고 있었다.

"중전마마 덕분에 동생이 목숨을 구명받았습니다."

민겸호가 홍재희를 빼내준 모양이다.

"네 동생이 무예를 잘한다지?"

"무과를 보려고 하고 있습니다."

자영은 잠시 생각에 잠겼다. 서교도로 낙인이 찍혔기 때문에 홍재희는 과거를 보아도 소용이 없을 것이다.

"서교도로 적이 올랐으니 무과를 보아도 소용이 없을 것이다. 이름을 바꾸고 내금위에 근무하라고 해라. 내가 중히 쓰겠다."

"황공하옵니다."

박 상궁이 머리를 깊숙이 조아렸다.

"내금위에 들어가면 데리고 오너라."

"예."

박 상궁이 다시 머리를 조아렸다. 자영은 문을 열게 하여 밖을 내다보았다. 눈이 오는 풍경은 어른이나 아이나 순수한 감상에 젖게 한다.

"마마."

"무엇이냐?"

"소인이 남산골에서 이상한 소문을 들었습니다."

"무슨 소문?"

"전하께서 선전관을 보내 박유봉을 입궐시켰다고 합니다."

"박유봉? 박유봉이 도대체 누구냐?"

"애꾸눈의 술사라고 합니다."

"아니 전하께서 무엇 때문에 애꾸눈 술사를 입궐시켰다는 말이냐? 언제 입궐시켰다고 하느냐?"

"그 사람이 관상을 잘 보아 길흉화복을 귀신같이 알아맞힌다고 합니다. 원래는 애꾸가 아니었으나 자신의 운이 애꾸가 되어야만 벼슬길에 오르고 귀하게 된다고 하면서 스스로 눈 하나를 빼버렸다고 합니다."

"그래?"

자영은 이마를 살짝 찡그렸다. 박유봉이란 인물이 아무리 비범하다고 해도 스스로 눈을 빼냈다는 말이 귀에 거슬렸다. 그것은 끔찍한 일이었다.

"그자는 전하께서 어릴 때 장차 조선의 국왕이 된다고 하여 국태공 저하를 놀라게 했다고 합니다."

"그자가 그렇게 점을 잘 본다는 말이냐?"

"예."

자영은 문득 아버지 민치록이 살아 있을 때 박유봉에 대해 이야기를 하던 기억이 떠올랐다. 박유봉은 자영이 왕비가 될 것이라고 예언했고 자영은 가슴속에서 그 말을 잊지 않고 있었다.

"박 상궁, 너도 박유봉이라는 인물이 어디 사는지 알아보도록 해라."

"소인이 직접 염탐합니까?"

"아니다. 이제는 너도 상궁이 아니냐? 상궁이 여염을 돌아다니며 염탐할 수는 없는 일, 믿을 만한 사람을 시켜라. 어디 그럴 만한 사람이 없겠느냐?"

"한 사람 있사옵니다."

"그 사람이 누구냐?"

"이창현이라는 사람으로 백의정승 유대치의 문하에 있는 사람입니다."

"그래. 그럼 그 사람을 시켜 박유봉이 어디 사는지 알아보도록 해라."

"예. 중전마마."

박 상궁이 고개를 숙이고 물러갔다.

***

푹푹 찌는 날씨가 계속되자 얼음 값이 치솟았다. 한계원이 얼음 한 덩어리를 간신히 구하여 집으로 돌아오자 이하응의 집사 김응원이 기다리고 있었다.

"저하께서 세검정으로 청하셨습니다."

"무슨 일로?"

"날씨가 더우니 함께 피서를 하자고 하십니다."

한계원은 얼음 덩어리를 부인에게 건네주고 김응원을 따라나섰다. 한계원은 남인 계열이었으나 비교적 순탄하게 벼슬 생활을 하고 있었다. 안동 김씨 세도 아래서 미관말직을 전전하다가 이하응이 섭정을 하면서 파격적으로 승진을 하여 각 판서를 역임했다. 잠시 쉬고 있는데 이하응이 부른 것이다.

거리는 더위 때문에 축 늘어져 있는 듯했다. 그래도 세검정에 이르자 숲이 청정하고 계곡물이 시원하고 맑았다. 이하응은 여러 대신들을 청하고 기생들까지 불러서 세검정 골짜기가 떠들썩했다. 가뭄 때문에 백성들은 애가 타는데 이하응은 대신들과 함께 피서를 즐기고 있었다.

"어서 오시오. 날이 더운데 오늘은 그늘에서 더위를 피하면서 하루를 보냅시다."

이하응이 너털거리고 웃으면서 한계원에게 자리를 권했다. 이하응의 옆에는 기생이 둘이나 앉아 있었다.

"대감, 오래간만입니다."

대사헌을 지낸 강노가 인사를 건넸다,

"그러게 말입니다. 더위에 무탈하신지요?"

"국태공 저하의 배려로 잘 지내고 있습니다."

강노가 이하응을 살피면서 웃었다. 자리에는 김병학을 비롯하여 박규수, 유후조, 조성하, 민승호 같은 문신들과 양헌수, 이장렴, 이경하, 신헌 같은 무신들이 앉아 있었다. 문신과 무신들이 자리를 함께하는 경우는 흔치 않았다. 문신들은 조선왕조 5백 년 내내 무신들을 눈 아래로 보았다.

"모두들 수육을 많이 드시오. 여름엔 뭐니 뭐니 해도 개장국만한 음식이 없소."

이하응이 대신들을 둘러보면서 말했다. 그러고 보니 상 위에는 수육이 가득했다.

"감사합니다. 이런 자리를 마련해주신 국태공 저하의 상수를 기원합니다."

김병학이 잔을 들고 말했다.

"상수를 기원합니다."

좌중의 사람들이 모두 잔을 들었다.

"고맙소. 여러분들도 모두 건강하고 장수하길 바라오. 오늘 이 자리에 여러분을 청한 것은 별다른 뜻은 없소. 지난해에 외침이 있었으나 다행히 격퇴하여 사직을 보호할 수 있었소. 하나 불란서를 비롯하여 서양인들의 외침은 계속될 것이오. 우리는 나라를 부국강병하게 만들어 요순의 태평성대를 이룩해야 하오. 오늘은 마음껏 즐기고 내일부터는 손을 잡고 대동단결하여 굳건한 조선을 만듭시다. 음식을 앞에 놓고 길게 얘기하는 것은 내가 가장 싫어하는 바요. 자 드십시다. 오늘 고기를 많이 먹고 밤에는 다 같이 현량(賢良, 어진 선비)을 만듭시다."

이하응의 말에 사람들이 일제히 웃음을 터트렸다. 개고기를 많이 먹고 밤에 부인을 품으라는 은밀한 농담이다. 시정잡배들과 어울리면서 지낸 일이 많은 이하응은 입담도 걸쭉했다.

"나리, 아 하세요."

한계원의 옆에 앉은 기생이 수육 한 점을 집어서 입에 넣어주었다. 기생의 몸에서 지분 냄새가 물씬 풍겼다.

"이름이 어떻게 되느냐?"

기생은 작고 예쁘장했다.

"매화라고 합니다."

"몇 살이냐?"

"열아홉 살입니다."

"꽃이로구나."

한계원은 고개를 끄덕거렸다. 문득 고개를 들어 북한산을 바라보자 검은 구름이 밀려오고 있었다. 문신들과 무신들은 좌우의 기생들과 이야기를 하면서 즐겁게 음식을 먹고 술을 마셨다. 한계원은 취기가 점점 올랐으나 웃고 떠드는 사람들을 살폈다.

'언젠가 여기 모인 사람들이 모두 죽거나 사라지겠지.'

한계원은 이상하게 세검정 골짜기에 모여서 피서를 즐기는 일이 신기루 같다고 생각했다.

***

청계천 유대치의 한약방에는 몇몇 병자들이 순서를 기다리면서 평상에 앉아 있었다. 이동인은 삿갓을 비스듬히 올려 쓰고 한약방을 응시했다. 일본에서 돌아오자 곧바로 한양으로 올라온 이동인이었다. 그는 청계천에서 빨래를 하는 남루한 아낙네들을 살폈다. 한때 물이 맑아서 청계천이라고 불렀으나 이제는 물줄기가 가늘어졌고 가뭄이 심하면 물이 말라서 마른내, 건천동이라고도 불렀다. 청계천 둑을 중심으로 가난한 천민들이 사는 움막집이 다닥다닥 붙어 있었다.

'일본과 조선은 무엇이 다른가?'

이동인은 천변의 남루한 움막집들을 살피면서 무겁게 한숨을 내쉬었다. 이동인이 유대치의 한약방으로 들어간 것은 진료를 받은 병자들이 모두 돌아간 뒤의 일이었다.

"대사님."

약재를 정리하다가 이동인을 발견한 유대치가 활짝 미소를 지었다.

"시주는 별래 무양하셨소? 나무아미타불."

이동인이 합장을 했다.

"마침 잘 오셨소이다. 벚꽃이 활짝 피어 누구와 함께 봄을 즐기나 했는데 대사님께서 돌아오셨군요."

"봄을 즐기다니…… 곡주라도 준비하셨소?"

이동인이 넉넉하게 미소를 지었다. 벗은 언제보아도 반갑기 짝이 없다.

"한 번 지나간 새벽은 돌아오지 않고 청춘도 흘러가면 그뿐이라고 하지 않습니까? 밤을 새워 봄을 이야기합시다. 상춘(賞春)이란 봄을 칭찬하는 것이 아니오."

"핫핫! 아무래도 백의정승이 일을 하기 싫은 모양이오."

"천죽재도 곧 올 것이오."

천죽재는 오경석의 호였다. 이동인은 오경석이 온다는 말에 더욱 기분이 좋아졌다. 그는 유대치의 마당에 있는 평상에 올라가 앉았다. 담 쪽으로 벚꽃이 활짝 피어 바람이 일 때마다 꽃잎이 분분히 날리고 있었다. 일본을 떠날 때도 벚꽃을 보았는데 조선은 이제 벚꽃이 한창이었다. 오경석이 유대치의 한약방으로 온 것은 해가 뉘엿뉘엿 기울기 시작할 때였다.

"지난해 천죽재께서 공을 많이 세웠다고 들었소."

이동인이 오경석을 살피면서 웃었다.

"공을 세우다니 당치 않습니다. 불란서 군선이 스스로 물러간 것입니다."

오경석이 계면쩍은 듯이 말했다. 오경석은 청나라에 갔을 때 청나라 관리들과 서양인들을 접촉했다. 그 결과 불란서 군사들이 식량을 3개월 치밖에 준비하지 않은 사실을 알게 되었다. 그는 서둘러 조선으로 돌아와 이하응에게 지구전을 전개할 것을 권했다. 이하응은 크게 기뻐하고 불란서 군선과 장기적으로 싸울 전략을 세웠다. 오경석이 공을 세웠다는 것은 그 사실을 말하는 것이다. 그러나 불란서 군선은 양헌수에게 패해 철수하고 말았다. 그때 유대치가 김치전과 탁주를 내왔다.

"허, 시장하던 차에 김치전이라…… 세상에 부러울 것이 없는 진수성찬이구려."

이동인이 소반의 음식을 보고 말했다.

"조금만 기다리면 향긋한 쑥국도 나온다고 하오."

유대치가 기분 좋게 웃었다.

"핫핫! 참으로 고마운 일이오."

이동인이 연신 웃음을 터트렸다.

"대사께서 일본을 다녀오느라고 고생이 많으셨소. 일본이 어지럽다고 하던데 어떻소?"

오경석이 이동인에게 탁주를 따르면서 물었다.

"일본에서는 막부(幕府) 타도가 시작되었소."

"수백 년 동안 이어온 막부를 타도하다니 일본에 새로운 기운이 일어나고 있는 모양이오."

"막부 타도요?"

"그렇소. 일본의 지사(志士)라는 자들이 일황을 중심으로 개혁을 하는 것 같소."

"지사요?"

"일본은 영주들이나 대신들도 지사들과 뜻을 같이하는 자들이 많소. 얼핏 보면 굉장히 혼란스러운 것 같은데 이 상황이 정리되면 일본이 욱일승천의 기세로 발전할 것 같소. 일본은 새 나라를 건설하는 일 때문에 큰 혼란에 빠져 있소."

이동인의 말에 유대치와 오경석의 얼굴이 침중한 표정이 되었다.

"조선은 어떤 것 같소?"

유대치가 이동인을 향해 물었다.

"조선은 청년들이 모두 과거시험에 매달리고 있소. 반면에 일본의 뜻있는 자들은 서양으로 유학을 떠나고 있소."

"서양에서 무엇을 배우는 거요?"

"과학, 정치, 수학, 의학…… 모든 것을 배우고 있소. 특히 공장을 설립하여 많은 물건을 생산하고 있다고 하오. 공장에서 물건을 생산하는 것은 단순하게 돈을 벌게 하는 것이 아니라 백성들을 부유하게 하는 것이오."

"우리도 지사들을 양성해야 하겠군요."

"일본은 영주들이 세습하는 제도가 있어서 일정 부분 자치권을 주고 있소. 그래서 영주들이 무사를 양성하거나 장사를 할 수 있소. 그러나 조선은 지방 호족이 무사를 양성하면 반역이 되오."

"왕비를 움직이는 것이 어떻소? 왕비는 양반가 규수들과 전혀 달라 진취적인 생각을 갖고 있소."

유대치가 술을 마시고 물었다.

"왕비는 아직 힘이 없소. 조선을 다스리는 것은 국태공 이하응이오."

"이하응이 얼마나 가겠소? 우리는 그동안 책을 통해 양반가 소년 자제들을 교육합시다. 우리가 지사를 양성해야 하오."

유대치는 소년 재사들을 교육하는 일이 조선을 부강하게 하는 일이라고 주장했다.

"조선의 개혁은 유림이 반대할 것이오."

"이제는 유림의 지배를 끝내고 실학을 위주로 하는 과학 교육이 필요하오."

오경석은 학문 자체가 달라져야 한다고 주장했다.

"일본인들 중에 서양에서 유학을 하는 자들은 얼마 되지 않소. 일본도 미국에 의해 강제로 개항을 한 뒤에 크게 발전하고 있다고 하오."

이동인은 일본이 미국에 개항하게 된 페리호 사건을 설명했다. 오경석과 유대치는 그의 이야기를 듣고 무거운 신음을 삼켰다.

***

1868년이 되자 조선은 외국 상선 때문에 또 한 번 소용돌이에 휘말리게 되었다.

독일 상인 오페르토는 중국으로 도피한 조선인 천주교인들에게 남연군의 무덤이 충청도 덕산군에 있다는 얘기를 듣고, 그 무덤에 보물이 묻혀 있을지도 모른다고 생각하게 되었다. 그리하여 그는 보물을 찾기 위한 조선 원정을 계획했고 페롱 신부와 조선인 천주교인들을 접촉하여 그 방법을 오랫동안 숙의했다. 페롱 신부는 리텔 신부에 이어 조선을 탈출했으나 조선에서 박해받는 불행한 천주교인들 때문에 괴로워하고 있었다.

페롱 신부는 남연군의 시신으로 이하응을 협박하여 포교의 자유를 얻으려고 하여 서양인들로부터도 비난을 받았다. 반면에 오페르토는 일확천금을 위해 무덤을 도굴하려고 했다.

그들은 수차례의 접촉 끝에 남연군의 무덤을 도굴하기로 합의했다. 페롱 신부는 남연군의 시체로 포교의 자유를 흥정하려고 했고 오페르토는 남연군의 무덤을 도굴하여 보물을 노략질하려고 했다. 그리하여 그들은 1868년 4월 15일 1천 톤급의 기선 차이나호와 소형 기선 한 척을 이끌고 조선 원정에 나섰다.

선장은 뮐레르, 원정대장은 오페르토였다. 여기에 상해에서 통역관을 하고 있던 미국인 젠킨스, 페롱 신부가 공동으로 참여했고 조선인 천주교인 최선일 등이 길잡이를 자원하고 나섰다. 선원은 12명의 서양인과 25명의 마닐라인이 동원되었고 호위병으로는 청국인 용병을 고용했다.

그들은 음력 4월 17일에 아산만에 도착했다. 길잡이인 최선일의 안내에 따라 홍주목 행섬도에 닻을 내리고 다음 날 새벽 그레타호로 갈아타고 삽교천을 따라 올라가 오전 11시에 구만포에 내렸다.

"어디서 오는 배인가?"

조선인들이 그들을 수상하게 여겨 물었다.

"우리는 로서아에서 왔다."

오페르토는 조선인들에게 러시아 군대라고 속인 뒤 부대를 편성하여 일대는 그레타호에 남아 호기심 가득한 조선인들을 현혹하고 일대는 쏜살같이 강을 거슬러 올라갔다.

"어디서 오는 자들이냐?"

덕산 군수 이종신이 오페르토 일행에게 문정을 시도했다.

"총을 쏘아 물러가게 하라."

오페르토는 대답 대신 조선인들을 향해 일제히 총을 쏘았다. 조선인들은 혼비백산하여 달아나고 이종신은 다급하게 조정에 보고했다.

오페르토 일행은 그날 오후 5시에 가동에 도착했다. 가동은 풍수상의 명당으로 양쪽에는 높은 산이 우뚝 솟아 있고 숲이 울창했다. 그들은 서둘러 남연군의 무덤을 파헤치기 시작했다.

"서둘러라!"

오페르토는 긴장하여 용병들에게 명령을 내렸다. 삽교천에서 덕산에 이르는 하천은 한 달에 한 번밖에 없는 밀물 때만 30시간 정도 배를 타고 다닐 수 있었다. 그 나머지 한 달은 물이 빠져 배가 다닐 수 없었다. 시간을 끌면 물이 빠져 그레타호도 움직일 수 없게 되는 것이다. 서두르지 않을 수 없었다. 그러는 동안 조선인들도 가동으로 몰려와 오페르토 일행을 수상스러운 눈으로 살피고 있었다.

“조선의 군사들이 몰려오기 전에 무덤을 파라.”

오페르토가 용병들을 재촉했다. 그러나 용병들이 봉분을 무너트리고 삽질을 하자 단단한 물체가 걸렸다.

“무엇인가 단단한 것이 있습니다.”

“바위인가? 바위라면 화약으로 폭파하라.”

“바위가 아니라 쇳덩어리입니다.”

“쇳덩어리라니? 무덤에 무슨 쇳덩어리인가?”

“쇳덩어리가 틀림없습니다.”

오페르토가 살피자 과연 거대한 쇳덩어리가 관을 덮고 있었다.

“아아, 어찌 이런 일이 있는가?”

오페르토 일행은 남연군의 무덤을 도굴하는 데 끝내 실패했다. 그들은 봉분을 파헤치는 데만 다섯 시간을 소비했다. 그러나 그렇게 오랜 시간을 허비할 수가 없었다. 오페르토 일행은 이미 예정한 시간을 열두 시간이나 넘기고 있었다.

“강에 물이 빠지면 위험하니 그냥 갑시다.”

오페르토는 아쉬웠으나 페롱 신부를 설득하여 배로 돌아가기로 했다. 더 이상 머뭇거리다가는 생명이 위험해질 수도 있었다. 게다가 상륙 지점에 남겨놓은 배가 어찌 되었는지도 걱정스러웠다.

"어쩔 수 없지요."

페롱 신부는 남연군의 무덤을 도굴하지 못한 것을 한탄했으나 오페르토의 말에 따르지 않을 수 없었다. 그들은 19일 오전 6시에 덕산에서 하리후포(下里候浦)로 내려와 민가를 습격하고, 20일에는 행섬도에 이르러 차이나호로 갈아타고 동검도를 향해 떠났다.

서양인들에 의해 남연군의 무덤이 파묘되었다는 급보를 받은 충청 관찰사 민치상은 즉각 조정으로 장계를 올리는 한편 군사를 풀어 오페르토 일행을 추격하게 하였다. 그러나 오페르토 일행은 이미 동검도 방향으로 떠난 뒤였다.

충청 관찰사 민치상의 장계는 4월 21일 조정에 도착했다. 조정은 발칵 뒤집히고 이하응의 얼굴은 사색이 되었다.

"남연군의 묘를 서양인들이 도굴해? 이런 변괴가 어디 있느냐?"

이하응은 즉시 중신회의를 소집하여 홍주 목사 한응필을 가승지로 임명하여 변란의 전후사정을 상세히 조사하게 하였다. 아울러 덕산 군수를 변란에 대비하지 못한 책임을 물어 파면했다.

이때 오페르토 일행은 동검도에 도착해 있었다. 이에 영종 첨사 신효철이 중군과 교리를 보내어 문정을 하자 그들은 통상조약을 맺기를 원한다는 내용의 편지를 이하응에게 보냈다. 그 내용은 다음과 같았다.

덕산에서 남연군의 무덤을 파헤친 것은 실로 유감스러운 일이오. 하나 그것은 조선국과 통상조약을 맺기 위해 불가피한 조치였소. 우리는 총칼로 귀국과 전쟁을 하여 사람을 상하게 하지 않고 평화롭게 교역을 하게 되기를 바라오. 조선 정부에서는 우리의 이러한 사정을 잘 헤아려 책임 있는 대신을 보내어 조약을 맺기를 바라오. 만약에 우리의 이러한 평화적인 제안을 거절하면 귀국은 수개월 이내에 나라를 위태롭게 하는 국난에 직면하게 될 것임을 명심하시오. 또한 국태공은 자신의 권력이 언제까지나 지속되지 않는다는 사실을 깨달아야 할 것이며 좋지 못한 대신들의 영향에서 벗어나 속히 조약의 초안을 검토하여 이에 대한 회답을 보내시오.

안하무인의 편지였다. 그러나 조정은 의견이 분분했다. 남연군의 무덤이 파헤쳐진 중대한 사건이 발생했는데도 조정은 오페르토를 공격하지 않고 경기도 관찰사를 보내 조선의 해안에서 물러갈 것을 촉구하기로 했다. 불란서군의 월등한 화력 앞에서 속수무책이었던 조정은 일개 장사치에 불과한 오페르토 일행에게도 전의를 상실하고 있었다.

'대체 조정이 어찌 이리 나약한가?'

자영은 남연군묘 파묘 사건에 분노했다.

"전하. 참으로 조정이 허약하지 않습니까? 남연군은 전하의 조부 되는 어른이십니다. 임금의 할아버지 되는 분의 무덤을 파헤쳐 놓고 통상을 요구하는 무뢰배를 어찌 치죄하지 않는 것입니까?"

자영은 재황에게 강력하게 항의했다. 서양인들에게 호의적이었던 자영도 이때만은 분노로 몸을 떨었다.

"아버님께서 그리 결정하셨소."

재황은 자영의 항의에 우울하게 대꾸했다. 가슴이 답답했다. 영의정 김병학이나 좌의정 유후조도 오페르토 일당에 대한 치죄를 거론하지 않고 있었다. 불란서군의 막강한 화력에 기세가 꺾인 조선 조정은 오페르토 일당이 물러가기만 한다면 그 사건을 불문에 붙일 것 같았다.

"그리는 아니 됩니다."

"아니 되다니요?"

"남연군의 무덤을 파묘한 자들은 단순한 장사꾼이 아닙니다. 도굴범입니다. 그들을 잡아서 참수해야 합니다."

자영의 목소리는 단호했다. 눈에는 서릿발이 내리고 있었다.

"우리는 아직 그들이 누구인지도 모르오."

"그들이 누구인지는 중요한 문제가 아닙니다. 왕부의 위엄을 세워야 합니다."

"하면 중전께서는 어찌해야 된다고 생각하오?"

"능지처참을 해야 합니다. 경기도 관찰사에 어명을 내려 그들을 남김없이 잡아들이라고 하십시오."

"그럼 군사를 다시 동원해야 하오?"

"관찰사가 영종 첨사 신효철에게 명하여 그들을 잡아들이게 하면 될 것입니다."

"알겠소."

"또한 서양인들이 남연군의 무덤을 파묘할 수 있었던 것은 조선인 천주교인들이 내통하였기 때문입니다. 이 일에 관련된 자들을 잡아들여서 전하께서 친히 친국을 하십시오."

"친국이요?"

재황이 놀라서 자영을 쳐다보았다. 친국은 임금이 직접 죄인을 문초하는 것으로 역모나 종사에 관련된 일만 다루었다. 이때는 의금부에 추국청까지 설치된다.

"아버님께서 허락하시겠소?"

재황은 이하응의 얼굴을 먼저 떠올렸다.

"조선의 왕은 국태공이 아니고 저하입니다."

재황은 자영의 말에 주먹을 움켜쥐었다.

동검도 앞바다에 닻을 내린 오페르토 일행은 20명의 정찰대를 조직해 동검도에 상륙시켰다. 그들은 해안을 지나 동검도성에 이르렀다. 오페르토의 정찰대는 동검도성 서문 앞에서 조선군 병사들에게 성문을 열라고 소리를 지르며 마구 총질을 해댔다. 영종 첨사 신효철은 전령을 보내어, "서양인은 성에 들어올 수 없으니 돌아가라"고 요구했다. 그러나 오페르토 일행은 돌아가지 않고 성

밖을 돌아다니며 송아지와 닭, 쌀을 훔치고 노략질을 서슴지 않았다. 영종 첨사 신효철은 마침내 조선 군사들에게 공격 명령을 내렸다.

이때 동검도성에는 조선 군사 150명이 매복하고 있었다. 군사들은 신효철의 명령이 떨어지자마자 일제히 사격을 해댔다. 조선 군사가 쏘아대는 총탄이 오페르토 일행을 향하여 빗발치듯이 날아갔다. 오페르토 일행은 혼비백산하여 해안으로 달아났다. 그러나 조선 군사들의 갑작스러운 발포로 두 명의 선원이 목숨을 잃고 다수의 선원이 부상을 당했다.

오페르토는 전의를 잃고 상해로 달아났다.

신효철은 오페르토 일행의 선원 시체 두 구의 목을 베어 동검도성에 효수한 뒤 다시 도성으로 올려 보냈다. 이하응은 신효철의 공적을 인정해 수군절도사에 임명하고 서양인들의 수급을 여러 군영의 장신에게 돌려보게 한 뒤 8도에 돌려 온 백성이 보게 했다.

오페르토 일행의 남연군묘 파묘 사건은 비열하기 짝이 없는 추잡한 사건이었다. 이들의 만행은 상해에 있는 서양인들에게도 빗발치는 비난을 받았다. 상해의 미국 영사관은 오페르토 일행의 만행에 가담한 미국인 통역관 젠킨스를 기소했다. 오페르토는 독일인이었기에 미국 법정에 증인으로 소환되었다. 이 사건으로 페롱 신부도 격렬한 비난을 받아야 했다. 그는 조선을 탈출한 뒤 수차례에 걸쳐 조선에 다시 들어와 포교 활동을 하려고 했으나 끝내

입국하지 못하고 만주에서 병으로 죽었다. 이 사건은 조선에서 활발한 선교 활동을 하고 있던 파리외방전교회 소속의 불란서 신부들의 도덕성에도 치명적인 손상을 입혔다.

자영은 남연군묘 파묘 사건을 자신의 입지를 강화하는 데 이용했다.

오페르토 일행이 물러가자 영보당 이 상궁의 출산에 관심이 집중되고 있었다. 자영은 영보당으로 쏠리는 관심을 천주교인 탄압을 이용해 다른 데로 돌리려 했다. 재황은 천주교인들을 잡아들여 몸소 친국을 했다. 추국청이 설치되고 매일같이 피가 튀고 살점이 찢어지는 고문이 자행되었다. 최인서, 최선일, 장치선 등 수많은 천주교인들의 피가 의금부 추국청을 흥건하게 적셨다. 그들은 불란서 군선을 조선으로 안내한 책임도 있었다.

자영은 매일같이 재황에게 친국 결과를 보고받고 어찌어찌 친국을 하라고 가르쳤다. 조정은 바짝 긴장했다. 이하응은 전에 없이 아들이 몸소 친국을 하자 눈이 휘둥그레졌다. 영의정 김병학을 비롯한 조정 대신들도 재황의 친국을 예의주시했다.

'아기가 탄생할 날이 얼마 남지 않았는데 이처럼 피를 흘리다니.'

이 상궁은 잔뜩 부른 배를 쓰다듬으며 불안한 생각을 떨쳐버릴 수가 없었다.

'이번 옥사 뒤엔 분명 누군가가 있어.'

김병기는 소년 왕이 몸소 친국을 하는 것을 보고 그렇게 생각했다.

'국태공이 그 사실을 눈치채지 못하고 있다면 조만간 실각하게 될 게 틀림없다.'

김병기는 임금의 뒤에 있는 인물로 민승호를 꼽았다. 이하응을 거세할 인물이 조선의 왕비일 것이라고는 꿈에도 생각하지 못했다.

재황이 친국을 하는 천주교인들에 대한 피의 고문은 며칠째 계속되었다. 그러는 동안 윤 4월이 오고 이 상궁의 산월이 목전에 닥쳤다. 왕실은 숨을 죽인 듯이 이 상궁의 출산을 고대하고 있었다. 3대에 걸쳐 왕실에 후사가 없어 그녀의 출산에 왕실과 조정의 이목이 집중되었다. 그러나 당사자인 이 상궁은 배 속의 아기가 공주이기를 간절히 바랐다. 후궁이나 궁녀의 몸에서 태어난 아기는 원자라고 해도 종종 역모 사건에 휘말려 죽임을 당했다. 그러잖아도 궁중 암투가 치열한 것이 현실이었다.

음력 윤 4월 9일이 되자 이 상궁은 진통을 하기 시작했다. 이 상궁의 사가에서 친정어머니가 산모 뒷바라지를 하기 위해 궁중으로 들어오고 산실청은 부산하게 움직였다. 권초관도 이미 임명되어 있었다. 권초관은 궁궐에서 아기를 출산할 때 산석을 말아서 산실 문설주에 매다는 직책이었다. 얼핏 보면 하찮은 직책으로 보였으나 중신들 중에 가장 신분이 높고 복이 많은 정승이 선출되는 것이 관례였다. 특히 아들을 많이 둔 중신이 권초관에 뽑혔다.

"중전마마!"

윤 4월 10일이었다. 9일 하루를 초조하게 보낸 자영에게 박 상궁이 황급히 달려왔다.

"어찌 되었느냐?"

자영은 가슴이 뛰는 것을 느끼며 박 상궁을 쏘아보았다. 밖에는 여름을 재촉하는 빗발이 장대질을 하고 있었다.

"이 상궁이 왕자를 생산했습니다."

"그래?"

자영은 가슴이 철렁했다. 기어이 올 것이 오고 말았다는 생각과 함께 눈앞이 캄캄하고 다리가 휘청거리고 떨려왔다.

***

자영은 씁쓸했다. 자신도 모르게 눈앞이 부옇게 흐려오는 것을 재빨리 수습하고 허공을 노려보았다. 왕자를 생산한 산실청이 축하 분위기에 휩싸여 있으리라는 것은 보지 않아도 알 수 있을 것 같았다. 그러한 자영의 심중을 아는지 모르는지 박 상궁은 철없이 부채질까지 하고 나섰다.

"이 상궁이 왕자 아기씨를 생산하자 전하께서 크게 기뻐하시고 산실청까지 납시어 이 상궁을 치하했다고 합니다."

"그랬을 테지."

자영은 입술을 앙다물었다.

"부대부인께서 산실청에 드셨다고 합니다."

"부대부인께서?"

"예."

"이 상궁이 왕자를 낳았다고 해도 부대부인의 손자가 아니냐? 그 또한 당연한 일일 것이다."

자영은 무심한 척 가볍게 대꾸했다. 그때 민승호가 중궁전으로 들어왔다. 자영은 민승호를 대하자 비로소 소리를 죽이고 울었다. 민승호가 유일한 친정 식구였다. 비록 양자로 입적하여 피 한 방울 섞이지 않은 오누이였으나 의지할 곳은 민승호뿐이었다.

"중전마마."

한참 동안을 자영이 울도록 잠자코 침묵만 지키던 민승호가 입을 열었다. 민승호의 목소리도 비감했다.

"……."

"중전마마 심기를 편안히 하십시오."

"……."

"이럴 때일수록 심기를 가다듬고 전하의 총애를 받으셔야 합니다."

"고맙습니다. 오라버님."

자영은 비로소 눈물을 거두고 억지로 미소를 지었다. 어차피 일어난 일이라면 수습하는 것이 상책이었다.

"중전마마."

"말씀하십시오. 오라버님."

자영은 애잔하게 웃으며 민승호를 마주 보았다.

"밖에는 비가 오고 있습니다."

"예. 저도 비 오는 소리를 듣고 있습니다."

자영이 빗소리에 귀를 기울이듯 고개를 갸웃하게 숙였다. 그녀의 귀밑으로 솜털이 보송보송했다.

"언젠가 사가에서 제가 이런 말씀을 드린 일이 있습니다. 밖에는 봄이다 하고요."

자영이 잠시 생각하는 표정을 지었다. 사가라면 그녀가 자란 감고당을 말하는 것이다.

"예."

자영이 아련한 추억 속으로 잠겨 들며 대답했다. 벌써 2년 전의 일이다. 그때 이하응은 김병학의 딸과 재황을 정략적으로 결혼시키려고 했다. 그러나 민승호는 외척이 발호할 염려가 없다는 구실을 내세워 부대부인 민씨와 힘을 합쳐 자영을 국모로 간택하게 했다. 이하응이 자영을 왕비의 재목으로 점찍고 있었으나 그들의 후원도 중요한 몫을 한 것이다.

"그때 중전마마께서는 봄이 아직 이르다 하셨지요."

"예."

"이번에도 저는 같은 말씀을 드리고자 합니다. 중전마마, 밖에는 비가 오고 있습니다."

자영은 민승호의 얼굴을 우두커니 쳐다보았다. 민승호가 말하는 뜻을 어렴풋이 짐작할 수 있었다.

"……."

"중전마마. 이 상궁이 왕자 아기씨를 생산한 것은 중전마마에게 괴로운 일이나 어찌 눈물만 흘리며 세월을 보내겠습니까? 다행히 전하의 총애가 중전마마에게 있지 않습니까?"

"……."

"중전마마께서도 조만간 회임을 하실 것입니다."

"고맙습니다. 오라버님의 위로가 큰 힘이 되고 있습니다."

자영은 고개를 숙이고 입술을 깨물었다.

"중전마마."

민승호가 목소리를 잔뜩 낮추었다.

"예. 오라버님."

"이제 산실청으로 납시어야 합니다."

"산실청으로요?"

자영이 깜짝 놀라서 민승호를 쳐다보았다. 자영의 얼굴이 해쓱해졌다.

"중전마마는 이 나라의 국모이십니다. 전하의 일점혈육이 탄생하셨으니 이 상궁에게 가서 치하를 해주셔야 합니다."

"어떻게 그런 일을……. 저는 못합니다."

자영이 고개를 홱 돌렸다. 자영의 얼굴이 붉으락푸르락했다.

"중전마마."

"그럴 수는 없습니다. 궁중의 내명부가 모두 제 뒤에서 수군거릴 텐데 어떻게 그 수모를 감당합니까?"

"중전마마. 그것이 궁중의 법도요, 사대부가의 부인네들이 취해야 할 도리입니다."

"못합니다!"

자영이 몸을 벌떡 일으켰다. 자영의 눈에서 파란 안광이 뿜어졌다.

"중전마마. 저를 믿으십시오."

민승호가 간절히 애원했다.

"어떻게 상궁 나부랭이에게 왕비가 찾아가서 인사를 하라고 합니까?"

"중전마마. 와신상담이라고 하지 않습니까?"

"……."

"속은 쓰리나 겉으로는 미소를 잃지 않아야 합니다."

"그러잖아도 영보당 이 상궁의 아랫것들이 나를 업신여기고 있습니다!"

자영이 보료 위에 털썩 앉았다. 자영의 눈에 눈물이 글썽했다.

"중전마마."

"……."

"저는 요즈음 최익현, 김병기 등을 은밀히 만나고 있습니다."

"그들을 만나야 무슨 소용이 있습니까?"

"최익현을 만만히 보아서는 안 되옵니다."

"만만히 볼 건더기도 없습니다."

"최익현은 이항로의 제자로 23세에 명경과에 급제한 뒤 성균관 전적, 사헌부 지평, 사간원 정언, 이조정랑의 청직을 역임한 뒤 신창 현감을 지내다가 2년 전에 모친상을 당하여 벼슬에서 물러나 있는 큰 재목입니다. 이항로의 뒤를 이을 유림의 촉망받는 사대부입니다."

"그만하면 쓸 만한 인물이긴 하군요."

자영은 비로소 귀가 솔깃해졌다.

"중전마마. 전에도 말씀 올렸지만 중전마마를 위해서입니다."

"알겠습니다."

자영이 만족한 표정으로 고개를 끄덕거렸다. 자영의 얼굴은 어느덧 평정을 회복하고 있었다. 자영의 얼굴에 흐르던 눈물은 깨끗이 마르고 얼굴엔 온화한 기운이 감돌고 있었다.

자영은 민승호가 물러가자 얼굴의 화장을 다듬고 박 상궁에게 노리개와 비취비녀를 보석 상자에 담아 오게 했다.

'내가 이 상궁 따위에게 질 수는 없어.'

자영은 이 상궁의 산실청으로 가면서 어금니를 꽉 깨물었다. 밖에는 비가 세차게 뿌리고 있었다. 그러나 자영은 개(蓋)를 씌운

연을 타고 산실청으로 갔다.

"중전마마 납시오!"

박 상궁이 산실청에 큰 소리로 고하자 궁녀들이 우르르 뛰어나와 머리를 조아렸다. 자영은 궁녀들을 한눈으로 쓸어 보고 부대부인 민씨에게 다소곳이 인사를 했다. 산실청 마루에 부대부인 민씨가 서 있었다.

"어머님께서도 납시어 계셨군요. 진작 찾아뵙지 못해 송구합니다."

자영의 목소리는 차가웠다.

"아닙니다. 제가 찾아뵙고 예를 올려야 합니다. 그것이 궁중의 법도입니다."

"송구합니다."

"당치 않은 말씀입니다. 비가 이렇게 억수같이 내리는데 행차를 하실 줄은 몰랐습니다. 어서 드십시오."

부대부인 민씨가 옆으로 비켜섰다.

자영은 앞에 서서 산실청으로 들어갔다. 이 상궁은 산석에 누워 있었다. 자영이 들어서자 황급히 몸을 일으켜 예를 바치려고 하였다.

"중전마마, 어서 오십시오. 일어나 예를 올려야 마땅하오나 몸이 부실하여 송구합니다."

자영의 눈썹이 파르르 떨렸다. 이 상궁이 산모라는 핑계로 인사조차 올리지 않는 것이다.

"당치 않은 소리, 이 상궁은 산모가 아니더냐? 그냥 누워서 조섭하도록 하라."

자영은 손을 내저어 이 상궁을 누워 있게 하였다. 이 상궁은 부기가 잔뜩 올라 있었다.

"송구합니다. 중전마마."

이 상궁이 몸을 일으킬 듯하다가 다시 누웠다. 목소리에 기운이 하나도 없었다. 산고가 몹시 심했던 모양이다. 자영은 이 상궁의 얼굴을 살피며 한순간 안쓰러움을 느꼈다.

왕자는 이 상궁 옆에서 자고 있었다. 아직은 핏덩어리였다.

"중전마마. 잘생긴 아기씨가 아닙니까?"

부대부인 민씨가 잠들어 있는 아기를 보고 흐뭇한 미소를 지었다.

"그렇군요. 정말 귀골입니다."

핏덩어리 왕자를 두고 자영은 부대부인 민씨와 잠시 덕담을 했다. 이 상궁은 눈을 감은 채 그들의 얘기를 다소곳이 듣고 있었다. 왕자를 낳았어도 그녀의 신분은 궁녀에 지나지 않는 것이다.

"이제는 중전마마께서도 왕자를 생산하셔야지요."

부대부인 민씨가 자영에게 자애로운 음성으로 말했다. 민씨는 자영과 약속을 한 것이 있었다. 그것은 천주교에 대한 포교의 자유였다.

"예. 어머님 말씀 명심하여 반드시 원자를 생산하겠습니다."

다부진 말이었다. 이 상궁은 눈을 감은 채 그 소리를 듣다가 머리털이 곤추서는 것 같은 기분을 느꼈다. 자영은 의도적으로 자신이 낳은 아이를 원자라고 부르지 않고 왕자라고 부르고 있었다. 세자의 자리를 빼앗기지 않겠다는 단호한 의지의 표현이었다.

"장하신 생각입니다."

부대부인 민씨가 자영을 치하했다. 자영은 환하게 미소까지 짓고 있었다.

"어머님, 제가 왕자를 한번 안아보겠습니다."

"그러시겠습니까?"

부대부인 민씨가 강보에 싸인 아기를 안아서 자영에게 건네주었다. 자영은 강보에 싸인 아기를 받아서 조심스럽게 흔들었다. 아기에게서 비린내와 함께 젖내가 물씬 풍겼다.

'이 아기에게 세자의 자리를 뺏기면 나는 파멸이야.'

자영은 속으로 그런 생각을 했다. 그러나 겉으로 내색하지 않고 자애로운 미소를 얼굴 가득히 띠었다.

"어머님, 정말 잘생긴 왕자입니다. 왕실의 큰 경사인 듯싶습니다."

"모두가 중전마마의 홍복입니다."

"어찌 저만의 홍복이겠습니까? 이 나라 조선의 홍복입니다."

"그렇습니다. 중전마마."

"이 상궁이 종묘사직에 큰 공을 세웠습니다. 이 상궁, 내가 인사가 늦었네만 왕자를 생산하느라고 노고가 많았네."

"황공하옵니다. 중전마마."

"주상 전하의 일점혈육이니 귀하게 키워야 할 것이네."

자영의 목소리가 다시 칼날처럼 날이 섰다.

"중전마마의 분부 명심하여 받자옵겠습니다."

자영은 이 상궁에게 노리개와 비취비녀까지 하사한 뒤 중궁전으로 돌아왔다. 빗발이 더욱 거세지고 있었다. 그러나 한 가지 큰 일을 마무리했다는 생각에 자영은 가슴이 뿌듯했다. 왕자를 생산한 연적 이 상궁에게 억지로 치하를 하는 일은 죽기보다 싫은 일이었다. 그러나 싫은 일이라도 하지 않을 수 없었다.

자영은 중궁전으로 돌아오자 월대에 서서 비가 내리는 하늘을 오랫동안 쳐다보았다. 가장 중요한 것은 이 상궁이 낳은 왕자가 세자로 책봉되기 전에 원자를 생산하는 일이었다.

'나는 반드시 원자를 생산해야 해.'

자영은 어두워지는 하늘을 쳐다보면서 가슴이 타는 것 같은 기분을 느꼈다.

이 상궁이 낳은 왕자는 왕실의 귀여움을 한 몸에 받았다. 오랫동안 손이 끊어져서인지 비천한 신분의 무수리에게서 낳은 왕자인데도 왕실의 사랑은 자영이 보기에 민망할 정도였다.

이하응은 이 상궁이 낳은 왕자를 볼 때마다 군왕의 재목이라고 칭찬을 했다. 자영은 그 소식을 듣고 섬뜩한 느낌이 들었다. 이 상궁이 마치 자신의 자리를 야금야금 좀먹어 들어오는 것 같았다.

목멱산에 사는 박유봉이 재황의 부름을 받고 영보당으로 들어온 것은 7월 장마가 얼추 끝났을 때였다.

"박유봉이 왕자 선의 관상을 보았다고 하더냐?"

자영은 긴장하여 박 상궁에게 물었다. 이 상궁이 낳은 왕자의 이름이 선이었다.

"그러하옵니다."

"왕자의 관상이 어떻다고 하더냐?"

"왕자마마의 골격이 갖추어지지 않아 관상을 볼 수 없었다고 합니다."

"그래?"

자영은 고개를 갸우뚱했다. 왕자의 나이가 어려서 관상을 볼 수 없었다는 말을 이해할 수 없었다.

"박 상궁. 네가 박유봉에게 잠시 다녀오도록 해라."

"박유봉에게요?"

"왕자 선의 관상이 어떤지 소상히 알아 오너라."

"중전마마. 박유봉은 왕자마마의 골격이 갖추어지지 않아……."

"아니다."

자영이 재빨리 박 상궁의 말허리를 잘랐다.

"하오시면……?"

"그것은 한낱 핑곗거리에 지나지 않는다. 박유봉이 그런 말을 한 것은 필시 왕자 선의 관상이 심상치 않기 때문일 것이다. 너는 속히 박유봉에게 가서 왕자 선의 관상이 어떤지 소상히 알아보고 오너라."

"예."

박 상궁이 허리를 숙이고 서둘러 물러갔다. 자영은 박 상궁이 돌아오기만을 학수고대했다. 박유봉, 한 눈으로도 세상을 꿰뚫어 본다고 해서 일목거사라고 불리는 기인. 그의 예측대로 눈이 하나뿐인데도 박유봉은 남양 부사를 거쳐 수사(水使)까지 올랐었다. 결코 범상한 인물이 아니었다. 그러한 박유봉이 왕자의 관상을 보고서도 말을 하지 않았다는 것은 믿을 수 없는 일이었다. 박 상궁은 해 질 녘이 되어서야 돌아왔다.

"갔던 일은 어찌 되었느냐?"

자영은 박 상궁을 조용한 눈빛으로 살폈다.

"중전마마."

박 상궁이 새삼스럽게 주위를 살피고는 무릎걸음으로 다가왔다.

"그래 박유봉이 무엇이라고 하더냐?"

자영은 안총을 빛내며 박 상궁을 재촉했다.

"왕자마마의 골상이 단명할 상이라고 하였습니다."

"뭣이?"

"왕자마마의 골상은 왕재의 상이나 단명할 상이라고 합니다. 그런 까닭으로 주상 전하 앞에서 왕자마마의 골상을 바로 말씀 올릴 수 없었다고 합니다."

"어째서 바로 말씀 올릴 수 없었다고 하더냐?"

자영은 가슴이 뛰기 시작했다.

"중전마마. 신하 된 자가 어찌 왕자마마의 단명을 입에 담을 수 있습니까? 이는 크게 불충이 되는 것입니다."

"옳지!"

자영은 무릎을 탁 쳤다. 박유봉이 이 상궁이 낳은 왕자 선의 관상을 재황에게 말하지 못한 까닭을 비로소 이해할 수 있었다.

"주상 전하께오서는 진노를 하셨다고 합니다."

"진노를 하시다니?"

"주상 전하께서는 왕자마마를 사랑하시어 원자로 삼으신다고 합니다."

"그것은 국태공이 반대를 하는 일이 아니냐?"

자영은 눈썹을 치켜세웠다. 왕자 선의 얘기만 들어도 자영은 신경이 곤두섰다.

재황은 왕자 선을 원자로 세우려 하고 있었다. 이 상궁을 귀인에 봉하고 핏덩이에 지나지 않는 왕자 선을 완화군에 봉하자고 이하응을 졸랐으나 이하응은 허락하지 않고 있었다. 이 상궁이 낳은 왕자는 서자(庶子)였다. 원자는 중궁의 몸에서 태어난 적자가 되어야 한다는 것이 이하응의 생각이었다. 그러나 그 이면에는 자영을 적으로 돌리지 않으려는 이하응의 치밀한 계산이 숨어 있었다.

"하오나 상감마마께서는 왕자마마를 극진히 사랑하시는지라 박유봉이 어전에서 왕자마마의 단명을 입에 담을 수 없었다고 합니다."

"그래?"

자영의 얼굴에 미소가 흥건히 떠올랐다. 박 상궁은 어리둥절하여 자영을 쳐다보았다.

"박유봉이도 이제 죽은 목숨이구나."

"죽은 목숨이라니요?"

"왕자의 단명을 입에 담아도 죽고 입에 담지 않아도 죽은 목숨이다. 박유봉이 진정 역술에 능통한 자라면 그것을 알 것이다."

박 상궁은 자영의 얼굴을 우두커니 쳐다보았다. 자영의 말이 무슨 뜻인지 전혀 짐작할 수 없었다. 그러나 자영은 그에 대해서 다시 말이 없었다.

재황은 얼마 후에 박유봉을 다시 영보당으로 불러들였다. 그러나 박유봉은 왕자의 골상에 대해서 언급이 없었다.

"어떠냐? 왕자의 골상이 이제는 볼 만하지 않느냐?"

"전하. 왕자마마의 상이 귀골임은 틀림이 없습니다."

"하면 이제 비로소 골격을 갖추었다는 말이 아니냐?"

"아닙니다. 아직도 골격이 완성되지 않았습니다."

"그럴 리가 있느냐? 네가 아버님의 사주를 받고 거짓되이 입을 놀리고 있는 것이 아니냐?"

재황의 낯빛이 싸늘하게 표변했다. 박유봉은 가슴이 철렁했다. 벌써 궁중에서는 암투가 시작되고 있었다. 왕비 쪽에서는 사람을 보내어 왕자의 관상을 물어보고 있었고 이하응은 왕자의 관상에 대해서 발설하지 말라는 엄명을 내려놓고 있었다.

재황은 성격이 단순했다. 궁중 암투에 대해서 전혀 낌새를 채지 못했다.

"전하, 그렇지 않습니다. 소신을 믿어주십시오."

"네가 아버님을 자주 만나는 것을 알고 있다."

박유봉은 이하응이 안동 김문의 수모를 받으며 부랑배처럼 떠돌던 시절부터 교분을 나누고 있었다. 그는 재황이 왕이 되리라는 사실을 예언했고 그 덕분에 이하응의 눈에 들어 남양 부사를 거쳐 수사 벼슬까지 지낸 것이다.

"황공하옵니다."

"네가 아버님 덕분에 남양 부사를 지내고 수사 벼슬까지 하지 않았느냐?"

"모두가 전하의 성덕입니다."

"그것이 아니다. 너는 아버님에게는 바른 말씀을 올려도 나에게는 거짓을 아뢰고 있어. 꼴도 보기 싫으니 썩 물러가라!"

재황의 옥음은 추상같았다. 박유봉은 식은땀을 흘리며 영보당을 물러 나왔다. 우유부단한 재황이 저토록 진노하는 것은 처음이었다.

'임금은 나에게 화를 내고 있는 것이 아니라 국태공에게 화를 내고 있는 거야.'

이튿날 구례 사람 유제관이 박유봉의 집을 찾아왔다. 그는 무과에 급제하여 박유봉과 교분을 나누며 지내고 있었다. 그러나 그가 박유봉의 집을 찾아왔을 때 박유봉은 구규(九竅, 인체의 아홉 구멍)에서 피를 흘리며 죽어가고 있었다. 유제관이 놀라서 물으니 박유봉은 팔을 들어 대궐을 가리키고는 죽었다.

***

경복궁 위로 노을이 핏빛으로 붉게 타는 하늘이 보였다. 이하응은 노을을 보면서 가슴을 두드렸다. 일목거사 박유봉이 사약을 먹고 죽었다.

'재황이 이런 짓을 한 것인가?'

박유봉은 죽을 때 대궐을 가리켰다고 유제관이 말했다. 사약을 사용할 수 있는 사람은 국왕인 재황뿐이었다. 그러나 재황은 위인이 우유부단하여 사약으로 박유봉을 죽이지 못한다. 그렇다면 누군가. 대궐에 이와 같은 담력을 지닌 자가 누구인가.

'설마 중전이……?'

이하응은 자영의 얼굴을 떠올리자 눈앞이 캄캄해지는 것 같았다. 사내들보다 더 센 담력을 갖고 있던 소녀, 민자영이 왕비가 되어 대궐에 있었다. 그동안 그녀의 존재에 대해 전혀 신경을 쓰지 않았다.

'그 아이라면 가능하다.'

이하응은 가슴이 세차게 뛰는 것을 느꼈다.

"나리."

천희연이 달려왔다.

"알아보았느냐?"

"예. 중전마마께서 박유봉을 부른 일이 있다고 합니다."

"사약을 쓴 자에 대해서 철저하게 조사하라. 이는 중대한 문제다."

"예."

천희연이 고개를 숙이고 물러갔다.

"나리."

날이 어두워졌을 때 장순아가 운현궁으로 왔다. 장순아는 대궐에서 감찰상궁이 되어 있었다.

"어찌 되었느냐?"

"황송하옵니다. 내의부에서 사약을 가져간 자는 이 귀인 처소의 무수리입니다."

"이 귀인 처소?"

이하응은 어리둥절했다.

"소인이 감찰부로 잡아다가 심문했더니 이 귀인의 영을 받고 박유봉을 죽였다고 자백했습니다."

이하응은 천 길 벼랑으로 굴러떨어지는 듯한 기분이었다.

"대궐로 가자."

이하응은 장순아를 데리고 영보당으로 갔다. 이하응이 들이닥치자 이 귀인이 경악하여 무릎을 꿇었다.

"네가 박유봉을 죽였느냐?"

이하응이 살기를 뿜으면서 이 귀인을 노려보았다. 이 귀인은 사시나무 떨듯 전신을 부들부들 떨면서 납작 엎드렸다.

"저하."

"연유가 무엇이냐?"

"완화군을 보호하기 위해 그렇게 했습니다."

"그게 무슨 소리냐?"

"박유봉이 완화군의 손에 왕(王) 자가 있다는 말을 퍼트리고 다녔습니다."

"완화군의 손에 무슨 왕 자가 있다는 말이냐?"

"박유봉의 눈에만 보인다고 했습니다. 그런 소문이 퍼지면 왕자가 죽임을 당할 것 같아…… 송구하옵니다."

이 귀인이 납작 엎드려 울음을 터트렸다.

'도사라는 자가 어찌 이리 요망한가? 세 치 혀로 자신의 죽음을

부르다니…….'

박유봉은 자신이 한 말 때문에 죽은 것이다.

"네가 왕자를 생산하여 장차 빈으로 삼으려고 했는데 이리 되었구나. 왕자의 체면을 보아서 너를 죽이지는 않겠다. 그러나 평생 동안 영보당 밖으로 나가지 못한다."

이하응이 얼음 가루가 날릴 것 같은 차가운 목소리로 내뱉었다.

***

경복궁이 완공된 것은 음력 5월이었다. 대궐은 두 가지 경사가 겹친 셈이었다. 이하응은 광화문에 우뚝 솟은 경복궁의 위용을 볼 때마다 가슴 뻐근한 희열을 느꼈다.

경복궁 중건은 대소 신료가 완강히 반대했고 화재가 끊임없이 일어나 민심을 흉흉하게 했었다. 무엇보다도 토목공사 비용이 막대해 국고를 비롯하여 원납전으로 거둔 돈이 8백만 냥이 넘었고 역부도 수십만 명이 동원되었다. 조선조 창업 5백 년 동안 둘째가는 대역사였다. 게다가 광화문과 종로에 육조 관청까지 번듯하게 세워 명실상부하게 한 나라의 도성으로서 위용을 갖춘 것이다.

이어(移御)는 7월 2일로 결정되었다. 이에 앞서 왕실의 짐을 실을 우마차가 연사흘 길을 메웠다. 백성들은 틈만 나면 7월 염천 더위도 잊고 왕실이 이사하는 행렬을 구경했다.

7월 2일에도 날씨가 찌는 듯이 더웠다. 왕과 왕비의 어가는 아침 일찍 창덕궁을 떠났다. 백성들은 원동과 안국동에 나와 재황의 어가가 지나가는 것을 보았다. 임금의 행차였다. 행렬이 어마어마했다. 수백 명의 근장군사들이 삼엄하게 호위를 하고 있었다.

"천세!"

"천세!"

원동을 하얗게 메운 백성들이 먼저 천세를 부르기 시작했다. 천자의 나라에서는 만세를 부르고 그 속국에서는 천세만을 불렀다.

재황의 어가 뒤에는 왕비인 자영의 보련이 따르고 있었다. 역시 근장군사들이 삼엄하게 호위를 하고 있었다. 그러나 재황의 어가와 달리 근장군사들이 삼엄한 호위를 하는데도 궁녀들이 전후좌우에서 호위를 하고 있었다. 당연히 백성들의 관심은 자영에게 집중되었다.

"중전마마의 가마야."

"중전마마께서는 춘추가 이제 열여덟이시라지? 선녀처럼 아름다우시네."

백성들은 불볕 아래서 입을 모아 수군거렸다. 수백 명 궁녀들의 몸에서 풍기는 지분 냄새가 연도에 구름처럼 운집한 백성들의 코를 진동했다.

"저기를 봐. 용안은 꽃처럼 어여쁘고 자태는 달처럼 곱지 않아?"

"어쩌면 저리도 고우실까?"

자영은 그날따라 화용월태처럼 아름다웠다. 이마는 반듯하고 눈빛은 서늘했다. 이따금 크고 서늘한 눈으로 백성들을 살피고는 했다. 그럴 때마다 백성들은 탄성에 가까운 신음 소리를 내뱉었다. 아름다움과 왕비라는 지위에 대한 흠모였다.

"기이한 일이지, 그 소녀가 왕비가 되다니."

백의정승 유대치는 군중들 틈에 섞여 자영의 보련을 지그시 응시하고 있었다. 유대치가 자영을 본 것은 몇 번 되지 않았다. 그러나 양반가 규수로서는 보기 드물게 담대하고 총명했다.

유대치가 그녀를 처음 본 것은 철종이 승하하고 열두 살 어린 소년이 조선의 신왕으로 옹립되던 날이었다. 그날 자영은 김옥균을 따라와 유대치에게 가르침을 청했다. 그러나 유대치는 몇 마디 얘기만 건넸을 뿐 자영이 수표교 약방을 찾아오는 일을 거절했다. 사대부가의 규수가 중인 신분의 자신을 찾아와 가르침을 청한 것이 당돌하기도 했을 뿐 아니라 번거로웠던 것이다. 그러나 그녀는 집요했고 유대치는 결국 건넌방에서 발을 치고 듣게 했다.

'내가 사람을 잘못 봤어.'

유대치는 나이 어린 민자영이 왕비로 간택되었다는 소식을 듣고는 자신의 무릎을 쳤다. 그 소녀가 왕비가 되리라고는 생각조차 못한 일이었다.

"중전마마를 아십니까?"

이창현이 의아한 표정으로 유대치를 응시했다. 그는 자영보다 자영의 보련 바로 옆에서 수행하는 박 상궁을 눈으로 좇고 있었다.

"임금께서 보위에 오르시던 날 내 집을 찾아왔었네."

"중전마마께서요?"

"그때는 나이 어린 규수에 지나지 않았어."

"무엇 때문에 찾아오셨습니까?"

"세상 돌아가는 이치를 가르쳐달라고 하더군."

"세상 돌아가는 이치요?"

"규수가 당돌하다 싶어 그냥 돌려보냈네."

유대치가 수표교 쪽으로 휘적휘적 걷기 시작했다. 이창현은 입을 다물고 유대치의 뒤를 따라 걷기 시작했다.

"중전마마는 대가 센 분이야."

"대가 세다니요?"

"여자가 섭정을 할 때마다 외척의 발호가 극심하고 나라가 어지러웠네. 정치는 대신들이 해야 해."

유대치는 자영이 측천무후처럼 될 것을 걱정했다.

"이 나라는 임금이 다스리는 나라입니다. 왕비가 조력을 한다고 해도 상관이 없지 않습니까?"

"조력이 아니라 나라를 뒤흔들까 봐 걱정을 하는 것이네."

"여자가 섭정을 한들 무슨 상관이 있습니까? 누가 다스리든 백성들 삶만 편안하면 되는 것입니다."

이창현이 다부지게 내뱉었다. 유대치를 따라다니기 시작한 지 1년 남짓 되는 동안 이창현도 어느덧 유대치의 개화사상에 동화되고 있었다. 그런데 오히려 유대치가 걱정하고 있었다.

"자네 중전마마를 알고 있나?"

"모릅니다."

"중전마마가 서교의 포교를 자유롭게 해주실 것이라고 생각하나?"

"그리 생각하고 있습니다."

유대치가 절레절레 고개를 흔들었다. 이창현은 서교도로 부인과 딸을 모두 잃었다. 자신도 포졸들에게 체포되었으나 한밤중에 탈출하여 유대치의 한약방에 숨어들어 인연이 된 사람이었다. 그러나 아직도 포졸들에게 쫓기고 있었다.

그들은 종로의 좌포청 뒷골목을 지나 청계천에 이르렀다. 청계천 냇가에서 아낙네들이 빨래를 하고 있었다. 이창현은 유대치와 함께 수양버들 그늘 밑에 앉아서 잠시 다리를 쉬었다. 물가에 이르자 비로소 바람결이 시원했다.

"어쨌거나 경복궁 중건은 대역사였어. 이하응 집정 시대의 한 획을 긋는 일이 될 거야."

"민폐가 너무 컸습니다. 백성들의 원성을 산 노역, 겹친 흉년과 돌림병, 원납전, 당백전…… 이혁주의 상소대로 백성들은 백골을 나란히 하고 길바닥에 뒹굴 지경입니다."

"그래도 역사는 이하응을 긍정적으로 평가할 거야."

"어째서 이하응의 업적을 긍정적으로 평가합니까? 이하응이 동방의 진시황이라는 말이 파다하지 않습니까?"

이창현이 분노에 가득 찬 음성으로 내뱉었다.

"이하응의 업적을 들라고 하면 첫째 경복궁 중건을 들 수 있네. 경복궁은 국가의 재정이 취약해 각종 민폐가 많았지만 임진왜란 때 소실된 경복궁을 완전히 중건하여 나라의 대궐이 비로소 대궐다운 위용을 갖추었네."

"천주교인들을 학살한 것도 큰 업적으로 남을 것입니다."

이창현이 입술을 실룩하며 비아냥댔다. 유대치는 그 말에는 아랑곳하지 않았다.

"둘째는 서원의 철폐일세."

어느 아낙네가 빨래를 하다가 말고 청승맞은 노랫가락을 뽑고 있었다. 소리를 뽑는 청으로 보아 여염집 아낙네는 아니지 싶었다.

"셋째는 철종 말년에 횡행하던 민란을 가라앉혔네."

"칼과 창으로 가라앉힌 것입니다. 바른 정치로 가라앉힌 것이 아닙니다."

유대치가 이창현을 힐끗 쳐다보고 고의춤에서 짧은 담뱃대를 꺼내 부싯돌을 쳐댔다. 이창현이 우울한 눈빛으로 유대치의 옆에 앉았다.

"이 담뱃대를 보게, 이하응은 풍속까지 개량하고 있지 않는가?"

"국태공을 좋아하십니까?"

"국태공은 공이 있는 사람은 반상을 가리지 않고 등용하고 있네. 천주교 탄압은 어디 국태공만의 짓인가?"

"그럼 안동 김문의 짓인가요."

"천주교 탄압에 큰 역할을 한 사람은 정원용, 조두순, 김병학, 김병국 같은 조정의 시원임대신들일세. 그러나 그 뒤에는 이 나라 유림이 버티고 있음을 알아야 하네. 그들이 서학을 물리치라고 아우성을 쳤지 않은가? 묘당과 옥당의 온 벼슬아치를 비롯해 삼남과 기호 지방의 유림이 벌 떼처럼 들고일어나는데 국태공 혼자서 어떻게 감당을 하겠나? 또 서학도 잘못된 것이 있네. 어째서 서학은 조상의 제사를 금지하고 있는가? 조상의 제사를 지내지 않고서야 어찌 바른 종교라고 할 수 있나?"

"우리 천주교는 미신을 믿지 않습니다."

"조상의 제사를 지내는 것이 미신인가? 교리를 가르치는 신부들이 조선의 실정을 모르고 큰 오해를 하고 있음일세. 우리 조선인들이 조상의 제사를 지내는 것은 귀신을 숭배하는 것이 아니라 조상의 음덕을 기리는 것일세. 문화와 풍속을 모르고 전교를 하니 아까운 민서들만 죽이는 것이야."

"대치 선생은 부인과 아이들을 잃지 않아서 그런 말씀을 하시는 것입니다. 저는 국태공과 결단코 한 하늘 아래서 살지 않겠습니다."

이창현이 몸을 부르르 떨며 외쳤다. 유대치는 낮게 한숨을 내쉬었다.

"국태공을 죽일 셈인가?"

"국태공을 죽이지 않고서는 눈을 감지 않을 것입니다."

이창현이 단호하게 내뱉았다. 유대치는 이창현을 나무람 하려다가 그만두었다. 이창현은 이하응에게 골수에 맺힌 원한을 품고 있었다.

"나는 약방으로 가겠네. 어디 다녀올 데가 있다고 했지?"

"예."

"점심을 먹고 가지 그래."

"아닙니다. 그 댁에서 먹을 수 있습니다."

"어느 댁인데?"

"죽동 민승호 대감 댁입니다."

"민승호?"

유대치가 깜짝 놀라서 이창현을 쳐다보았다. 민승호는 권력의 핵심에 있는 인물이다. 이창현이 민승호를 포섭한다면 박규수와 함께 개화당은 막강한 지원 세력을 얻게 될 것이다.

13

님에게 왕국을 바치나이다

풀벌레가 대전 뜰에서도 처량하게 울고 있었다. 벌써 가을이 깊었는가. 자영은 혼잣말로 중얼거리며 읽고 있던 《자치통감》에서 시선을 떼고 허공을 응시한다. 바람이 이는지 뜰에서 나뭇잎이 쓸려 다니는 소리가 스산하게 들리고 있다. 음력 10월, 날씨가 점점 쌀쌀해져가고 있다. 대궐의 숲도 나뭇잎들이 모두 떨어져 가지만 앙상하다. 어린 내관과 무수리들은 아침저녁으로 나뭇잎을 쓸어 모아 태우기에 바쁘다.

어느 시인이 추야장(秋夜長)이라고 했던가.

길고 긴 가을밤은 자영에게는 잔인한 시간이었다. 공규의 나날이었다. 자영은 벌써 20세였다. 재황에 의해 남자를 알게 되었으나 남자가 그리워지는 긴긴밤에 재황은 영보당에 가 있었다. 영보당이 낳은 아들 완화군은 무럭무럭 자라고 있었다. 이런 상태로 나가면 완화군이 세자로 책봉될 가능성이 농후했다.

'이하응은 이제 정사에서 손을 떼야 해.'

자영은 허공 속을 노려보며 그렇게 생각했다. 이하응이 정사를 협찬해온 지 벌써 7년째다. 그러나 말만 협찬이었을 뿐 사실상 이하응 혼자서 정사를 좌지우지해왔다.

10월에는 재황의 즉위에 결정적인 역할을 한 전 영의정 조두순도 죽었다. 정계의 원로들이 사라짐으로써 권력 재편이 예고되고 있었다.

'최익현의 상소에도 이하응이 꼼짝을 않고 있으니…….'

최익현은 1868년 모친상을 벗자 9월에 사헌부 장령을 제수받았으나 사직상소를 올리면서 시폐사조(時弊四條)를 강경하게 비판했다. 이때는 그의 스승인 이항로가 죽고 최익현이 37세의 나이로 김평묵과 함께 이항로의 제자들을 이끌고 있었다. 최익현의 상소는 선전관 이혁주의 절용애민의 상소에 이어 막힌 언로를 뚫는 쾌거였다.

시폐사조의 내용은 토목지역(土木之役), 취렴지정(聚斂之政), 당백지전(當百之錢), 사문지세(四門之稅)로 이하응의 실정을 통렬하게 공박한 것이었다.

토목지역은 경복궁 중건 역사의 민폐를 말하는 것이고, 취렴지정은 백성들의 재물을 거두어들이는 일이고, 당백지전은 당백전

통용의 폐해, 사문지세는 백성들이 도성의 4대문을 드나들 때 내는 통행세로 이를 모두 철폐하라는 것이었다. 이때 자영은 민승호를 불러 최익현의 상소에 대해서 상의했다. 최익현의 상소가 이하응의 정책을 공박하고 있었기 때문이다.

"오라버님, 최익현에 대해서 자세히 말씀해주십시오."

자영은 민승호에게 조정의 일을 물었다.

"중전마마, 전에도 말씀 올렸지만 최익현은 이항로의 제자 중에 학식과 품행이 가장 뛰어난 자로 청렴결백한 인물입니다. 본관은 경주고 호는 면암입니다. 신창 현감을 지내다가 모친상을 당해 사임했는데 이번에 주상 전하께서 사헌부 장령을 제수했으나 사직상소를 올린 것입니다. 이항로에 버금가는 문장가로 대쪽 같은 성품을 갖고 있습니다."

"오라버님과 교우가 있습니까?"

"신이 척신이 되기 전에는 교류가 있었으나 지금은 중전마마의 오라버니라고 하여 저를 멀리하고 있습니다."

"성품이 칼날 같은 인물인 모양이군요. 그러면 최익현을 이용하여 전하의 친정을 도모하는 일은 이루지 못할 성싶습니다."

"중전마마, 방법이 전혀 없는 것은 아닙니다."

"오라버니, 어떤 방법이 있습니까?"

자영이 민승호를 반짝이는 눈매로 응시했다. 민승호는 주위를 둘러보고 목소리를 잔뜩 낮추어 소곤거렸다.

"최익현의 상소는 앞으로 큰 파장을 일으킬 것입니다."

"큰 파장을 일으키다니요?"

"최익현의 상소로 조정은 물 끓듯 할 것입니다. 언관들은 국태공을 탄핵했다고 하여 시원스럽게 생각할 것이고 이하응 측에서는 최익현을 죽여 없애려고 할 것입니다."

"하면 어느 쪽에 승산이 있겠습니까?"

"어느 쪽도 승산이 있을 수는 없습니다. 국태공 쪽에서는 최익현을 죽이면 언로를 막았다고 하여 비난을 받을 것이고, 다른 언관들은 국태공의 위세가 무서워 최익현을 옹호하지 못할 것입니다."

"하면 어찌 되는 것입니까?"

"이 일은 국태공 쪽에서도 큰 무리 없이 처결할 것으로 보입니다. 사헌부 장령은 품계가 높지도 않은 데다 국태공 옆에는 김병학 같은 경륜 높은 재상이 있으니까 그가 처리할 것입니다."

"어떻게요?"

"중전마마, 그들은 최익현을 승차시켜 언로를 막지 않는 척하며 한직으로 내칠 것입니다."

"과연 그렇겠군요."

자영은 무릎을 치며 고개를 끄덕거렸다. 정치는 권모술수라고 하더니 적을 제압하는 방법도 다양하다고 생각했다. 민승호의 예상대로 이하응은 며칠 지나지 않아 최익현을 돈령부 도정으로 체

직했다. 정4품의 사헌부 장령에서 정3품의 돈령부 도정으로 승차시킨 것이었으나 돈령부는 동대문 밖에 있으므로 사실상의 좌천이었다. 그러나 최익현은 사헌부 장령도 돈령부 도정의 자리에도 출사하지 않고 경기도 포천으로 낙향해버렸다.

최익현이 동대문을 나설 때는 최익현을 따르는 신진사대부들이 눈물로 전송을 했고, 제기현을 지날 때는 수많은 유림이 최익현의 얼굴을 보려고 몰려들었다. 최익현의 상소는 짧은 시간에 그를 전체 유림의 상징적인 인물로 부각시켰다.

"어째서 최익현은 계속해서 상소를 올리지 않고 포천으로 낙향해버렸습니까?"

자영은 그 점이 기이했다. 최익현 같은 인물이라면 임금이 상소를 가납할 때까지 재차 삼차 상소를 올려야 마땅할 것이다.

"아마도 후일을 도모하는 듯싶습니다."

"후일을 도모하다니요?"

"지금 유림이 서원 철폐로 잔뜩 웅크리고 있는 실정입니다. 최익현이 계속해서 국태공을 탄핵하면 서교도에 못지않은 피바람이 유림에도 불어닥칠 것인즉, 최익현은 그 점을 경계하는 듯싶습니다."

"그것이 최익현의 한계로군요."

자영의 입술이 비틀렸다. 눈꼬리는 사납게 올라가 있었다. 어떤 결의를 다지고 있는 얼굴이었으나 무엇을 생각하고 있는지 민승호는 짐작할 길이 없었다.

"하나 최익현은 2~3년 안에 국태공을 또다시 탄핵할 것입니다."

"어째서요?"

"유림의 신진사대부들이 최익현을 정점으로 빠르게 결집하고 있습니다."

"그러면 유림과 국태공의 한판 승부가 일어나나요?"

"그러하옵니다."

민승호는 고개를 끄덕거렸다. 그것이 벌써 2년 전 일이었다. 그런데 어찌 된 일인지 대쪽 같다는 최익현은 경기도 포천에서 쥐 죽은 듯이 엎드려 있을 뿐 별다른 움직임을 보이지 않고 있었다. 자영은 그 점이 초조했다. 민승호가 중궁전으로 들어올 때마다 최익현이 어찌하여 가만히 있느냐고 재촉했으나 민승호로서도 손을 쓸 방법이 없었다. 민승호가 기껏 할 수 있는 일이라고는 조성하, 조영하 형제와 빈번히 접촉하고 좌찬성을 끝으로 정계에서 물러나 은거하고 있는 김병기와 이하응의 형이면서도 판서의 자리에 기용되지 못하고 있는 흥인군 이최응과 교류를 나누는 것이 고작이었다.

'아직도 때가 되지 않았는가?'

자영은 깊은 탄식을 했다. 이 귀인이 낳은 완화군은 보란 듯이 잘 자라고 있었다.

자영은 잠을 이루지 못했다. 자영의 적막한 마음을 위로라도 하려는 듯이 대궐의 뜰에서 풀벌레가 처량하게 울고 있었다.

***

김병기의 집에서 나온 민승호는 걸음을 서둘렀다. 밤이 깊어 날씨는 차디찼다. 그러나 찬 기운이 뺨을 스쳐도 차가움을 느낄 수 없었다. 정치는 춤을 춘다고 한다. 그러나 야인으로 돌아가 있는 김병기가 그의 동정을 낱낱이 살피고 있을 정도면 이하응도 그들의 움직임을 주시하고 있을 것이 틀림없다. 척신들의 발호를 가장 싫어하는 이하응이었다. 재황의 친정을 획책하는 민문의 증거가 포착되기만 하면 그날로 목을 자르려고 덤빌 것이 뻔했다.

민승호는 그 생각을 하자 목이 뻣뻣해지는 듯한 기분이었다. 민승호는 걸음을 서둘렀다. 그가 가마를 사용하지 않은 것은 남의 이목을 두려워한 탓이었다.

날씨는 잔뜩 흐렸다. 낮고 찌뿌드드한 하늘에서 이따금 흰 눈발이 날렸다. 죽동에는 민규호와 민겸호, 그리고 민태호까지 와 있었다. 여흥 민문의 신진사대부들이었다.

그들은 안동 김문의 병 자 항렬이 그랬듯이 조정의 요직에 배치되어 있었다. 그중에 민규호는 이미 철종 10년(1859)에 문과에 급제한 뒤 벼슬이 계속 승차하여 이조참판에 이르러 있었다.

"날씨가 차가운데 어디를 다녀오십니까?"

민규호가 먼저 민승호에게 술잔을 권하며 물었다.

"사영 대감에게 다녀오는 길이네."

"김병기에게요?"

성미가 급한 민겸호가 의외라는 표정으로 민승호를 쳐다보았다.

"김병기는 우리의 동정을 소상히 알고 있었어."

민승호는 민규호가 권하는 술을 단숨에 비웠다.

"아니 김병기가 우리의 일을 어떻게 소상히 안다는 말입니까?"

"우리가 방심하고 있었던 탓이야."

"그러면 국태공도 알고 있을 것이 아닙니까?"

"알고 있을 것이라고 생각하네."

"허어, 낭패로구먼."

민규호가 혀를 찼다. 민겸호와 민태호도 불안한 낯빛으로 마주 보았다.

"한데 어찌하여 국태공이 가만히 있을까요? 잔인한 국태공의 성품대로라면 우리를 벌써 역모로 처벌해야 하지 않습니까?"

민태호가 반신반의하는 표정으로 민승호의 빈 잔에 술을 따랐다.

"우리는 중전마마의 외척이야. 섣불리 우리를 처벌하려 했다가는 중전마마에게 원한을 사게 되니까 국태공이 때를 기다리고 있는 거야. 또 나는 중전마마의 오라버니이자 국태공에게는 처남이 되는 사람이야. 국태공으로서도 처남을 죽였다는 소리를 듣고 싶지는 않을 거야."

"하면 이 일을 어찌해야 좋겠습니까?"

민규호의 말에 좌중의 시선이 일제히 민승호에게 쏠렸다.

"자중해야지."

민승호가 잘라서 말했다. 민승호의 얼굴에 굳은 결의가 나타나 있었다.

"그럴 것이 아니라 우리 쪽에서 먼저 선수를 치는 것이 어떻겠습니까?"

민겸호가 성급하게 내뱉었다.

"안 돼. 국태공은 주상 전하의 생친인데 성공한다고 해도 지금으로서는 소용이 없어. 주상 전하께서 친정을 하시겠다는 굳은 결심을 하기 전에는 국태공에게 손끝 하나 댈 수 없어!"

민승호의 목소리는 단호했다.

"하면 어찌해야 합니까?"

"주상 전하께서 우리 중전마마를 완전하게 신임하실 때까지 기다려야 해."

"주상 전하께서는 중전마마를 총애하시기 시작했다고 하지 않았습니까?"

"아버지와의 싸움이야. 자신을 낳은 부모를 내치는 일이 그리도 수월할 것 같은가?"

"그러다가 완화군이 세자로 책봉되면 어찌합니까?"

"그렇게는 안 될 거야. 그러나 각자 단단히 조심해야 될 거야. 김병기가 아는 것을 국태공이라고 모를 까닭이 없지 않은가. 척신이라고 절대 교만해서는 안 되네. 당분간 우리가 만나는 것도 그만하고……."

민승호가 결론을 내렸다. 좌중은 모두 민승호의 말에 고개를 끄덕거리는 것으로 대답했다.

***

민승호는 장동으로 걸음을 재촉했다. 영돈녕부사로 현직에서 물러나 있던 김좌근이 지난밤에 죽은 것이다. 자영은 김좌근의 부음을 듣자마자 민승호를 중궁전으로 불렀다.

"오라버니, 김좌근의 장례에 참석하고 선영에 따라가서 하관식에도 참여하세요."

민승호는 자영의 말에 어리둥절했다. 장례에 참여하는 것은 당연한 일이지만 선영까지 상여를 따라가는 것은 지나치다고 생각했다.

"상여를 따라 선영까지 갑니까? 무슨 연유입니까?"

"돌아올 때 양주로 넘어가 최익현을 만나고 오세요."

민승호는 비로소 자영의 속내를 짐작할 수 있었다. 대궐에서 나오자 곧장 김좌근의 집으로 갔다.

한 시대를 풍미한 인물인 김좌근은 권력과 부귀를 한평생 손에서 놓지 않았던 사람이다. 김좌근의 초상에는 고관대작들과 선비들이 구름같이 몰려와 있었다. 민승호는 상주인 김병기를 위로하고 조문을 온 사람들과 인사를 나누었다.

장례는 5일장으로 치러졌다. 국태공 이하응도 다녀가고 원로대신인 정원용까지 다녀갔다. 매장은 경기도 이천의 안동 김씨 문중 선영에서 이루어졌다.

"닷새나 상가를 지켜주어 감사합니다."

김병기가 민승호에게 사례했다.

"고인은 큰 정치가입니다. 후배로서 배울 점이 많아 존경하고 있었습니다."

민승호는 김병기와 작별을 하고 포천으로 향했다.

가평을 지나 양주로 들어가는 먹골에 이르자 날이 저물었다. 민승호는 주막을 찾아들어가 저녁을 먹고 봉놋방에 누웠다. 봉놋방에는 장사치들로 보이는 사내들이 왁자하게 술추렴을 하고 있었다.

"하옥 대신이 죽었으니 이젠 안동 김씨 일문의 영화도 끝일세."

봉놋방의 화제도 김좌근의 죽음이었다.

"영의정으로 김병학이 임명되어 있다지 않은가?"

"김병학이야 대원위 위세에 눌려서 방백 수령 하나 임명하지 못한대. 대원위 대감이 무섭기는 무서운 모양이지?"

"이를 말인가? 김좌근의 소실 중에 나주 합하라는 계집이 있지 않은가?"

"이 사람 나주 합하에게 계집이 뭔가? 누가 들으면 목이 성치 못할 게야."

"세상이 달라지고 있는 것도 모르나? 지금 삼남 일대엔 이씨가 망한다는 소문이 파다해. 이젠 양반이나 관리들에게 굽실거리지 않아도 된다는 거야, 얘기가 옆으로 새나갔네만 김좌근까지 대원위 대감에게 쩔쩔맸다는 거야. 모두가 나합이라는 계집 때문이기도 하지만…… 자네들도 알다시피 나주 합하가 어떤 계집인가? 고대광실에 금은보화 쌓아놓고 김좌근이가 늙자 미소년들을 끌어들여 밤마다 사통했다는 계집 아닌가? 이 계집이 방중술이 얼마나 기기묘묘한지 당대의 호인이라는 김좌근도 꼼짝을 못했다는 거야. 오죽하면 나합의 치마폭에서 수령 방백이 나온다는 소문이 돌겠는가?"

봉놋방의 장사치들은 술기운 때문인지 거침이 없었다.

"김좌근이 죽었으니 나합도 이젠 끈 떨어진 갓 신세지 뭐."

민승호는 장사치들의 김좌근과 나합에 대한 얘기에 귀를 기울였다.

"그 나합이 하루는 대궐에 들어간 일이 있었네."

"아니 나합이 무슨 일로 지엄한 대궐에 들어가?"

"대왕대비마마께서 부르신 거야. 대왕대비마마께서는 나합을 불러 말하기를, 네 죄가 셋인데 하나는 천한 시골 기생으로 대신의 총애를 믿고 정사에 간여하여 뇌물로 곳간을 채운 죄요, 둘은 대신의 소실인데도 불구하고 사통을 한 죄요, 셋은 영의정이 아니면 합이라는 칭호를 받을 수 없는 것인데 너는 대수롭지 않게 그것을 받은 죄다. 너에게 죽음을 내리는 것이 당연하나 하옥 대신이 이미 늙고 너에 대한 총애가 지극하니 너를 죽이면 그로 인하여 대신이 슬퍼할까 걱정스럽다. 그러니 너를 죽이지 않고 고향으로 돌아가도록 하겠다. 닷새의 말미를 줄 테니 그 안에 떠나서 다시는 도성에 들어오지 마라, 하고 엄히 명을 내리셨어."

"그래서 어찌 되었나?"

"나합은 그 길로 김좌근의 집에 돌아와 엉엉 울었다네. 김좌근도 나합과 헤어져야 하는 것이 슬퍼서 나합을 끌어안고 우는 데 그 정상이 볼 만했다네."

"아니 나합이 늙은 김좌근을 그렇게 못 잊어 했다는 말인가?"

"그것이 정이라는 거야."

"에이 김좌근과 나합 사이에 무슨 부부지정이 있었겠어? 게다가 김좌근은 말라비틀어진 늙은이 아닌가? 노인에게는 노추가 난다던데."

"사람의 정이란 그런 게 아니야."

"그래서 어찌 되었어? 나합이 나주로 쫓겨 갔나?"

"아니야, 김좌근이 정사를 보러 나오지 않자 대원위 대감이 찾아갔네. 그러자 김좌근이 큰절부터 하고 살려달라고 애걸을 하더라는 거야. 그래 대원위 대감이 어찌하면 좋으냐고 물으니까 전 재산을 다 바쳐도 좋으니 나합과 같이 살게 해달라고 빌더라는 거야."

"정성이 갸륵하군."

남정네들 중에 누군가 퉁명스럽게 내뱉었다. 그러나 입심 좋은 사내는 계속해서 얘기를 이어갔다.

"그래서 대원위 대감은 경복궁을 중건하는 데 비용이 많이 드니 거기 10만 냥을 내고 주상 전하와 중전마마의 가례 비용으로 10만 냥을 내라고 했네. 김좌근은 두말없이 20만 냥을 냈어."

"20만 냥이나?"

"대원위 대감은 그 길로 대왕대비마마에게 찾아가 김좌근이 20만 냥을 나라에 바쳤으니 나합의 죄를 사해주십사고 청했네. 대왕대비마마께서는 못 이기는 체하고 나합을 용서하고…… 세간에서는 그 일을 대원위 대감이 김좌근의 돈을 말 몇 마디로 빼앗은 것이라고 하네."

"김좌근과 나합이 많이도 해 먹었군."

사람들이 혀를 차고 나합을 비난했다.

'자형은 김좌근에게 30만 냥을 바치게 했어.'

민승호는 이하응을 수행하고 있었기에 그 사실을 정확하게 알고 있었다. 이하응은 정권을 잡자 부패한 안동 김문을 처벌하지 않는다는 조건으로 50만 냥을 바칠 것을 요구했고, 김좌근은 30만 냥을 바쳤다. 그 돈은 모두 경복궁 중건에 쓰였다.

"그러니 우리네 같은 천민이 이렇게 사는 거야. 그게 전부 벼슬을 팔아서 챙긴 돈 아니야?"

장사치들은 다시 술을 마시기 시작했다.

"아무튼 대원위 대감이 나긴 난 양반이야."

장사치들의 얘기가 다시 시작되었다.

"그래도 그 똑똑한 대원위 대감이 남병철에게 수모를 당한 일이 있네."

"남병철이 누군데?"

"남병철은 영은부원군 김문근의 총애를 받은 사람이야. 김좌근의 아들 김병기와는 견원지간이었대."

"……."

"그런데 대원위 대감이 무슨 일로 남병철에게 수모를 당했는가?"

"대원위 대감에게는 상감마마의 형님이신 장자가 한 분 있었네. 그 장자가 아둔하여 벼슬에 나서지 못하고 있는데 과거 때가 되자 대원위 대감이 생일입네 하고 김병기와 남병철을 청했네. 그런데 김병기와 남병철은 대원위 대감이 생일상을 차려놓고 기다리는데도 오지를 않는 거야. 둘이 앙숙이었기 때문에 어울리기 싫었던 거지. 대원위 대감은 생일잔치를 핑계로 두 사람에게 아들을 과거에 급제시켜 달라고 할 요량이었는데 수포가 된 거지. 그래서 대원위 대감은 먼저 김병기에게 달려가 초대에 응하지 않은 까닭을 따졌네."

"그러니까 대원위 대감은 김병기와 남병철에게 아들이 과거에 급제하게 해달라고 아첨을 할 요량이었군. 대원위 대감의 장자가 그토록 아둔한가?"

"지금 중전마마의 오라버니가 민승호일세. 그런데 민승호와 대원위 대감의 장자는 외삼촌과 조카 사이라 자주 어울렸는데 대원위 대감은 늘 민승호의 총명을 부러워했다는 거야."

장사치들의 얘기는 점입가경에 이르고 있었다. 민승호는 진종일 걸어 다리가 부르텄는데도 장사치들의 얘기에 귀를 기울였다.

"중전마마가 간택될 때도 대원위 대감은 반대를 했다는 거야."

"반대를 하다니?"

"지금 병조참판으로 있는 민승호가 대원위 대감의 정실인 부대부인 민씨의 동생이 아닌가? 그런데 이 양반이 중전마마의 친정으로 출계를 했어."

"출계가 뭐야?"

"이렇게 무식하기는…… 양자로 들어갔다는 얘기야. 중전마마댁에는 대를 이을 아들이 없어서 민씨 문중의 남자를 양자로 받아들인 거야."

"그래서 그게 어쨌다는 거야?"

"대원위 대감 왈 민승호가 내 처남인데 이제 민치록의 딸을 중전으로 간택하면 임금인 내 아들의 처남이 민승호가 되는 것이 아닌가? 민승호가 우리 부자와 모두 처남이 되니 세상에 이런 망측한 일이 어디 있나, 했다는 거야."

장사치들이 왁자하게 웃음을 터트렸다. 민승호는 장사치들이 자신의 이야기를 하자 쓴웃음이 나왔다. 얼굴이 붉어져 장사치들에게 호통을 치고 싶었으나 억지로 참았다.

"그래 아버지에게도 처남이 되고 아들에게도 처남이 되는 촌수가 있나? 아무리 출계를 했다고 하더라도…… 이게 양반이니 나라님이 하는 짓거리야."

"이 사람아, 얘기가 옆길로 새었네."

"나도 알고 있으니 술이나 따르게."

"이 집에는 술 치는 계집도 없나?"

"자네가 술 치는 계집 노릇 하면 되지 계집은 왜 찾아? 후장이라도 따려나?"

"예끼! 이 사람!"

장사치들의 웃음소리가 드높았다. 시골 봉놋방이라 그런지 장사치들의 이야기는 거침이 없었다. 장사치들이 권커니 자시거니 하면서 술을 마시더니 입심 좋은 사내가 다시 이하응의 얘기를 시작했다.

"대원위 대감이 김병기를 찾아갔다는 얘기까지 했지?"

"그래."

"그래서 대원위 대감이 김병기에게 따지기를 '대감은 어찌하여 홍선이 생일잔치에 초대를 했는데도 오지를 않소?' 하니 김병기 왈 '오늘 약속을 잊지는 않았지만 공은 종친이고 나는 척신이오. 주상께서 후사가 없어 대내외가 근신 중인 이때 종친과 척신이 만나면 만인이 오해할 것이오' 했다는 거야. 대원위 대감은 김병기의 말을 듣고 이는 반드시 남병철의 흉계라 짐작하고 이번엔 남병철을 찾아갔네. 그랬더니 남병철은 대원위 대감이 말을 꺼내기도 전에 '공이 나에게 무슨 말을 할지는 내가 이미 짐작하고 있소. 내가 비록 공의 집에 가지는 않았으나 영랑의 과거는 걱정하지 마시오' 하더라는 거야. 그래도 대원위 대감은 두 번이나 절을 하고 '그대가 왕림해주지 않으면 나는 집사람을 볼 낯이 없게 되오' 했대."

"그래서?"

"남병철이 느닷없이 그대는 이하전의 역모 사건을 미리 알고 있었지, 하더라는 거야."

"이하전의 역모?"

"그러자 대원위 대감은 낯빛이 파랗게 질린 얼굴로 남병철에게 절을 하며 '공은 어찌하여 홍선을 죽이려는 것이오' 했다는 거야.

그러자 남병철이 껄껄 웃으며 '석파는 어찌 그리 담이 작소?' 하고 웃어넘기더래. 남병철은 공연히 대원위 대감을 놀리려고 그런 소리를 했는데 대원위 대감은 몹시 놀랐던 모양이야. 그때만 해도 안동 김문의 서슬이 퍼렇던 때라 종친은 숨조차 제대로 쉬지 못했거든."

"그래서 어찌 되었나?"

"대원위 대감은 집에 돌아와 아아 10년은 감수했다, 하고 안도의 숨을 쉬었대. 그런데 남병철은 대원위 대감이 집정하기 전에 병으로 죽었는데 대원위 대감은 남병철의 얘기가 나올 때마다 내가 그놈에게 큰 수모를 당했어. 그놈이 살아 있기만 했으면 수모를 되갚았을 텐데, 하고 두고두고 아쉬워하더라는 거야."

민승호는 눈을 감았다. 장정들의 얘기는 끝도 없이 이어질 것 같았다. 이튿날 민승호는 아침 일찍 길을 재촉하여 포천의 최익현 집에 이르렀다.

"이렇게 누추한 곳까지 어찌 왕림하였소?"

최익현이 민승호를 사랑으로 맞아들이는데 눈빛이 깊은 장년 사내였다. 수인사를 나누고 연배를 물으니 서른세 살로 민승호보다 세 살이 아래였다.

"하옥 대감의 장례에 참여했다가 문득 생각이 나서 찾아왔습니다."

민승호는 최익현의 맑은 눈을 가만히 응시했다. 이항로의 수제

자답게 그의 사랑에는 책이 많았다. 최익현은 신중한 사람이어서 민승호가 찾아온 까닭을 밝힐 때까지 잔잔하게 웃고만 있었다.

"나라에 어려움이 많습니다. 내해가 시끄럽지 않습니까?"

"적이 내해를 침범하는 것은 조정이 혼탁하기 때문입니다."

최익현은 조정에 불만이 많은 것 같았다.

"인재가 초야에 묻혀 있는 것은 나라의 손실입니다. 어찌 조정에 나아가 벼슬을 하지 않는 것입니까?"

"벼슬이란 부질없는 것입니다."

"배움이 있으면 나라와 백성을 위해 써야지요. 백성들을 이롭게 하지 않고 혼자서 독야청청하면 배움이 왜 필요한 것입니까? 상소를 올리든지 관직에 나아가든지 배움은 백성에게 이롭게 쓰여야 합니다."

"때가 되면 백성들을 위해 나서지요."

최익현이 빙그레 웃었다.

"임금이 바라는 것을 신하가 알고 실행하지 않으면 충신이 아닙니다."

민승호가 엄중하게 말하자 최익현의 얼굴이 굳어졌다.

"나의 단심(丹心, 충심)은 변함이 없소이다."

최익현이 단호하게 말했다.

'최익현이 조만간 상소를 올리겠구나.'

민승호는 최익현을 만나고 돌아오면서 걸음이 가벼웠다.

***

이튿날 민승호가 퇴청을 하여 죽동으로 돌아오자 운현궁에서 다녀가라는 전갈이 와 있었다.

'운현궁에서 무슨 일이지?'

민승호는 서둘러 저녁을 먹고 운현궁으로 걸음을 떼어놓았다. 이하응이 당상관 이하는 가마를 타는 것을 금지한 탓에 민승호는 길잡이 하인을 데리고 걸어서 운현궁으로 향했다. 그는 이미 당상관의 품계에 올라 있었으나 자중해야 한다고 생각한 것이다. 민승호가 운현궁 가까이 이르렀을 때였다. 어둠 속에서 갑자기 우락부락한 장정들이 나타나 다짜고짜 민승호를 에워싸고 포박했다.

"이놈들! 이 어르신은 병조참판이시다!"

길잡이 하인이 대뜸 소리를 질렀으나 소용이 없었다.

"시끄럽다, 이놈아!"

우락부락한 장정들이 민승호의 하인에게 마구 발길질을 했다.

"이놈, 네놈들은 누구냐?"

하인은 피투성이가 되어서도 소리를 질렀다.

"병조참판이 뭐가 대단하다고 주둥이를 함부로 놀리느냐? 주둥이를 한 번만 더 놀리면 모가지를 분질러놓을 테니 그리 알아라!"

어둠 속이기는 하지만 장정들은 낯이 익은 놈들이었다. 게다가 길잡이 하인이 병조참판이라고 분명히 말했는데도 장정들이 눈썹 하나 꿈쩍하지 않은 것으로 보아 예사 신분이 아닐 성싶었다.

"너희는 누구냐?"

민승호는 장정들에게 등을 떠밀려 걸으며 침통하게 물었다.

"소인들은 국태공 저하의 명을 받았습니다."

장정들이 민승호에게만은 공손하게 대답을 했다.

"국태공 저하?"

민승호는 다리가 후들거리고 떨렸다. 이하응이 장정들을 보냈다면 뭔가 심상치 않은 일이 생긴 것이다.

"예."

"그럼 내가 누군지 아느냐?"

"병조참판 어른이 아니십니까?"

"알면서도 이렇게 무례할 수가 있느냐? 대체 이게 무슨 행패란 말이냐?"

"국태공 저하께서 포박하여 끌고 오라고 하셨습니다."

민승호는 가슴이 철렁했으나 입을 다물었다. 이하응이 의도적으로 그를 포박하여 끌고 오라고 했다면 저항을 해도 소용없는 일이다. 민승호는 장정들에게 떠밀려 걸으면서 불안했으나 이내 운현궁에 이르렀다. 운현궁의 대문에는 포졸들이 삼엄한 경계를 하고 있었다.

"아니, 이거 민 참판 어른 아니십니까?"

민승호가 장정들에게 등을 떠밀려 대문 안으로 들어가자 기다리고 있었다는 듯이 이하응의 심복인 천희연과 하정일이 뛰어나왔다.

"이놈들아! 이분이 누구신지 알고 포박을 하여 끌고 왔느냐?"

천희연이 장정들에게 버럭 소리를 질렀다.

"국태공 저하의 명이 있었습니다."

장정들이 퉁명스럽게 내뱉었다.

"닥쳐라! 아무리 그렇기로서니 민 참판이 아니시냐?"

"저희는 국태공 저하의 명이라면 누구의 목이라도 잘라 올 것입니다."

"예끼!"

천희연과 하정일이 재빨리 민승호의 포박을 풀고 아소당으로 안내했다. 민승호는 그들이 처음부터 계획적으로 일을 꾸민 것 같아 씁쓸했다. 이하응은 백발노인 최치성과 함께 앉아 있었다. 민승호는 최치성을 보자 역겨움이 일어났다. 최치성은 시정잡배로 개 울음소리, 닭 울음소리를 잘 내는 자였다. 아무래도 일진이 사나운 날인 것 같았다.

"척신의 두령이 왔구먼. 무슨 음모를 꾸미느라고 이리 늦었나?"

민승호가 인사를 올리자 이하응은 오만하게 수염을 쓰다듬으며 민승호를 노려보았다. 이하응의 눈빛이 파랗게 불을 뿜고 있었다.

"자형, 늦어서 송구하옵니다."

민승호는 공손히 대답했다. 이하응이 어떤 불호령을 내릴지 알 수 없어서 가슴이 조마조마했다.

"자형이라고? 내가 너의 자형이라면 부모와 같이 받들어야 하지 않느냐?"

이하응의 목소리에는 날이 서려 있었다. 민승호는 등줄기로 식은땀이 흐르는 것을 느꼈다. 김병기의 말대로였다. 이하응은 민승호가 형제들을 모아 재황의 친정을 획책하고 있는 것을 눈치채고 있었다.

"소인은 자형을 부모처럼 받들고 있습니다."

"에라 이놈아, 무슨 헛소리야? 네놈과 민가들이 작당을 하고 몰려다니는 것을 모를 줄 아느냐?"

이하응이 앉은자리에서 술상을 들어 민승호에게 내던졌다. 엉겁결에 당한 일이라 손을 들어 앞을 가리기는 했으나 음식이 민승호의 얼굴과 옷으로 쏟아졌다. 민승호는 새파랗게 질린 얼굴로 재빨리 꿇어 엎드렸다.

"송구하옵니다. 국태공 저하. 저희 민문이 워낙 보잘것없는지라 형제들이 모여서 술자리를 같이했을 뿐입니다."

민승호는 굳이 변명을 하지 않았다. 변명을 하면 할수록 이하응은 더욱 의심을 할 것이라고 생각했다.

"한미한 여흥 민가가 그리도 컸다더냐?"

이하응이 벌떡 일어나서 찬바람을 일으키며 아소당을 나갔다. 최치성이 황급히 일어나 이하응을 따라가려다 말고 민승호에게 한마디 하였다.

"이놈아, 목이 떨어지기 전에 정신 바짝 차려라!"

민승호는 피가 역류하는 듯한 기분이 들었다. 최치성 같은 자에게 모욕을 당한 것이 분통해서 견딜 수가 없었다. 이하응이 시킨 것이 분명했다.

"어흠!"

최치성은 민승호가 고개를 들고 쏘아보려고 하자 간사스럽게 기침을 하고 재빨리 이하응을 따라 나갔다.

'부처님 손바닥이라고 하더니 내가 지금까지 이하응의 손바닥 안에서 놀고 있었음이 아닌가!'

민승호는 등줄기로 식은땀이 흘러내렸다. 무서운 일이었다. 그런데도 이하응이 방치하고 있었던 것은 민승호 정도는 얼마든지 다스릴 수 있으리라는 자신감이 있었기 때문일 것이다.

'어떻게 하지?'

민승호는 자리를 털고 일어서려다가 그대로 앉아서 생각에 잠겼다. 아직 이하응이 돌아가라는 말을 하지 않았다. 만약 이대로 그냥 돌아간다면 이하응에게 영원히 낙인이 찍힐 것이다. 마침 부엌에서 일하는 계집종이 종종걸음으로 아소당으로 들어왔다.

"얘야, 부대부인 마님 계시느냐?"

민승호는 낮은 목소리로 물었다. 옆방에서 이하응에게 아첨을 하는 최치성의 간사스러운 목소리가 들리고 있었다.

"예."

"내가 여기서 곤욕을 당하고 있다고 마님께 알려라."

"예."

계집종이 쏟아진 음식과 그릇을 챙겨가지고 밖으로 나갔다. 이내 부대부인 민씨가 황망히 아소당으로 달려왔다. 민승호는 그때까지 꿇어앉아서 꼼짝도 하지 않았다.

"아니, 이게 무슨 꼴인가?"

부대부인 민씨가 혀를 찼다. 민승호는 눈시울이 뜨거워져왔으나 억지로 입술을 깨물어 수습했다.

"누님."

"도대체 자네가 무슨 잘못을 했기에 대감께 이런 수모를 당했는가?"

"송구하옵니다. 누님을 뵈올 낯이 없습니다."

"대감은 어디 계시는가?"

"옆방에 계신 듯하옵니다."

"알았네."

부대부인 민씨가 휭 하니 칼바람을 일으키며 옆방으로 가려고 할 때 이하응이 불쑥 들어왔다. 민승호는 황급히 머리를 조아렸다. 이하응의 싸늘한 눈빛에 소름이 돋을 지경이었다.

"대감, 내 아우 승호가 무슨 잘못을 저질렀기에 이런 봉변을 줍니까?"

부대부인 민씨의 음성에 서릿발이 서렸다. 부대부인 민씨는 평생 큰소리 한 번 내지 않는 사람이었다. 이하응도 부대부인만큼은 누구보다도 어려워할 정도로 그녀는 집안을 잘 다스리고 기품이 있었다.

"부인이 여기 웬일이오?"

이하응은 시침을 뚝 떼고 민승호를 곁눈으로 흘겼다.

"승호는 대감의 처남입니다. 그런데 이렇게 창피를 주어서야 되겠습니까?"

"누가 그걸 모르오?"

"그리고 중전마마의 오라버니라는 사실을 아셔야 할 것입니다."

"흠!"

이하응이 마땅치 않다는 낯빛으로 큰기침을 했다. 부대부인 민씨의 말이 귀에 거슬린 모양이었다.

"대감은 내 친정이 마음에 드시지 않는 모양입니다. 그렇지 않습니까?"

"나는 그런 말을 한 일이 없소."

"내 친정붙이에게 어찌 이럴 수가 있습니까? 딸을 죽이더니 이제는 친정붙이까지 죽이려고 하십니까?"

민씨가 노여움을 품고 소리를 질렀다. 민씨는 이하응의 천주교 박해로 무수한 교인들이 죽자 깊은 슬픔에 잠겨 있었다. 조경호에게 시집을 간 딸이 갑자기 죽은 것도 이하응이 꾸민 일이라고 의심을 하고 있었다. 그러던 차에 동생이 이하응에게 능멸을 당하자 분노하게 된 것이다.

"여보 부인, 지금 무슨 소리를 하는 게요?"

"조경호에게 시집을 보낸 딸이 대감이 불러서 우리 집에 왔다가 독을 먹고 죽었답니다."

"누가 그런 소리를 하오?"

"나도 귀가 있습니다. 세간에 딸이 서학을 했기 때문에 대감이 독살을 했다고 합니다."

부대부인 민씨가 방바닥에 주저앉아 통곡하기 시작했다. 가슴에 맺힌 응어리를 토해내는 듯 그녀의 목소리에는 한이 맺혀 있었다. 이하응의 안색이 파랗게 변했다.

"당치 않소! 세상에 자기 딸을 죽이는 매정한 애비가 어디 있다는 말이오?"

"대감의 잔혹한 성품은 세상이 다 아는 사실입니다."

부대부인 민씨의 눈에서 눈물이 주르르 흘러내렸다.

"이, 이런…… 체통 없이 무슨 짓이오?"

이하응이 몸을 부르르 떨었다.

"이 일은 상감께서도 아셔야 할 것입니다. 상감께서도 누이가 어떻게 죽었는지 아셔야 할 것입니다!"

"닥치시오!"

"대감은 내 친정을 업신여기고 있습니다."

"당치 않소. 내가 승호에게 이렇게 한 것은 외척이라고 하여 교만하지 말라는 뜻이었소. 승호를 금명간에 동부승지에 제수할 생각이오. 부인은 공연히 나를 탓하지 마시오."

이하응이 부대부인 민씨를 달래는 시늉을 했다. 부대부인 민씨가 조경호에게 시집간 딸이 이하응의 독살로 죽었다고 재황에게 말하면 그러잖아도 소원해진 부자지간이 더욱 멀어진다. 이하응은 그 점을 두려워하는 것이 분명했다.

"동부승지요?"

부대부인 민씨가 누그러진 목소리로 물었다. 사대부가의 부인이 언제까지나 화를 낼 수는 없었다.

"그렇소. 동부승지를 맡긴 뒤 판서의 반열에 올릴 생각이오."

민승호는 엎드린 채 입가에 미소를 지었다. 이하응에게 수모를 당하기는 했지만 중요한 비밀 하나를 알게 된 것이다. 이하응이 조경호에게 시집을 간 재황의 누이를 독살해버린 것을 알면 재황은 이하응을 아버지라고 생각조차 하지 않을 것이다. 민승호는 운현궁에서 돌아오면서 몇 번씩이나 회심의 미소를 지었다. 그날따라 한양 장안은 별빛 하나 없이 캄캄했다.

14
한미전쟁

1871년 신미년의 새해가 밝았다. 재황은 20세, 왕비인 자영은 21세가 되었다. 재황은 아직도 자영과 이 귀인을 오가며 잠자리를 즐기고 있었다. 자영은 이 귀인에게서 재황을 빼앗아올 수 있다면 무슨 일이든지 할 수 있을 것 같았다.

재황과 이하응의 갈등은 점점 심화되고 있었다. 기묘한 일이었다. 아버지와 아들 사이에 커다란 벽이 가로막고 있었다. 이하응은 점점 독선적으로 변해가고 있었다. 재황은 이하응이 전횡하는 것을 싫어했다. 모든 정사가 '대원위 분부(大院位分付, 대원위가 명한다)'로 처결되고 '왕이 말씀하기를'을 뜻하는 '왕약왈(王若曰)'은 국정 문서에서 전혀 찾아볼 수 없었다. 재황은 허수아비 임금인 것이다.

점심때가 지나자 민승호가 잠시 짬을 내어 중궁전에 들렀다.

"중전마마, 날씨가 몹시 차갑습니다."

민승호가 의연하게 앉아 있는 자영을 향해 입을 열었다. 이제는 자영에게서 범접할 수 없는 왕비의 기품과 위엄이 풍기고 있었다.

"그렇습니다. 설을 쇠었으니 마지막 추위가 아닌가 합니다."

민승호가 인사를 올리자 자영이 만면에 미소를 지었다.

"어떻습니까? 종로는 길바닥이 꽁꽁 얼어붙었겠지요?"

"그러하옵니다, 중전마마."

"오라버님께서는 언제 수원 유수로 부임하십니까?"

"아직 국태공 대감께서 아무 분부가 없으셨습니다."

자영은 잠깐 생각에 잠겼다. 이하응이 민승호를 수원 유수로 내보내겠다고 해놓고 일언반구 말이 없는 것이 기이했다.

"오라버님은 그 까닭을 아십니까?"

자영은 그윽한 시선으로 민승호를 응시했다. 자영의 얼굴에 어느덧 알 듯 모를 듯 미소가 번지고 있었다.

"소인은 짐작할 수 없습니다."

"정녕 모르십니까?"

"아둔하여 헤아릴 길이 없습니다. 중전마마께서 헤아리신 바가 있으면 하교해주십시오."

"호호호!"

자영이 낭랑하게 웃음을 터트렸다. 민승호는 어리둥절하여 자영을 쳐다보았다.

"국태공이 저를 시험하고 있음입니다."

"시험이오?"

"오라버니를 수원 유수로 내보내겠다고 말을 흘려놓고는 내 반응을 기다리고 있는 것입니다."

"중전마마, 무슨 말씀이십니까?"

"제가 어리석고 용렬한 아녀자라면 오라버님을 외직으로 내쫓지 말라고 주상 전하에게 읍소를 했을 것입니다. 그러나 저는 그리하지 않았습니다. 타초경사(打草驚蛇)라는 말이 있지 않습니까? 공연히 풀을 건드려 뱀을 놀라게 할 일이 아닙니다."

"과연!"

민승호가 무릎을 탁 쳤다. 이하응과 자영의 지략 싸움이 불꽃을 튀기고 있는 듯한 기분이었다.

'중전마마의 지혜가 이토록 총명할 줄이야.'

자영은 사람의 마음을 꿰뚫어보는 심안(心眼)이 있었다. 자영과 이야기를 하다 보면 민승호는 자신도 모르게 자영의 이야기 속으로 빨려 들어가곤 했다.

"그러면 국태공이 저를 수원 유수로 내보내지는 않겠습니까?"

"아닙니다. 내보낼 것입니다."

자영의 얼굴에 다시 매혹적인 미소가 번졌다.

"하면……?"

"그러나 당분간은 아니 내보낼 것입니다."

"아마도 동부승지로 먼저 승차시킨 다음에 내보낼 것입니다."

"어찌 동부승지에?"

동부승지는 왕명을 출납하는 주요한 관직이다. 정3품으로 참판의 품계와 같으나 왕을 직접 모시는 점이 다르다.

"동부승지에 임명하는 것은 부대부인 마님과 약조한 일이 아닙니까?"

"그렇군요."

민승호는 그때서야 고개를 끄덕거렸다. 그러나 아직도 석연치 않은 점이 있었으나 묻어두기로 하였다.

"오라버님은 다행히 친화력이 뛰어난 분입니다. 친화가 뛰어나면 사람을 모으기가 용이합니다. 많은 사람을 규합해서 힘을 기르십시오. 특히 사병을 양성하십시오."

"사병이라고 하셨습니까?"

"그렇습니다. 마침 병조참판의 자리에 계시니 무예에 능한 자를 뽑아서 사병을 훈련시켜야 합니다."

"알겠습니다."

민승호는 무겁게 고개를 끄덕거리고 중궁전을 물러갔다.

자영의 예상대로 민승호는 정월이 지나자 동부승지에 제수되었다. 동부승지는 공조에 대한 왕명을 출납하는 자리였다. 민승호가 동부승지가 됨으로써 조정의 대소사가 더욱 소상하게 자영에게 전달되었다.

이에 앞서 신미년 1월 17일자로 작성된 북경 주재 미국 공사 로우의 편지가 조선 조정에 날아와 조선을 바짝 긴장시켰다. 미국 공사 로우의 편지는 청국의 총리아문 예부를 거쳐 온 자문(咨文)이었다. 자문은 외교문서로 일종의 협조 공한이었다.

"그 내용이 어떠합니까?"

자영은 얼굴을 찡그리고 민승호에게 물었다. 미국 공사가 편지를 보낸 것은 예상조차 못한 사건이었다.

"청나라 예부의 편지는 조선 연해에서 실종된 선박을 찾는 데 협조하라는 것입니다. 미국 공사의 편지도 같은 내용입니다."

민승호의 대답이었다. 미국 공사 로우가 쓴 편지의 내용은 다음과 같았다.

> ……1866년 8월에 본국 상선 한 척이 귀국의 서해 연안에서 행방불명이 되었으므로 본 공사는 그 까닭을 살피기 위하여 해군 군함을 타고 귀국으로 나아가고자 한다. 무릇 선박이라 함은 뜻밖의 풍해(風害)를 만나는 일이 비일비재하므로 귀국 경계에서 이러한 사고가 발생했을 때 어떻게 대처할 것인지 협의코자 한다. 장차 우리 군선이 귀국으로 나아갈 예정이니 귀국은 의심하여 발포하는 일이 없도록 할 것이며 우리로서는 예의를 갖춰 귀국과 교섭하고자 하니 원하건대 우의로써 맞아주길 바란다. 만일 이를

군이 거절하면 스스로 재앙을 자초하는 일이 될 것이다. ……

자영은 민승호의 얘기를 듣고 낮게 한숨을 내쉬었다. 편지의 문맥으로 보아 전쟁을 획책하고 있는 것은 아니었다. 자영은 이 몇 해 동안 외세가 폭풍처럼 조선을 향해 밀려오는 것을 느꼈다. 러시아의 남진 정책, 불란서 신부 박해로 이루어진 병인양요, 제너럴셔먼호 사건, 독일계 유태인의 남연군묘 파묘 사건…….

그 모든 사건들이 조선의 개방을 요구하고 있었다. 이미 새로운 사조는 굳게 닫힌 울타리를 넘어 실학을 중심으로 조정이 개혁되어야 한다고 외치고 있었고, 일반 서민들은 《정감록》을 비롯한 각종 참언과 도참설을 신봉하고 있었다.

서학이 누대에 걸친 탄압에도 불구하고 신도 수가 늘어만 가고, 동학이 창시되어 무서운 기세로 삼남 지방에 확산되어가고 있는 그 이면에는 왕조에 대한 불신과 새로운 세상에 대한 염원이 담겨 있었다. 자영은 누구보다도 먼저 그 사실을 간파하고 있었다.

"오라버님, 조정에서는 어찌한다고 합니까?"

"강경한 국서를 보낸다고 하옵니다."

"편지의 문맥으로 보아 전쟁을 원하는 것은 아닌 것 같은데 강경한 국서를 보낸다는 말씀입니까? 그건 좋은 계책이 아닌 것 같습니다."

"조정에서는 그동안 군비를 증강해왔습니다."

"하나 불란서 군선이 침입해 왔을 때도 온 나라가 술렁거리지 않았습니까?"

"중전마마, 조정의 공론은 오로지 척이척양(斥夷斥洋) 한 가지뿐입니다. 다른 공론을 세우려고 하면 역적이 됩니다."

민승호의 말대로 조선 조정에서는 미국 공사의 편지에 대한 회답을 강경 일변도로 준비하고 있었다. 그 내용은 다음과 같은 것이었다.

> ……이 나라는 삼면이 바다에 둘러싸여 있어서 무릇 큰 바람을 만나 긴급 피난을 해오는 배가 있으면 어느 나라의 배를 막론하고 구조하여 돌려보냈다. 미국 배는 함풍(咸豐) 5년(1855), 동치(洞治) 4년(1865), 동치 5년(1866)에도 각각 구조하여 육로를 통하여 북경으로 송환한 일이 있다. 귀국 선박이 병인년(1866)에 행방불명되었다 하는 것은 평양에서의 사건(제너럴셔먼호)을 이르는 말인데, 미국 배가 이 나라 사람에게 욕을 보이지 않았으면 어찌 우리가 그 배를 공격했겠는가. 천하에 공론이 있고 어진 하늘이 내려다보는데 이와 같은 터무니없는 주장은 일고의 가치도 없다. 이제까지 귀국을 비롯한 여러 나라가 조선의 풍속과 물산을 알지 못하고 통상하자는 구실로 이 나라를 핍박했으나 우리는 국력과 민력을 모아 당당히 물리쳤다. 그러므로 외국 상인들도 결코 얻는 것이 없이 비용만 헛되이 버릴 뿐이다. 청컨대 다

시는 이런 일로 조선 연안을 침범하지 마라……

자영이 다시 한숨을 낮게 내쉬었다. 미국 공사의 편지에 대한 답신은 2월 21일 청국 예부로 보낼 예정이었다. 그 편지를 받으면 미국은 결코 그냥 있지 않을 터였다.

"청국 예부로 보내는 국서는 누가 가져갑니까?"

"아직 그 사람은 결정되지 않았습니다."

"오라버님, 국서를 가지고 떠나는 사신이 결정되면 제게도 알려주십시오."

"예."

자영은 국서를 가지고 청나라로 떠나는 사신의 일행에 이창현을 동행시킬 예정이었다. 이창현을 청나라에 보내 서양 여러 나라에 대해서 자세하게 알아보게 할 계획이었다.

날씨는 점점 따뜻해져가고 있었다. 신미년의 봄은 1월 하순에 시작되었다. 어느 해보다 설이 늦어서 1월 하순에 벌써 얼음이 녹고 2월이 되자 봄꽃들이 앞을 다투어 피었다.

2월 21일(양력 4월 10일)에 이창현은 봇짐을 단단히 챙겨 등에 짊어지고 동대문 밖에 있는 제기현을 향해 죽동 민승호의 집을 떠났다. 봄이 오고 있기 때문인지 집집마다 울안에 개나리꽃이 피고 목련이 화사하게 꽃망울을 터트렸다.

이창현은 배오개 장터를 지나고 수구문을 지나 왕십리를 거쳐 제기현으로 걸음을 재게 놀렸다. 종로 오간수통을 지나 좌포청 앞으로 걸어 동대문을 나서면 금방 제기현이었으나 부러 왕십리를 거쳐 제기현으로 방향을 잡았다.

사신 일행은 사시정(巳時正, 오전 10시)에 제기현에 도착할 예정이었다. 이창현은 걸음을 재게 놀린 탓에 사시초(巳時初, 오전 9시)에 제기현에 도착했다. 사신 일행은 아직 도착해 있지 않았다.

이창현은 제기현의 주막에서 탁주 한 사발을 마신 뒤 한길로 나왔다. 그때서야 사신 일행이 제기현으로 올라오는 것이 보였다. 이창현은 사신 일행과 합류하여 북쪽으로 길을 떠났다. 민승호가 사신에게 미리 귀띔을 해놓은 탓에 대우가 깍듯했다.

사신 일행은 한성을 떠난 지 이레 만에 의주 변문에 이르렀고, 의주에서 압록강을 건넌 것은 한성을 떠난 지 열흘째 된 날이었다.

'저기가 요동 땅이군.'

이창현은 배에서 내리자 쑥대밭이 우거진 벌판을 아득히 바라보았다. 아침 햇살은 그때서야 지평선 위로 붉게 떠오르고 있었다. 뒤를 돌아보니 강 위에 서렸던 안개가 걷히면서 하늘을 찌를 듯 울창한 숲에도 금빛 햇살이 부챗살처럼 퍼지고 있었다.

***

은자의 나라 조선에 또다시 전운이 감돌기 시작했다.

신미년(辛未年, 1871년) 3월이었다. 미국은 조선 조정으로부터 통상을 불허한다는 답신을 받자 곧바로 조선 원정 준비에 들어갔다. 이때 로우 미국 공사는 상해 총영사 조지 시워스, 미국의 극동 함대 사령관 존 로저스 제독과 긴밀하게 협의한 뒤 미국 국무성으로 급전을 보냈다.

미국은 이미 1866년부터 조선 원정을 감행할 계획을 세우고 있었다. 프랑스 함대가 조선 원정에 실패한 후 영국은 프랑스와 공동으로 조선을 다시 원정하자고 제안했으나 프랑스가 거절하여 미국에 조선 원정을 제안한 바 있었다. 그러나 당시에는 미국도 공동 원정을 거부했다.

미국은 그때 이미 조선에 대한 단독 원정을 계획하고 있었는데, 그것은 인삼 때문이었다. 미국의 동부 지방인 코네티컷 주와 매사추세츠 주에서는 특산물로 인삼이 생산되었는데 중국 시장을 독점하려고 했으나 조선의 개성 인삼으로 인해 시장 독점이 이루어지지 않자 조선에 통상을 요구하게 된 것이다.

이때 조선의 사신단이 자문을 가지고 중국에 들어갔다. 자영은 사신단의 수행원으로 이창현을 파견했다. 사신단은 중국에 자문을 전하고 2개월 만에 돌아왔다. 조선의 사신단은 미국과의 통상을 거절한다는 공식 입장을 중국을 통해 미국에 전달했다.

그러자 미국은 1871년 극동함대를 동원해 조선 원정에 나섰다.

극동함대는 기함(旗艦) 콜로라도호를 중심으로 알래스카호, 버니시아호, 모니카시호, 팔로스호 등 포함 4척과 1230명의 병사들로 원정대를 구성해 3월 27일 상해를 떠나 일본의 나가사키를 거쳐 4월 3일 아산만의 풍도에 정박했다. 이튿날 로저스 제독은 팔로스호로 하여금 4척의 작은 배를 거느리고 강화군 부근의 물치도를 정찰하게 하였다. 그동안 로우 공사는 섬에 상륙하여 주민들에게 놋단추, 유리병, 포목 등을 선물하며 환심을 샀다. 미국은 다른 나라와 달리 조선을 통상 교역국으로 인정하려고 했다.

"미국은 어떤 나라인가?"

자영은 이창현이 청나라에서 돌아오자 대궐로 불렀다.

"미국은 중국에서 수만 리 떨어진 나라로 영국과 불란서보다 더 강대한 나라라고 합니다."

이창현이 머리를 조아리고 아뢰었다.

"수만 리 멀리 떨어져 있다고 하는데 배를 타고 왔는가?"

"배를 타고도 한 달이나 걸린다고 합니다."

"참으로 먼 나라가 아닌가? 그 나라가 어찌 중국까지 왔는가?"

"장사를 하기 위해서라고 합니다."

"무엇을 파는가?"

"서양 옷감과 총 등을 팔고 있습니다."

"총도 파는가?"

"그러하옵니다. 그들의 총은 우리 것과 달라서 불을 붙이지 않아도 잘 나가고 천 보 밖에 있는 사람도 살상한다고 합니다."

"미국인들은 모두 얼굴이 하얀가?"

"그렇지 않습니다. 미국인들은 흰 사람도 있고 검은 사람도 있습니다."

"검은 사람은 본 일이 없다."

"검은 사람들은 대개 노비라고 합니다."

"그들이 조선군과 싸운다면 어찌 되겠는가?"

"조선이 패할 것입니다."

이창현의 말에 자영의 얼굴이 창백하게 변했다. 자영은 미국 군선에 대해 자세하게 묻고 이창현을 물러가게 했다.

'미국과의 전쟁은 이익이 없겠구나.'

자영은 무겁게 한숨을 내쉬었다.

이때 남양 부사 신철구는 수상한 군선이 나타났다는 병사들의 보고를 받고 물치도로 달려갔다. 콜로라도호에서 로우 공사가 중국인 통역을 데리고 나와 신철구와 대면했다.

"이 배는 어느 나라 배이며 무슨 까닭으로 왔는가?"

남양 부사 신철구는 콜로라도호를 비롯한 미 극동함대의 위용에 잔뜩 주눅이 든 채 문정을 시도했다.

"나는 아메리카합중국의 중국 공사다. 조선과 통상 문제를 협의하러 왔다."

"조선은 어느 나라와도 통상을 하지 않는다."

"그대는 국왕의 전권대신인가?"

"그렇지 않다. 나는 남양 부사다."

"이것은 일개 지방관과 협의할 일이 아니다. 그대는 돌아가서 책임 있는 대신을 보내라고 하라."

"조선의 국론은 외국과 통상하지 않는다는 것 한 가지뿐이다."

"그것은 그대의 말이다. 우리는 조선의 책임 있는 대신과 협상하기를 바란다. 우리에게 날짜와 장소를 알려주고 항로를 측량할 테니 방해하지 마라. 이 편지를 그대의 정부로 보내라."

로우 공사는 신철구에게 편지 한 통을 주었다. 신철구는 로우 공사로부터 편지를 받고 돌아와 즉각 조정으로 올려보냈다. 그러나 조정에서는 아무런 반응도 없었다. 미국 극동함대는 4월 8일 풍도를 떠나 영종도를 거쳐 물치도에 정박했다. 대원군은 그때서야 비로소 청국어 통역관 세 명과 인천읍의 아전 김진성(金振聲)을 콜로라도호로 보냈다.

로우 공사는 처음에 조선 조정이 전권대신을 보낸 것으로 알고 환영했으나 김진성의 직급이 지방관에도 미치지 못하는 아전임을 알게 되자 공사관 서기관 대리인 에드워드 드루를 내세워 김진성을 만나게 했다.

"우리는 미합중국 대통령으로부터 귀국과의 통상에 대한 전권을 위임받고 있다. 귀국에서는 무슨 까닭으로 전권대신을 보내지 않는 것인가?"

"우리 조정에서는 귀국과 통상 문제를 협상할 뜻이 전혀 없다.

우리는 협상을 하러 온 것이 아니라 문책을 하러 왔다."

"문책이라는 것은 당치 않다. 우리는 이미 외교문서로 귀국에 협상하러 온다는 사실을 통고한 바 있다."

"그것은 귀국의 일방적인 통고다."

"협상을 하지 않겠다는 것은 귀국 국왕 폐하의 뜻인가?"

"국태공 저하의 뜻이다."

"국태공이 누구인가?"

"국왕의 생친이시다."

"국태공에게 말하라. 우리는 귀국의 전권대신이 와서 협상에 임하기 전에는 한 발짝도 물러설 수 없다고……."

김진성은 자신의 권한 밖의 일에는 대답을 할 수가 없었다. 드루는 조선 조정에 보내는 편지와 대원군에게 보내는 선물을 김진성에게 주어서 돌아가게 하였다. 김진성은 편지는 조정으로 보내고 선물은 운현궁에 보냈다.

이때 조선 조정에서는 미국과 협상할 의도가 전혀 없었다. 조선 조정은 4월 14일 호군(護軍) 어재연을 강화 진무영 중군으로 임명하고 훈련도감 휘하 및 각 병영의 군대를 선발하여 강화도로 급파했다. 아울러 이창회를 강화 판관, 이염을 초지 첨사, 최경선을 덕포 첨사로 임명하여 미국과 일전을 벌일 준비를 착착 진행시키고 있었다.

로저스 제독은 공격부대를 편성했다. 함정은 팔로스호와 모니카시호, 무장 소함정 20척에 759명의 병사들이 동원되었다. 그중 105명은 미 해군이 자랑하는 육전대였다. 모니카시호에는 기존의 8인치 함포 외에도 9인치 함포 2문도 기함 콜로라도호에서 옮겨 탑재했다. 소함정은 박격포로 중무장했다.

"함포 발사!"

음력 4월 23일 오후 1시 모니카시호는 강화도 남단의 초지진 포대를 향하여 일제히 함포사격을 시작했다. 미 함대의 막강한 함포사격에 조선군 초지진 포대는 순식간에 붕괴되었다.

초지 첨사 이염은 변변하게 항전도 하지 않고 패주하여 광성보로 달아났다. 로저스 제독은 루안 킴벌리 중령에게 강화도 상륙을 지시했다.

"돌격!"

킴벌리 중령은 육전대를 이끌고 강화도 상륙을 감행했다. 그러나 상륙정에서 내린 미 육전대는 뜻밖의 복병을 만났다. 그것은 초지진 앞바다에 끝없이 펼쳐진 갯벌이었다. 미 육전대는 허리까지 빠지는 갯벌 속을 악전고투하며 헤쳐 나갔다. 육전대의 절반이 군화를 잃었다. 그들은 진흙투성이가 되어 조선군이 달아난 초지진을 점령했다.

광성진은 강화해협 제일의 요새였다. 해발 45미터의 언덕에 자리 잡고 손돌목으로 향하는 강화해협의 허리를 자르는 위치였다. 어재연 중군이 방어하는 광성진에는 포대만도 143문이 있었고 전국 각지에서 선발한 포수 출신의 정예 군사들이 진을 치고 있었다.

미 육전대는 광성보에 휘날리는 수(帥) 자가 써진 황색 깃발을 향해 일제히 진격해나갔다. 날씨는 뜨거웠다. 음력 4월 24일의 태양은 병사들의 머리 위에 불볕처럼 작열하고 있었다. 미 육전대는 비지땀을 흘리며 행군을 계속했다. 머리 위에서 작열하는 태양 때문에 졸도하는 병사가 속출했으나 행군은 멈추지 않고 계속되었다.

이내 깎아지른 듯한 절벽이 미 육전대의 눈앞에 계속 나타났다. 곡괭이와 삽, 손도끼를 든 공병들이 육전대 앞에서 진격로를 뚫었다. 그들은 길을 고르고, 참나무를 베어 쓰러트렸다. 길은 겨우 사람 하나가 다닐 수 있을 정도로 좁고 절벽이 자주 가로막았다.

그때 조선군이 측면에 나타났다. 처음에는 척후병이 아닐까 싶을 정도로 몇 사람 되지 않았으나 점점 숫자가 늘어갔다. 조선군이 미 육전대의 배후를 공격하려고 하는 것이 분명했다. 그들은 다급해졌다.

킴벌리 중령은 주력부대에게 광성진으로 서둘러 진격하라고 독려했다. 배후를 공격하려고 하는 조선군은 휠터 소령에게 3개 중대를 매복시켜 섬멸하라고 지시했다.

휠터 소령이 3개 중대를 매복시키자마자 병력을 집결시킨 조선군이 일제히 공격을 해왔다. 미 육전대는 숨소리 하나 내지 않고 기다렸다. 조선군은 훈련을 받은 일이 없는지 기이한 소리를 지르며 벌 떼처럼 달려왔다.

마침내 조선군이 사정권에 들어왔다. 휠터 소령은 매복한 병사들에게 사격 명령을 내렸다. 흰옷을 입고 달려오는 호랑이 사냥꾼들이 힘없이 나동그라지기 시작했다.

휠터 소령은 박격포를 발사하라고 지시했다. 이내 요란한 포성과 함께 박격포 유탄이 조선군의 한가운데에 정확히 떨어졌다. 조선군은 공중으로 튕겨져 오르고 산산이 찢겨져 날아갔다. 흙무더기가 하늘로 치솟고 울창한 관목들이 쓰러졌다. 미군의 배후를 공격하려던 조선군은 순식간에 궤멸되었다.

모니카시호는 지상군을 따라가다가 광성진에 맹렬하게 함포사격을 해댔다. 킴벌리 중령의 미 육전대도 광성보를 향해 박격포로 포격을 했다. 광성보는 해안을 따라 줄지어 서 있는 요새의 관문이었다. 언덕의 측면은 가파른 절벽이었고, 한 치의 틈도 없이 성이 축조되어 있었다.

"돌격!"

포격이 끝나자 미 육전대 장교들이 앞장을 선 채 성으로 기어 올라갔다. 미 육전대의 머리 위로 총탄이 비 오듯 쏟아졌으나 미 육전대는 신속하게 성벽으로 달려 올라갔다.

조선군의 총은 불줄(도화선)에 화약이 연결되어 있어서 총을 쏘는 데 오랜 시간이 걸렸다. 불줄은 너무나 천천히 타들어가서 훈련받은 미군을 쓰러트릴 수 없었다. 미군은 불줄이 타들어가는 사이 이미 성벽으로 기어 올라오고 있었다.

포탄과 화약을 장전할 여유가 없어진 조선군은 총을 버리고 칼과 창을 들고 성벽 위에 나타났다. 그들은 소름 끼치는 괴성을 지르며 성벽을 기어 올라오는 미군과 맞섰다.

마침내 처절한 백병전이 시작되었다. 제일 선두에 선 장교 하나가 쏟아지는 돌을 피하면서 재빨리 성벽으로 기어 올라갔다. 그러나 그는 복부에 조선군의 총을 맞고 쓰러졌다. 쓰러진 그의 아랫배에 이번엔 조선군의 창이 꽂혔다.

맥키 해군 중위였다. 맥키 중위를 죽인 그 창은 쉴리 해군 소령의 왼쪽 소매를 찔렀다. 쉴리 소령은 권총을 꺼내어 조선군을 사살했다.

그러나 조선군은 끝까지 격렬하게 저항했다. 그들은 항복 같은 것은 전혀 몰랐다. 무기를 잃은 조선군은 돌과 흙을 집어던지면서 미군에 저항했다.

광성진은 어느덧 미군 장교와 병사들로 가득해졌다. 푸른 제복의 병사들이 흰옷을 입은 군사들을 살육하기 시작했다. 조선군의 환도(還刀)가 미군의 단검을 꺾어버리면 미군은 개머리판으로 조선군의 골통을 부셔버렸다.

광성보 밖에서도 전투는 치열했다. 전투 도중 퇴각하는 조선군 병사들을 가로막고 40~50명을 베어 죽였다. 카셀의 포대는 도망치는 조선군 병사들에게 산탄을 발사하여 일렬로 쓰러트렸다. 도망치던 조선군 병사들은 총을 맞고 토끼처럼 발을 치솟으며 쓰러졌다. 틸튼 대위는 능선 위에서 퇴각하는 조선군들을 사살했다.

시간이 흘러가자 조선군은 패색이 짙어갔다. 조선군 병사들은 이제 겨우 1백여 명이 남았다. 그들은 미군과 싸워 승산이 없게 되자 일부는 바다에 투신하여 죽고 일부는 스스로 목을 찔러 자결했다. 조선군 원수 어재연도 목을 찔러 스스로 목숨을 끊었다.

4월 24일 하오 2시 45분, 미 해병 브라운 하사와 퍼비스 일등병이 수(帥) 자가 써진 깃발을 꺾고 성조기를 광성진에 꽂음으로써 48시간에 걸친 최초의 한미전쟁은 막을 내렸다.

성안에는 흰옷을 입은 조선군 사망자와 부상자들이 불에 타고 있었다. 그들의 살 타는 냄새가 코를 찔렀다. 조선군 부상자들은 포로가 되지 않으려고 스스로 불 속으로 뛰어들었다. 처참한 광경이었다. 이 광경을 보다 못한 미군 병사들은 틸튼 해병 대위에게 고통을 덜어주기 위해 사살해도 좋으냐고 물었다.

"사살해서는 안 돼. 불에 뛰어드는 것을 보는 것은 괴로운 일이지만 목숨이 끊어질 때까지 내버려둬."

틸튼 대위는 비참하게 자살을 기도하는 조선군 병사들을 막을 수 없었다.

이틀간의 한미전쟁으로 조선군은 전사자 350명, 부상당해 포로가 된 병사가 26명이었다. 이를 세분화하면 광성보 안에서 전사한 이가 1백여 명, 광성보 밖에서 전사한 이가 243명으로 대포나 총에 맞아 죽은 병사 이외 백병전에서 맞아 죽거나 자결하여 목숨을 끊은 병사가 1백여 명에 이르렀다. 미군 전사자는 단 3명이었다.

***

1871년 신미년 4월은 초여름이었다. 로저스 제독의 지휘하에 미 극동함대가 해병 1천여 명을 거느리고 강화도를 침입한 신미양요는 불과 이틀간의 전투에서 조선군 350여 명이 전사한 참혹한 전쟁이었다. 미군들 스스로 그것은 전쟁이 아니라 무자비한 살육이었다고 술회할 정도로 끔찍한 전쟁이었다.

조선은 병인양요 이후 양이의 침입에 대비하여 곳곳에 포대를 설치하고 군사를 양성했다. 강화도에는 진무영을 설치하고 정예 포수군들을 배치했다. 그러나 미 극동함대가 강화해협까지 진출하자 조정과 민간이 크게 동요했다. 고종은 왕명을 내려 미 극동함대를 격퇴할 장신을 뽑으려고 했으나 마땅한 인물이 없었다. 그런데 얼마 전에 삼군부에서 올린 참모 인선의 초안을 읽고 호군 어재연을 강화도 광성진 파수진무중군(방위사령관)으로 삼고 급히 여정을 잡아서 임지로 떠나게 하였다. 4월 14일 삼군부에서 초안한 기록에는 "강화도 광성진의 진무중군 자리가 비어 있으니 호군 어재연을 임명하는 것이 어떻겠습니까?" 하고 되어 있다.

어재연은 왕명을 받자 4월 15일 각 영문에 포군(砲軍) 5초(吳哨, 5백 명)를 선발하여 강화도로 달려갔다. 4월 15일 밤에 광성진에 도착한 어재연 장군은 포대를 정비하고 복병을 매복시키는 등 전열을 가다듬었다. 4월 23일 미군은 초지진을 함락하고 덕진진으로 진격했다. 그러나 손돌목을 향해 올라오던 파로스호가 암초에 걸리는 바람에 24일 새벽 육지와 바다에서 동시에 덕진진으로 공격하여 함락한 뒤 다시 광성진을 향해 노도처럼 밀고 올라갔다.

조선군의 전세는 위태로워졌다.

이에 광성진 진무중군 어재연 장군은 분연히 일어나서 병사들을 향하여 외쳤다.

"내가 나라에서 두터운 은총을 입고 있으니 적과 싸워서 죽는 것은 임금에게 충성하는 일이다. 병사들은 두려워하지 말고 나를 따르라!"

어재연 장군은 몸을 솟구쳐 앞으로 나아가 화포를 쏘아 적을 공격했다. 이때 광성진은 앞뒤의 적에게 맹렬한 공격을 받아 날아오는 포탄이 비 오는 듯했다. 이날 강화 진무사(鎭撫使) 정기원은 광성진의 위급한 실정을 조정에 장계로 고해 올렸다.

이달 24일 오시초(五時初, 오전 11시)에 광성찰주소(廣城札駐所)

에 군량색사(軍糧色使)로 있는 전용묵이 허겁지겁 달려와서 하는 말이 적군 4~5백 명이 덕진진을 함락하고 뒤이어 광성으로 침입하여 중군 어재연이 어영군과 별무사를 보내어 중간 길을 방비케 하였으나 해협에서 적군 군선이 대포를 장맛비같이 퍼붓고 육지의 적도 소총을 우박처럼 쏘아대 앞에 나간 군사가 쓰러지고 뒤를 막고 있던 군사도 패배하여 적군이 광성진을 겹겹이 에워싸고 있나이다, 하였사옵니다. 이와 같이 광성진의 형세가 실로 화급하기 짝이 없는지라 중군을 구원하기 위해 군사를 모으고, 광성진의 적이 강화읍으로 몰려올 염려가 있는지라 각 파수처마다 세 번씩 종을 치게 하고 이렇게 된 연유를 먼저 파발마를 띄워 아뢰나이다.

그러나 진무사 정기원은 미군에 포위된 광성진을 구원하기 위해 군사를 보내지 않았다. 그는 약 5천여 명의 군사로 강화읍성만 철통처럼 방비하게 했다.

이에 앞서 중군 어재연 장군의 동생 어재순이 형이 위태로운 전쟁터로 부임했다는 소식을 듣고 말을 타고 달려왔다.

어재연은 동생 어재순에게 광성진을 떠나라고 독촉했다.

"너는 시골 벽촌에서 지내는 한낱 선비에 불과하니 임금을 섬기고 나라에 충성하는 것이 나와는 다르다. 나는 이미 국록을 받고 있는 몸, 전쟁터에서 목숨을 버리는 것이 당연한 일이나 너는 관직에 있는 몸이 아니니 충성을 바칠 일이 따로 있을 것이다. 속히 고향으로 돌아가도록 하라."

"나라에 충성을 하고자 하는 것은 관직에 있으나 초야에 있으나 마찬가지입니다. 또한 형님을 위태로운 전쟁터에 두고 나 혼자 살겠다고 고향으로 돌아가는 것은 옳지 않은 일입니다."

어재순은 어재연의 만류에도 광성보를 떠나지 않고 싸우다가 장렬하게 전사했다.

조정에는 진무사 정기원의 장계가 다시 올라왔는데 그 내용은 다음과 같았다.

> 이날 24일 신시초(申時初)에 광성진에서 패하여 부상을 당하고 돌아온 별무사(別武士) 여러 명이 울면서 안에 들어와 보고하기를 묘시에 덕진을 함락시킨 적들이 물밀 듯이 광성으로 짓쳐들어와 우리 파수병이 중간 샛길을 막고 있었으나 대적하지 못하여 아군의 전세가 실로 위태롭게 되었고, 이에 적군은 세력을 더하여 광성진을 철통같이 둘러쌌다 하나이다. 그러한즉 중군장 이하 여러 장수들의 생사와 각 군의 전사자를 헤아릴 길이 없나이다. 아울러 적군의 무리가 광성진 내에 가득 차 있어서 자세히 알 수는 없으나 광성진은 이미 적군에게 유린된 것으로 사료되옵니다. 이러한 상황인지라 군사를 수습하여 강화 내성을 방어케 하고 있사옵니다. 초지 첨사 이염은 단속을 잘못한 죄로 삼가

징계하였으나 여러 군사의 공론을 들어보니 형세가 다급하기 짝이 없고 갑곶의 긴요한 보급로를 통솔하고 방비할 갑곶영군장(甲串領軍狀)이 없는 관계로 먼저 아뢴 이염을 보내 파수케 하고 있사옵니다. 중군 이하 각 장수들의 생사와 각 영군의 전사자를 많든 적든 소상히 알아내어 다음에 장계로 보고토록 하겠사오나 중군은 잠시라도 비워둘 수 없는 자리오니 해당되는 관서에 말로 전하여 각별히 가려서 내려보내시되 밤낮을 가릴 것 없이 즉시 강화로 보내주시기 바라옵나이다.

진무사 정기원의 장계가 올라오자 조정은 금세 긴박감에 휩싸였다. 이하응은 즉시 중신과 장신들을 사정전으로 소집했다. 민승호는 병조참판에 임명되어 있었기에 사정전의 대책회의에 참석했다.

"강화에서 진무사의 장계가 올라왔소. 아마도 중군 어재연은 전사한 듯하니 병조판서는 속히 후임 중군을 뽑아 강화로 내려보내시오!"

이하응이 명을 내렸다. 민승호는 조선의 왕인 재황을 쳐다보았으나 그는 입을 꾹 다물고 있었다.

"분부 받자옵겠습니다!"

병조판서 이경하가 머리를 조아렸다. 이하응은 술렁거리고 있는 중신들을 날카로운 눈으로 쏘아보았다.

"그리고 각 군영의 포졸들을 모아 밤을 도와 강화로 내려보내고 통진, 풍덕, 김포의 경비를 엄히 하시오!"

"명을 받자옵니다."

이경하가 다시 머리를 조아렸다.

"병조판서는 어서 물러가 중군을 뽑아 강화로 내려보내시오!"

"예!"

이경하가 머리를 숙여 보이고 총총걸음으로 물러갔다. 재황은 이하응을 쳐다보았다. 이하응은 이경하가 물러가는 것을 보면서 혀를 차고 있었다. 대신들은 조용히 머리를 숙이고 있었다. 민승호는 이하응의 위세에 눌려 아무 말도 못하는 재황을 보자 가슴이 답답했다.

"주상께서도 한 말씀 하십시오."

이하응이 재황을 힐끗 쏘아보고 명을 내리듯이 말했다. 재황이 화들짝 놀라서 자세를 바로 했다.

"서양 오랑캐들이 우리 영해를 침범하였으니 참으로 통분할 노릇이오."

재황은 비로소 대신들에게 한마디 했다. 재황의 말은 조선의 국왕으로서 도무지 위엄이 없었다.

"이 오랑캐들이 원래 사납기 짝이 없어 그 수효는 많지 않다고 해도 그 형세는 미친 듯 날칩니다. 계속 불리한 장계만 거듭해서 받고 있으니 더욱 분통할 일이옵니다."

우의정이면서 재황의 경연관으로 있는 홍순목의 말이었다. 이하응은 멀뚱히 재황을 응시했다.

"오랑캐들이 화친하려고 하는 것이 무슨 까닭인지 알 수 없으나 수천 년 동안 예의를 숭상해온 우리가 개돼지 같은 놈들과 화친할 수 있겠는가? 설사 몇 해 동안 서로 대치하더라도 단연코 거절할 것이오."

"우리 조선이 예의의 나라라는 것은 온 세상이 다 아는 바입니다."

홍순목의 말도 맥이 빠져 있었다.

"병인년 이후 서양 놈들을 배척한 것은 온 세상에 자랑할 만한 일이오."

민승호는 가슴이 답답하여 얼굴을 찡그렸다.

"황공하옵니다."

그때 도승지 정기회가 황급히 사정전으로 달려와 꿇어 엎드렸다.

"신 도승지 아뢰오!"

"무슨 일인가?"

이하응이 살기를 띤 눈으로 정기회를 쏘아보았다.

"강화 진무사의 장계가 또 도착했습니다."

중신과 장신들의 시선이 일제히 도승지 정기회에게 쏠렸다. 재황도 얼굴이 핼쑥하여 목을 길게 빼고 정기회를 응시했다.

"속히 진무사의 장계를 읽으라."

이하응이 상기된 얼굴로 정기회를 재촉했다. 강화도 함락이라는 불길한 예감을 느꼈는지 이하응의 목소리가 떨렸다. 그러나 강화 진무사 정기원의 장계는 비록 초지진, 덕진진, 광성진이 미군에게 함락되기는 했으나 강화 내성의 방비를 엄히 한 결과 미군이 4월 25일 밤을 이용해 바다로 철수하여 강화도 전체를 탈환했다는 내용이었다.

"참으로 다행한 일이오. 이제 전쟁이 끝난 것 같소."

재황의 얼굴에 비로소 화기가 돌았다. 중신들과 장신들도 서로 얼굴을 마주 보며 기쁨을 감추지 못했다.

"그러하옵니다. 전하."

정기회가 이하응의 눈치를 살피면서 아뢰었다. 이하응의 싸늘한 눈빛도 풀어져 있었다. 무엇보다도 미군이 바다로 철수했다는 사실이 흡족했다.

"아직도 중군 이하 전사자들의 명단을 파악하지 못했다고 하는가?"

이하응이 정기회에게 물었다.

"그러하옵니다."

정기회가 머리를 조아렸다. 정기회도 장계 이외의 내용은 알 길이 없었다.

"국태공 저하."

영의정 김병학이 입을 열었다. 그는 조정의 일을 이하응과 의논하고 있었다.

"말씀하시오. 영상."

"병인년에 지은 척화비를 전국 팔도에 세우심이 어떻겠습니까? 오늘의 일을 후세에 알려 경계하는 것이 마땅할 줄 아옵니다."

"전하께서는 어찌 생각하십니까?"

"가하오."

재황이 고개를 끄덕거렸다. 이하응은 사정전에 엎드린 김병학을 향해 입을 열었다.

"영상."

"예."

영의정 김병학이 머리를 들었다.

"영상은 팔도 감사에 명을 내려 전국에 척화비를 세우도록 하시오."

"신 영의정 삼가 명을 받자옵니다."

김병학이 머리를 조아렸다.

척화비에 새긴 비문은 아래와 같았다.

洋夷侵犯 非戰則和 主和賣國

이는 "서양 오랑캐가 침범해 올 때 싸우지 않으면 화해를 할 뿐이다. 화해를 주장하는 것은 나라를 파는 일이 될 것이다"라는 내용이었다. 그 밑에는 작은 글씨로 척화비를 세운 까닭과 시기가 적혀 있다.

戒我萬年子孫 丙寅作辛未立

"그러므로 자손만대까지 이를 경계하노라. 병인년에 짓고 신미년에 세운다"는 뜻이다.

"저 흉악한 놈들이 지금은 퇴각하였지만 언제 다시 침략할지 알 수 없는 일이다. 진무사는 목전의 방어를 더욱 엄중히 하고 군율을 엄하게 세우라 하라!"

이하응은 진무사 정기원에게 특별히 명을 내렸다. 재황은 잠자코 듣고만 있었다. 4월 28일 강화 진무사 정기원의 장계가 다시 올라왔다.

> 이 달 25일에 적군이 철수하였는데 군관 조상준을 시켜 소상하게 조사한즉 성벽과 보루며 영현이 잠든 옛터의 눈에 뜨이는 곳곳은 참으로 비참하였고 산마루의 중군 어재연이 분전하던 장대(將臺) 밑에는 구덩이마다 흙이 메워져 있었나이다. 이에 인근 백성들을 동원하여 흙을 파헤치니 중군 어재연과 그 아우 어재순 이하 군관 이현학, 겸종 임지팽, 천총 김현경이 한 줄로 피투성이가 되어 흙구덩이 속에 묻혀 있었고 나머지 군사들의 시체는 적군에게 몸이 불태운 화형을 당한바 몸과 머리가 타고 그을렀

으며, 살이 익고 부풀어서 누가 누구인지 식별할 수가 없었나이다. 광성 별장 박치성은 그의 시신을 바다에서 건져 올렸는데 인신(印信)을 옆에 끼고 숨져 있어서 의정부로 운구하여 바치나이다. 또 부상당한 별무사 이학성의 보고에 의하면 그날 중군은 적의 포격과 탄환을 두려워하지 않고 친히 군사들을 독려하여 앞으로 나아가며 무수히 적들을 죽이는 데 전력하다가 난중에 전사하고, 천총 김현경은 칼을 잡고 적군과 싸우다가 기운이 쇠진하여 전사하고, 무사 별장 유예준은 중군의 뒤를 따르며 호위하다가 총에 맞은 바 되고 어영 초관 유풍노도 기운을 돋워 힘써 싸웠고, 군관 이현학은 적군 앞에서 큰 목소리로 소리치며 싸우는 것을 똑똑히 보았다 하나이다. 또 어영우가 기록한 《강도일기(江都日記)》를 보면 24일 아침 대포를 쏘아대는 음향이 크게 울리고 검은 연기가 광성에 오래도록 오르면서 병사(兵舍)와 군막(軍莫)이 다 타버렸다 하나이다. 이에 어영우의 아들 어윤익이 선전관과 함께 광성진에 나가 보니 적군은 장수와 병사의 시신을 한 장소로 모아서 구덩이에 던져 넣은 다음 나무와 짚으로 섶을 만들어 불을 지른 까닭에 모발이 타고 살이 그슬려 어 공(魚公)의 형체를 알아볼 수 없었다 하나이다. 하나 어공 형제가 키가 크고 얼굴이 타인과 비교하여 특이하였기에 비록 불꽃은 꺼졌다고는 하지만 살 타는 냄새가 코를 찌르고 불에 타서 벗겨진 몸인데도 가히 의심할 곳이 전혀 없기에 이내 수의와 이불을 갖다가 염습을 하고 두세 번 혼령을 부른 뒤에 상여에 모시었으나 상여가 지나는 인근 백성들이 몰려나와 절하고 곡을 하는데 애통하기가 이를 데 없었나이다. 이제 나라에서도 이를 기리는 성대한 의전(儀典)이 있어야 하겠나이다.

정기원의 장계를 받은 조정은 감동의 도가니에 휩싸였다.

"이럴 수가! 이토록 장렬할 수가 있는가?"

이하응은 눈시울을 붉히며 감동에 젖어서 외쳤다. 민승호는 어재연의 장렬한 전사에 가슴이 뜨거워졌다. 그러나 재황은 아무런 감흥이 없는 듯 지루한 표정만 짓고 있었다.

'기이한 일이다. 우리 전하는 어찌 식견이 없는가?'

민승호는 재황을 이해할 수 없었다.

"중군 어재연을 병조판서에 추증하고 시호를 충장(忠壯)으로 내리라. 아울러 어 병사(魚兵使)의 운구가 돌아올 때 맞이하지 않는 자는 천주학쟁이로 간주하리라!"

이하응도 조의(朝議) 석상에서 감격해서 외쳤다. 중군 어재연의 장렬한 죽음에 감동하지 않는 사람이 없었다.

"중군 어재연이 지조를 지켜 순국하였으나 충성과 절개가 크게 뛰어났도다."

이하응은 경연 자리에서 어재연의 전사 소식이 화제에 오르자 그와 같이 말했다. 경연은 임금이 경륜이 높은 대신에게 학문을 배우는 것이었다. 이때 재황의 경연관은 우의정 홍순목이었다.

"어재연은 평소에 관할 군읍을 다스릴 때도 선정을 베풀어 백성들의 칭송이 드높았고 이번에 광성에서 순국한 이야기를 들어본즉 몸에 지닌 장대한 힘으로 충성과 용맹을 다하였으므로 만고에 비추어 보아도 부끄러움이 없나이다."

홍순목이 엎드려 말씀을 올렸다.

"이 나라 5백 년 사직을 이어오며 충신열사가 적지 않으나 어재연만 한 충신이 드물 것이오."

이하응이 다시 말했다.

"신하가 되어서 죽을 장소를 얻는 것이 쉽지 않은 일인데 어재연의 충성과 절개는 후세에 길이 남을 것이옵니다."

홍순목도 다시 대답을 올렸다.

"그 아우 어재순도 한가지로 순절하였으니 이 또한 장한 일이 아니오?"

"그 아우는 이미 관리로서 지켜야 할 책임이 없으면서도 그 형을 따라 목숨을 버리고 의를 취하였으니 더욱 어려운 일을 하였나이다."

재황은 그들의 대화에 끼어들지 못하고 있었다. 민승호는 조선의 왕이 재황이 아니라 이하응인 것처럼 여겨졌다.

최초의 한미전쟁으로 조선은 국론이 통일되었다. 그러나 병인양요 때와 마찬가지로 미국이 물러가자 조선 팔도에서는 다시 서교도 탄압의 피바람이 불었다.

15
길고 어두운 겨울

날씨는 쾌청했다. 재황과 자영이 교태전에서 나오자 그때서야 목멱산 위의 하늘이 남빛으로 밝아왔다. 재황은 미국 군함이 물러갔는데도 잔뜩 풀이 죽어 있었다. 자영은 재황의 풀 죽은 모습을 보자 가슴이 저렸다. 미국의 강화도 침략으로 어수선했던 대궐이 평화를 찾았으나 재황은 더욱 위축되어 있었다.

"전하."

자영이 재황의 옆에 가서 낮게 불렀다. 재황은 잠이 오지 않아 새벽에 눈을 떴다.

"전쟁 때문에 노심초사하셨습니까?"

"나는 전쟁을 어찌해야 좋을지 모르겠소. 내가 무엇인가 말하려고 하면 아버님이 먼저 말을 하고…… 내가 명을 내리려고 하면 아버님께서 먼저 명을 내리고……."

재황은 이하응에게 불만이 쌓이고 있었다.

"전쟁을 어찌 제왕이 합니까? 장군들에게 맡기면 되는 일입니다."

"그러한 일을 할 수가 없소. 모두 아버님이 하고 있지 않소?"

자영은 재황이 친정을 하려는 의지가 있다는 사실을 눈치챘다. 그러나 대사를 도모하려면 의지가 더 강해야 했다.

"전하, 아침 공기가 참으로 맑습니다."

자영은 경회루의 2층 누각에 올라서서 재황을 흥건하게 미소를 띤 시선으로 바라보았다. 연못의 물결이 실바람이 불 때마다 미미한 파문을 그리고 있었다. 물이 맑아서인가. 수면 위로 경회루의 아름다운 누각과 하늘이 떠서 흔들리고 있었다.

"그렇소. 아침 공기가 청정하기까지 하구려."

재황도 상쾌한 표정이었다. 궁녀들이 경회루 밖에 도열해 있었고 무예청 시위 병사들도 경회루 밖에 시립해 있었다.

"곧 일출이 시작될 모양입니다."

"그렇구려."

재황이 목멱산 쪽을 응시했다. 근정전의 잿빛 기와지붕 너머로 붉은 여진이 번져오는 하늘이 보였다.

"전하, 근정전은 왕부의 위엄을 드높인 듯하옵니다."

"그렇소. 창경궁의 인정전도 크기는 하지만 경복궁의 근정전만

못한 것 같구려."

"하오나 한 가지 미흡한 점이 있습니다."

"미흡하다니요?"

"근정전과 광화문이 너무 가까운 것이 아닌가 사료되옵니다."

자영의 말에 재황은 이해할 수 없다는 표정을 지었다. 근정전은 광화문을 지나 곧바로 홍례문과 연결된다. 홍례문을 들어서면 인공으로 만든 맑은 개울이 흐르고 그 위에 영제교가 놓여 있다. 영제교를 건너면 비로소 경복궁의 정전으로 쓰이는 근정전이다. 근정문은 좌우에 일화문(日華門)과 월화문(月華門)을 거느리고 있었다. 그런데 근정전과 광화문이 가깝다는 것은 무슨 뜻인가.

"행여 변란이 있을 때 지존이신 전하께서 위급지경에 놓이지 않을까 걱정됩니다."

"핫핫! 중전, 이곳은 풍수상의 명당이라고 하오."

재황이 웃음을 터트렸다. 자영이 변란이라고 말하는 것은 병인양요와 신미양요를 일컫는 것일 터였다.

"전하께서는 풍수를 믿습니까?"

"중전은 아니 믿소?"

"신첩은 믿지 않습니다."

"허어!"

재황이 입을 딱 벌렸다.

"신첩은 풍수를 문자 그대로 바람과 물이라고 생각합니다. 바람이 좋고 물이 깨끗하면 거기서 자라는 곡식도 우리 몸에 좋을 것입니다. 산소를 풍수상의 명당에 쓰고 그곳에 집을 짓는다고 하여 자손이 귀히 된다면 제일 먼저 풍수쟁이들이 그 땅을 차지했을 것입니다. 예로부터 진천과 용인은 풍수상의 명당이라고 하였습니다. 살아서는 진천이요, 죽어서는 용인이라는 말도 있지 않습니까? 그러나 그곳이 그렇게 명당이라면 그곳에서 임금이 나와야 하지 않습니까?"

"중전의 말이 이치에 맞기는 하나 요설인 것 같구려."

"전하, 도참설을 들으신 적이 있습니까?"

"참언 말씀이오?"

"그러하옵니다."

"민간에 《정감록》이라는 참서가 있어 앞일을 예측한다는 얘기는 들었소. 그러나 내용이 너무 황당하여 배척하고 있소."

"민간에서는 많은 백성들이 《정감록》을 믿고 있습니다."

"백성들이 우매한 탓이오. 5백 년 종묘사직을 뒤엎고 정도령이라는 자가 나타나서 계룡산에 도읍을 정한다는 흉측한 말까지 나돌고 있다고 하오."

"전하, 이는 백성들이 변화를 바라고 있기 때문입니다."

"중전."

재황의 얼굴이 차갑게 변했다.

"전하, 백성들이 곤경에 처해 있습니다. 안동 김문과 풍양 조씨 일문이 외척정치를 하는 동안 나라는 하루도 평안한 날이 없었습니다. 그러한 연고로 백성들은 새 세상을 원하고 있습니다."

자영은 잠시 입을 다물었다. 재황은 묵묵히 허공만 쳐다보고 있었다.

"사사로이는 아버님이요, 공적으로는 대정을 맡고 계신 국태공 저하께서도 이를 시정하느라고 부단히 노력하셨습니다. 하나 실정도 만만치 않았습니다."

"실정이라고요?"

재황의 목소리가 떨려 나왔다.

"첫째는 무리한 토목공사로 민생의 피폐가 너무 컸습니다. 둘째는 서교도에 대한 탄압으로 병인양요를 자초하고 1만 명의 백성들이 죽음을 당했습니다. 이는 고금에 유례가 없는 일입니다."

재황은 낮게 한숨을 내쉬었다. 서교도에 대한 탄압은 어머니인 부대부인 민씨도 극렬하게 반대하고 있었다. 부대부인 민씨는 기회 있을 때마다 재황에게 서교도 탄압을 중지해달라고 호소했다. 그러나 그것은 임금인 재황으로서도 손을 쓸 수가 없는 일이었다. 그의 위에는 임금보다 권세가 막강한 이하응이 눈을 부라리고 버티고 있었다.

"서교도 탄압은 나도 잘못되었다고 생각하고 있소."

재황이 쓸쓸하게 중얼거렸다.

"전하."

자영이 재황의 옆으로 바싹 다가섰다. 자영의 몸에서 다시 톡 쏘는 지분 냄새가 풍겼다. 재황은 자영의 손을 슬그머니 잡았다.

"조경호에게 시집간 누님이 계시지 않습니까?"

"죽은 누이 말이오?"

"그러하옵니다."

"그 누이도 서교도였지."

"아뢰옵기 황공하오나 그 누님께서 독살로 돌아가셨다고 합니다."

"독살이라니요?"

재황이 눈을 크게 떴다.

"누님께서는 갑자기 배가 아프다고 하시면서 돌아가셨다고 하옵니다. 들리는 말에 의하면 국태공 저하께서 독약을 보내어……."

"그…… 그럴 수가……!"

재황의 얼굴이 핼쑥하게 질렸다.

"또 하인 이연식이라고 있지 않습니까?"

"있소."

"그 이연식도 포도청에 끌려가 죽었습니다. 이연식도 서교도였다고 하옵니다."

"그렇소!"

"부대부인 마님께서는 서교도를 불쌍히 여기라고 신첩에게 간

곡히 당부하셨습니다."

"나에게도 그런 당부가 있었소."

이하응은 부대부인 민씨의 이야기를 귀담아듣지 않았다. 성격이 난폭하고 패도적이었다. 안동 김문의 박해를 피하기 위하여 시정잡배들과 어울리다 보니 자신도 모르게 성격이 조급하고 불같아진 것이다. 게다가 이하응은 부대부인 민씨와 정이 깊지 않았다.

이하응이 종친으로 무위도식하고 있을 때 이미 소실을 두었고 서장자(庶長子) 이재선까지 두고 있었다. 거기에 '오입쟁이 흥선대감'이라는 말을 들을 정도로 색주가를 종횡으로 누비고 다녔다. 그것이 아무리 서슬 퍼런 안동 김문의 박해를 피하기 위한 방편이었다고 해도 민씨 부인에게는 가슴에 못이 박힐 수밖에 없었다. 게다가 조경호에게 시집간 딸이 죽었을 때 민씨 부인은 이하응을 더 이상 남편으로 생각하지 않았다.

자영이 재황에게 이하응이 누이를 독살했다고 말한 것은 그렇잖아도 골이 깊은 재황과 이하응의 사이를 더욱 멀어지게 하려는 속셈이었다.

"전하."

"말씀하시구려, 중전."

"아뢰옵기 황공하오나 이제는 만기를 친재하셔야 할 때입니다."

"당치 않소."

재황이 황급히 고개를 흔들었다. 만기를 친재해야 한다는 것은 재황이 직접 조선을 다스려야 한다는 뜻이었다.

"전하, 전하의 보령이 벌써 스물입니다. 슬하엔 왕자까지 두지 않으셨습니까?"

"아버님이 정사를 돌보고 있소. 나는 아직 나라를 다스릴 경륜이 없소."

"전하 그렇지 않습니다. 국태공 저하께서는 공식적인 섭정이 아닌지라 전하께서 친정을 하신다는 분부만 계시면 얼마든지 가능한 일입니다."

재황은 잠시 생각에 잠겼다. 자신의 나이가 스물이 된 것도 사실이고 왕자를 낳은 것도 사실이다. 대왕대비전이나 왕대비전, 대비전에 문안인사를 드리러 가면 대비들은 넌지시 만기를 친재할 때가 되지 않았느냐고 묻곤 하였다. 재황은 그럴 때마다 친정을 하고 싶은 생각이 굴뚝처럼 일어났다.

"전하."

자영이 간절한 눈빛으로 재황을 쳐다보았다. 이런 일을 거론하는 것은 자영이 왕비라고 해도 목숨이 위태로운 일이었다.

"전하, 신첩이 공연히 친정을 입에 담고 있음이 아니옵니다. 전하, 이 나라는 전하께서 다스리셔야 하옵니다."

재황은 대꾸가 없었다. 그것은 재황도 알고 있는 사실이었다.

"전하, 신첩의 배 속에서 아기가 자라고 있습니다."

"아기요?"

재황은 눈을 휘둥그렇게 떴다. 자영이 수태를 했다면 대궐을 진동시킬 만한 경사였다.

"신첩도 며칠 전에야 알았습니다."

"그럼 회임을 했다는 말씀이시오?"

"그러하옵니다."

"어허! 이런 경사가!"

재황은 입이 다물어지지 않았다. 영보당 이 귀인이 회임을 했을 때는 왕이 된 지 얼마 안 되었을 때라 기쁨을 온전히 누릴 수 없었다.

자영은 이 귀인보다 훨씬 아름다웠다. 그러나 자영에게는 함부로 범접할 수 없는 강렬한 그 무엇이 있었다. 재황은 자영에게서 풍기는 그러한 분위기를 부담스럽게 느꼈다.

"하나 아버님을 물러나게 하는 일은 기다려야 하오."

재황이 울적하게 말했다. 자영은 낮게 한숨을 내쉬었다. 아직은 때가 이른 일인지도 알 수 없었다. 무엇보다도 배 속에 있는 아기가 원자여야 하고 재황의 총애가 더욱 극진해야 했다.

자영의 회임은 대궐을 회오리바람 속으로 몰아넣었다. 미국 극동함대가 물러간 뒤의 일이라 조정은 경사가 겹친 셈이었다. 그날로 의녀가 자영을 진맥하고 중궁전으로 축하 사절들이 들이닥쳤다. 이하응과 부대부인 민씨가 손수 중궁전까지 들어와 치하 인사를 올렸고 대비들도 잇달아 중궁전으로 찾아와 치하했다.

"경사입니다. 중전께서 주상의 혈육을 잉태하셨으니 이보다 경사스러운 일이 어디 있겠습니까?"

신정왕후는 자영의 섬섬옥수를 잡고 자신의 일처럼 기뻐했다. 자영이 원자를 생산하면 권력의 중심은 민씨 일문으로 이동한다. 게다가 중전 간택의 일로 신정왕후는 이하응에게 씻지 못할 원한을 품고 있었다. 그것뿐이 아니었다.

이하응이 조만간 권력의 정점에서 밀려나리라는 것은 삼척동자도 아는 사실이었다. 다만 이하응 자신만이 그 사실을 모르고 있었다.

"이제는 대왕대비전으로 문안을 드리러 오실 필요가 없습니다. 중전께서는 회임을 하셨으니 거동에 조심하셔야 합니다."

신정왕후가 자영의 손을 잡고 말했다.

"모두가 대왕대비마마의 하해 같은 은혜 덕분입니다."

"아닙니다. 이 늙은이가 한 일이 무엇이 있습니까? 모두가 중전께서 어질고 착한 성품을 지닌 덕분입니다."

신정왕후는 진심으로 기뻐했다. 이하응을 실각시키고 재황의 친정을 도모하는 일을 그들은 묵시적으로 합의한 상태였다.

"중전, 산월이 언제입니까?"

"동짓달입니다, 대왕대비마마."

"옥체를 소중히 하십시오. 옥체를 소중히 해야만 큰 기쁨을 맞이할 것입니다."

"예."

자영은 머리를 숙여 대답했다. 자영의 회임으로 재황은 중궁전을 자주 찾게 됐다. 영보당 이 귀인은 재황의 발걸음이 뜸해지자 불안을 느끼기 시작했다. 왕자 선은 무럭무럭 자라고 있었다. 그러나 왕비가 원자를 생산하면 선에게 어떤 일이 불어닥칠지 예상할 수 없는 일이었다. 게다가 재황의 총애가 자영에게 옮겨가고 있었다.

이 귀인은 불안했다.

날씨는 점점 더 무더워져갔다. 자영은 눈에 띄게 배가 불러왔다. 중궁전의 상궁들은 임산부인 자영에게 누를 끼치지 않으려고 발걸음도 조심조심 걸었다. 재황은 낮에는 정사를 보고 밤이면 자영에게 찾아갔다. 자영의 둥글게 솟아오른 배를 쓰다듬으며 밤늦게까지 자영과 도란도란 얘기를 했다.

10월이 되자 산실청이 설치되었다. 자영은 산일(産日)이 임박하자 산실청으로 자리를 옮겼다.

'배 속의 아이가 원자여야 할 텐데…….'

자영은 산일이 가까워질수록 초조했다. 10월이 가고 11월이 오자 산실청에서 삭풍이 부는 소리가 들렸다. 자영은 대궐의 숲을 흔들고 지나가는 음산한 삭풍 소리를 들으며 진통을 하기 시작했다.

***

자영이 진통을 하기 시작했을 때 이하응은 영보당에서 이 귀인이 낳은 왕자 선을 보고 있었다.

아이가 배시시 웃고 있다. 태조 이성계의 신위를 닮았는가. 나이에 비해 아기가 우람하다. 이하응은 5척 단신이고 재황과 재면 모두 5척 단신으로 그의 집안에서는 드물게 기골이 장대한 아이가 태어난 것이다. 서장자인 이재선도 5척을 간신히 넘을 뿐인데 어미 쪽을 닮은 것인가. 이하응은 방글방글 웃고 있는 아이의 손을 펴본다.

'여기 어디에 왕(王) 자가 있다는 말인가?'

아이의 손바닥을 아무리 살펴도 왕 자는 보이지 않는다. 박유봉이 헛소리를 지껄이다가 이 귀인에게 죽임을 당한 것이다.

'술사의 눈에 왕 자가 보이면 이 아이가 왕이 된다는 뜻인데…….'

박유봉이 허수룩한 도사라고 생각하지 않았다. 박유봉은 이하응의 아들이 왕이 될 것을 예측했고, 민치록의 딸이 왕비가 될 것이라고 예언했다. 그 두 가지 일이 모두 이루어졌다. 그렇다면 박유봉은 뛰어난 술사인 것이다.

'중전이 아들을 낳으면 원자가 된다.'

왕비의 몸에서 태어났으니 당연히 세자가 될 것이다.

'내가 술사에게 현혹된 것인가?'

재황이 왕이 된 것은 그가 각고의 노력을 기울였기에 얻은 결과고 민자영이 왕비가 된 것은 이하응이 결정을 했기 때문이다. 술사의 예언과 상관이 없는 일일 수도 있었다.

이하응은 완화군을 이 귀인에게 넘겨주고 영보당을 나왔다. 하늘이 낮고 찌뿌듯했다. 감찰상궁 장순아가 대궐 앞에서 머리를 조아리고 있었다.

"따르거라."

장순아를 보자 가슴이 묵직하게 저려왔다.

"오늘밤 네 처소에 주상이 들 것이다."

영보당에서 나오자 장순아에게 일렀다.

"저하……."

장순아의 얼굴이 붉어졌다.

"단장하고 기다리거라. 일관에게 들으니 길일이라고 한다."

장순아에게 약속을 했으니 지켜야 한다고 생각했다.

눈발이 날리기 시작했다.

이하응은 사정전으로 갔다. 재황이 서책을 읽다가 벌떡 일어났다. 이하응은 재황의 앞에 앉았다.

"친정을 하고 싶으십니까?"

이하응이 재황을 살피다가 물었다.

"아, 아닙니다. 소자가 어찌 감히……."

"당연히 해야 할 일입니다. 주상이 20세가 아닙니까? 중전이 출산을 하면 두 아이의 아비가 되고……."

"소자는 아직 경륜이 부족하여 아버님의 가르침을 배워야 합니다. 계속 국정을 맡아주십시오."

"그럽시다. 몇 년만 더 국정을 맡았다가 돌려드리지요."

이하응이 재황의 얼굴을 지그시 살폈다. 무엇이 저리도 무서운 것일까. 재황은 감히 이하응과 눈을 마주치지 못했다.

"주상."

"예."

"오늘밤 감찰상궁에게 승은을 내리십시오."

"아버님……."

"주상도 알지 않습니까? 장순규의 누이 순아…… 애비에게 충성을 다하고 있습니다."

이하응은 재황의 대답을 기다리지 않고 일어섰다. 사정전에서 나오자 눈발이 자욱하게 날리고 있었다.

***

하늘이 낮게 가라앉아 있었다. 음산한 날씨였다. 바람은 앙상한 나무 끝에서 목을 매달고 비명을 질러대고 있었다. 11월 4일 자영은 모진 진통 속에서 원자를 생산했다.

"왕자 아기씨입니다, 중전마마!"

자영은 의녀가 호들갑스레 떠드는 소리를 어렴풋이 들었다. 자신도 모르게 두 볼에 눈물이 주르르 흘러내렸다. 그러나 모진 산고로 탈진한 가운데도 왕자라는 그 한마디에 기운이 솟았다.

"정녕 원자를 순산하였느냐?"

"그러하옵니다, 중전마마."

의녀들이 입을 모아 대답했다. 원자를 낳은 것은 중전인 자영의 기쁨이기도 하지만 산실청 시중을 드는 의녀와 궁녀들의 기쁨이기도 했다. 원자를 무사히 순산한 덕분에 큰 상을 받게 될 것이다.

"모두들 수고하였노라."

자영은 다시 눈을 감았다. 온몸이 나른하고 졸음이 쏟아졌다. 그러나 자신이 낳은 아이를 보고 싶어 눈을 떴다. 아이는 의녀가 받아서 자영 옆에 뉘어놓고 있었다. 아직은 핏덩어리였다. 눈도 뜨지 않고 있었으나 조그만 입을 벌려 기운차게 울고 있었다.

'원자로구나!'

자영은 눈을 질끈 감았다. 그 순간 '하늘이 나를 버리진 않으셨구나' 하는 생각이 들었다.

'이 아기가 내 몸에서 태어난 아기인가.'

자영은 그 사실이 믿기지 않았다. 핏덩어리인데도 가슴이 뿌듯하고 사랑스러워 견딜 수가 없었다.

자영은 다시 눈을 감았다. 그러나 귓전으로는 의녀와 궁녀들이 기뻐하는 수군거림이며 산실을 드나드는 조심스러운 발걸음 소리를 모두 듣고 있었다. 그때 산실청 밖에서 청아한 동령(銅鈴) 소리가 들려왔다. 재황이 친림하여 산실청 추녀 끝에 매달은 동령을 치는 소리였다. 동령은 비빈이나 후궁들이 순산을 했을 때 임금이 친림하여 치는 것이었다. 민간에서 금줄을 내거는 것과 같은 풍속이었다.

"상감마마 드십니다."

박 상궁이 아뢰는 소리가 들리면서 장지문이 열리고 재황이 들어왔다. 자영은 재빨리 눈을 뜨고 의녀의 부축을 받아 몸을 반쯤 일으켰다. 상궁과 의녀들이 황급히 재황에게 자리를 비켰다.

"전하, 어서 오십시오."

"중전, 수고가 크셨소. 중전은 산모니 그냥 누워 있도록 하오."

"송구하옵니다."

재황이 아기 옆에 앉았다. 아기는 강보에 싸인 채 울음을 그치고 있었다.

"원자가 튼튼하게 생겼구려."

"모두가 전하의 홍복입니다."

"어찌 나만의 홍복이겠소. 중전과 이 나라 종묘사직의 홍복이오."

재황이 만족하여 웃었다. 재황이 돌아가자 소주방에서 미역국과 흰쌀밥을 들여왔다. 자영은 미역국을 먹고 싶지 않았으나 지밀상궁들이 많이 잡수셔야 원자 아기씨에게 젖을 먹일 수 있다는 바람에 한 그릇을 다 먹었다.

그때 대비들이 들이닥치고 부대부인 민씨가 들어왔다. 궁중의 예법대로라면 아기가 태어난 지 7일이 되어야 외인들을 만날 수 있었으나 원자를 생산한 자영에게 치하의 말씀을 올리기 위해 다투어 몰려온 것이다. 원자를 순산한 자영은 이제 단순한 왕비가 아니었다.

'아아, 내가 마침내 원자를 낳았어.'

자영은 기쁨을 억누를 수 없었다. 해산의 진통으로 인하여 온몸이 솜처럼 나른했으나 잠이 오지 않았다. 대비들과 부대부인 민씨까지 들어와 한바탕 치하의 말씀을 올리고 돌아간 뒤에도 궁녀들의 수군거림과 그녀들의 움직임이 세세히 느껴졌다.

"원자 아기씨가 이상하옵니다."

그때 의녀가 지밀상궁에게 낮게 속삭이는 소리가 들렸다.

"이상하다니……! 아기씨가 어떤 분이라고 방자한 입을 놀리느냐? 어서 아기씨의 옥체나 씻겨드려라."

"아뢰옵기 송구하오나 아기씨에게……."

"아기씨가 어찌 되었다는 말이냐?"

"송구하옵니다. 아기씨에게 항문이 없습니다."

"뭣이?"

자영은 눈을 번쩍 떴다. 더 이상 의녀와 지밀상궁의 소곤거리는 얘기를 듣고 있을 수가 없었다.

"항문이 없다니 무슨 일이냐?"

자영은 불길한 예감을 느끼며 지밀상궁을 쏘아보았다. 의녀는 젊은 여자였다. 은대야에 따뜻한 물을 받아서 아기를 씻기려고 하고 있었다.

"중전마마!"

지밀상궁과 의녀가 황망히 면구스러운 표정을 지었다.

"무슨 일이냐고 묻지 않느냐?"

"중전마마!"

"어서 고하지 못하겠느냐?"

자영의 목소리가 산실청을 쩌렁쩌렁 울렸다. 눈에는 싸늘하게 서릿발이 서렸다.

"중전마마, 황공하오나 아기씨가……."

지밀상궁은 더 이상 말을 잇지 못했다. 지밀상궁은 자신의 눈을 믿을 수 없었다. 핏덩어리 아기와 자영을 번갈아 보면서 몸을 사시나무 떨듯 했다.

"아기씨가 어찌 되었다는 말이야?"

"죽여주소서, 중전마마."

"답답하구나! 어서 고하지 못하겠느냐?"

"황공한 말씀이오나 아기씨 몸에서 항문이 보이지 않나이다."

"뭣이?"

자영은 몸을 벌떡 일으켰다. 아기의 몸에서 항문이 보이지 않는다는 것이 무슨 뜻인지 얼핏 알아들을 수 없었다. 그러나 있을 것이 없다는 사실에 자영은 가슴이 철렁했다. 무엇인가 일이 잘못되고 있다는 불길한 예감이 뇌리를 엄습해왔다.

"아기씨를 이리 안고 오너라!"

자영이 호통을 쳤다. 지밀상궁이 벌벌 떨면서 아기를 안아서 자영에게 데리고 왔다. 자영이 아이를 안아서 재빨리 뒤를 살폈다.

'이럴 수가!'

자영은 가슴이 컥 하고 막히는 기분이었다. 아기의 뒤에 항문이 보이지 않았다. 눈을 부릅뜨고 몇 번이나 다시 살폈으나 마찬가지였다. 자영은 마치 꿈을 꾸는 듯한 기분이었다.

"의녀는 듣거라. 아기씨의 항문이 보이지 않으니 어찌 된 일이냐?"

자영은 몸을 부들부들 떨며 외쳤다.

"송구하옵니다, 중전마마."

"어찌 된 일이냐고 묻지 않느냐?"

"송구하옵니다만 대변불통 증상인가 하옵니다."

"대변불통이라니? 그러한 증상도 있다는 말이냐?"

"본초학에서는 쇄항(鎖肛)이라고 하옵니다."

"쇄항?"

자영은 어리둥절했다. 대변불통도 쇄항도 처음 들어보는 말이었다.

"항문이 막혀 있다고 하여 그리 부르고 있습니다."

괴변이었다. 자영은 눈앞이 캄캄해져왔다. 자신이 잘못 본 것이 아닐까 하여 아기의 엉덩이를 몇 번이나 다시 살폈으나 아무리 살펴도 항문이 보이지 않았다.

"괴이한 일이다. 어찌 이러한 일이 있을 수 있는가?"

자영은 눈앞이 캄캄하여 어찌할 바를 몰랐다. 어의가 달려오고 대신들이 경악하여 웅성거렸다.

운현궁의 이하응은 자영이 출산한 아기가 대변불통 증상이라는 말을 듣고 당황했다. 갓 태어난 원자였다. 왕실의 대통을 이어야 하는 귀한 몸에 중대한 이상이 발견된 것이다.

"정녕 대변불통이라고 하오?"

이하응은 서둘러 입궐하여 산실청에서 나온 부대부인 민씨에게 물었다. 부대부인 민씨도 퇴궐했다가 그 소식을 듣고 다시 입궐한 것이다.

"그렇습니다."

민씨 부인이 낭패한 기색으로 대답했다.

"자세히 살펴보았소?"

"몇 번이나 눈을 부릅뜨고 살펴보았습니다."

"하면 통변을 하게 하는 방법이 있다고 하오?"

"방법이 없는 줄 아옵니다."

"허어! 이런 괴이쩍은 일이 있나? 의원이라는 것들이 어찌하여 통변조차 못 시킨단 말인가?"

"아기씨에게 항문이 전혀 없다고 하옵니다."

"허어!"

이하응은 입이 다물어지지 않았다. 천하의 이하응도 자영이 낳은 손자의 병에는 대처할 방법이 없었다. 대궐에는 무거운 기운이 감돌았다. 궁녀들은 곳곳에서 수군거리고 대신들도 어찌할 바를 모르고 전전긍긍하고 있었다.

이하응은 사정전으로 들어갔다. 사정전에는 재황이 혼자 앉아 있었다.

"아버님."

재황이 반색을 하고 이하응을 맞이했다.

"전하, 원자 아기씨가 대변불통이라고 들었습니다. 어찌하여 이런 일이 일어났습니까?"

"소자가 부덕한 탓입니다."

"쯧쯧…… 주상께서 무슨 잘못이 있겠습니까? 어의들은 무엇이라고 합니까?"

"탕제를 써야 한다는 어의도 있고 쇠붙이를 써서 구멍을 내야 한다는 어의도 있습니다."

어의들도 의견이 분분하다는 것이 재황의 이야기였다.

'하면 불치병이란 말인가?'

이하응은 골똘히 생각에 잠겼다. 그러나 아무리 생각을 해도 마땅한 대책이 없었다. 이하응은 판부사 유후조를 불러들였다. 유후조는 신정왕후가 병환으로 쓰러지자 대왕대비전에서 직숙하고 있었다. 영의정 김병학, 호조판서 김병국도 함께 직숙을 했으나 산실청의 직숙과 겹쳐 유후조만 대왕대비전에서 직숙을 하고 있었다.

"대감, 이 일을 어찌하면 좋겠소?"

유후조는 황망한 낯빛을 숨기지 않았다.

"저하, 원자 아기씨의 증상을 어찌 신이 입에 담을 수 있겠습니까?"

"대감, 어려워하지 말고 묘책이 있으면 말씀해보시오."

"이 일은 종묘와 관계된 막중지사입니다. 마땅히 대왕대비전에 아뢰고 교지를 받들어야 할 것입니다."

"음."

이하응이 낮게 신음을 토했다. 유후조의 말이 옳다고 생각되었다. 이하응은 유후조와 함께 신정왕후를 찾아갔다.

"대왕대비마마, 원자 아기씨가 대변이 나가지 않는 불행을 당하고 있습니다. 대책을 하교해주시옵소서."

신정왕후는 상궁들로부터 이미 자영이 낳은 왕자가 대변불통 증상이라는 듣도 보도 못한 괴질에 걸렸다는 보고를 받았다. 그러나 마땅한 대책이 있을 리 없었다.

"나는 궁궐에서 사는 무식한 노파에 지나지 않소. 내가 무엇을 알겠소?"

이하응은 얼굴을 찌푸렸다. 이런 일을 함부로 결정할 수는 없었다. 어의들도 어찌해야 좋을지 몰라 전전긍긍하고 있는 것이다. 그때 재황이 대왕대비전으로 들어왔다.

"주상께서는 어찌 생각하십니까?"

이하응은 날카로운 안광으로 재황을 쏘아보았다.

"소…… 소자는 어찌해야 좋을지 모르겠습니다."

재황이 더듬거리며 대답했다.

"대왕대비마마, 신의 소견으로는 탕제를 쓰는 것이 좋겠습니다. 마침 신에게 수백 년 묵은 산삼이 있으니 그것을 달여 먹이면 통변을 할 것으로 사료되옵니다."

이하응이 아뢰었다.

"산삼으로 막힌 구멍을 뚫을 수 있겠소?"

"그러하옵니다."

"쇠붙이를 쓰는 것이 어떻겠소?"

"대왕대비마마, 산삼은 다시없는 영약입니다. 쇠붙이를 어찌 갓 태어난 원자의 몸에 대겠습니까? 이는 종묘에 불충이 되는 것입니다."

"대감께서 알아서 처분하오."

신정왕후는 원자의 일에 왈가왈부하는 것이 두려웠다. 원자가 잘못되면 그 책임까지 감당해야 하는 것이다. 신정왕후는 원자의 대변불통에 대한 것을 이하응에게 떠넘기고 눈을 감았다. 더 이야기하지 않겠다는 뜻이었다.

'결국 이 일은 내가 결단하게 되었구나.'

이하응은 난처했다. 언제부터인지 어려운 결단은 이하응에게 돌아오고 있었다. 재황은 우유부단했다. 대신들은 종묘에 관계된 일이므로 함부로 입을 열 수가 없다. 이하응은 운현궁에 가서 산삼을 가져오라고 이르고 어의들에게 탕제를 지을 준비를 하라고 지시했다.

이때 자영은 부대부인 민씨와 함께 있었다. 민씨는 자영의 시어머니이기도 했지만 친정 일가이기도 했다. 자영은 어릴 때부터 민씨를 친정어머니처럼 따르고 있었다.

"중전마마, 서양에서는 원자 아가씨와 같은 증상을 직장항문기형이라고 하옵니다."

민씨는 주위를 물리친 뒤 자영의 손을 잡고 낮게 소곤거렸다.

"하면 고칠 방법도 있습니까?"

"서양에서는 쇠붙이를 써서 구멍을 뚫는다고 합니다."

"쇠붙이를요?"

자영은 귀가 솔깃했다. 몸이 부르르 떨리기도 했다.

"중전마마, 가위나 칼로 항문이 있는 곳을 절개하면 배변이 된다고 하옵니다."

"그러면 피가 나오지 않겠습니까?"

"피가 나겠지요. 하나 달리 방법이 없습니다."

"우리 어의들이 그 일을 할 수 있겠습니까?"

"중전마마, 동의보감을 쓴 허준이라는 의원도 쇠붙이를 사용하여 병을 치료한 일이 적지 않았다고 합니다."

자영은 고개를 끄덕거렸다. 항문이 없어 대변이 불통되는 병에 쇠붙이를 써서 구멍을 내는 것이 당연하게 생각되었다. 그때 이하응이 원자에게 산삼을 달인 탕제를 쓴다는 말이 산실청으로 전달되었다.

"탕제는 아니 된다. 대변이 불통인 원자에게 탕제가 가당키나 한 말이냐? 어의들에게 쇠붙이를 쓰는 방법을 강구해보라고 전하여라."

자영은 지밀상궁에게 날카롭게 쏘아붙였다. 지밀상궁이 이하응에게 달려가 자영의 말을 전했다.

"갓 태어난 원자의 몸에 쇠붙이를 댄다니 동서고금에 이런 일이 어디 있느냐? 아무리 규중 아녀자기로서니 어미가 핏덩어리 아기의 몸에 쇠붙이를 댄다고 하느냐?"

지밀상궁의 말을 전해 들은 이하응은 불같이 역정을 냈다.

"규중 아녀자라니! 내가 명색이 국모인데 신하 된 국태공이 어찌 그런 말을 할 수 있느냐?"

원자는 악을 쓰며 울어댔다. 자영은 원자를 끌어안고 분노를 터트렸다.

"중전이 나에게 이럴 수 있다는 말이냐? 내가 중전의 시아비가 아니냐?"

"국태공이 사사로이는 시아버지지만 공적으로는 신하일 뿐이다! 하늘에 해와 달이 하나뿐임을 왜 모르느냐?"

"원자에게 쇠붙이로 구멍을 내어 통변을 시킬 수 있는 의원이 어디 있다는 말이냐?"

"《동의보감》을 쓴 허준은 사람을 절개하여 치료했다고 한다. 사람의 배를 가르고 치료를 한 뒤 다시 접합을 했다는데 그까짓 구멍을 내는 일이 무엇이 어렵다는 말이냐?"

"허준이야 당대의 명의지만 지금 그런 의원이 어디 있다는 말이냐?"

이하응과 자영은 첨예하게 대립했다. 중간에서 이하응과 자영의 말을 전하느라고 오고 가는 상궁들은 사색이 된 채 어쩔 줄을 몰라 했다.

"어의들은 나라의 녹을 받는 자들이 아니냐? 나라의 녹을 받는 자들이 이만한 병도 치료하지 못하고 무엇을 했다는 말이냐?"

자영은 어의들도 맹렬히 질책했다.

"중전이 넋이 빠진 게로구나!"

이하응은 그 소식을 듣고 탄식했다.

"원자가 통변을 하게 하는 방법은 항문을 찾아 구멍을 내는 것뿐이다. 사정이 이러할진대 탕제가 무슨 소용이란 말인가? 국태공은 그만한 식견도 없다는 말이냐?"

자영과 이하응의 대립이 격해지면서 인신공격성 발언까지 오고 갔다. 그러는 동안 원자의 몸은 불덩어리처럼 열이 오르기 시작했다. 자영은 원자를 끌어안고 몸부림을 쳤다. 이하응의 분부에 산삼을 달인 탕제를 받든 의녀가 산실청 앞에 와서 고했으나 자영은 의녀를 발도 들여놓지 못하게 했다.

"국모가 어질지를 못하고 이 무슨 해괴한 작태인가?"

이하응은 자영의 반발에 몸을 떨었다.

"의녀들은 쇠붙이를 써서 원자를 구하라!"

산실청 밖으로 자영의 울음 섞인 호통이 터져나왔다. 그러나 의녀들은 손을 쓸 엄두를 내지 못하고 있었다. 의녀들은 쇠붙이를 써서 쇄항을 뚫은 경험이 전혀 없었다. 게다가 원자는 금지옥엽이었다. 쇠붙이를 잘못 써서 원자가 죽기라도 하는 날이면 모든 책임은 의녀들이 뒤집어써야 하는 것이다. 그러는 동안 사흘이 지나갔다. 이하응과 자영은 한 치의 양보도 없이 대립했다.

'왕비마마가 저런 분일 줄이야!'

궁녀들은 이하응에게 굴하지 않고 자기주장을 격렬하게 내세우는 자영에게 몸서리를 쳤다. 자영은 사흘 동안이나 원자를 부둥켜안고 식음을 전폐했다. 산실청에서는 원자의 메마른 울음소리만 계속해서 들려왔다. 자영은 울부짖으며 원자에게 젖을 물렸다. 그러나 원자는 젖을 물지 않고 울기만 했다. 사흘째가 되자 원자의 울음소리가 약해져갔다. 얼굴색은 검게 변하여갔다. 의녀와 궁녀들은 옷깃을 여미고 사태의 추이를 주시했다.

"주상, 이제는 주상께서 결단을 내리셔야 하오!"

이하응은 재황을 다그쳤다. 생각 같아서는 산실청으로 달려가서 방자한 왕비를 질책하고 싶었으나 그럴 수가 없었다.

"어찌해야 하옵니까, 아버님?"

재황은 갈피를 잡지 못하고 몸 둘 바를 몰라 했다.

"주상께서는 탕제를 쓰시든지 쇠붙이를 쓰시든지 결정하시오!"

"아버님!"

"주상이 우유부단하니 중전이 저러고 있지 않소?"

이하응이 눈을 부릅뜨고 호통을 쳤다. 재황은 고개를 푹 떨어뜨리고 몸을 떨었다. 이하응의 진노를 감당할 수가 없었다.

"아버님, 소자가 중전을 타이르겠습니다."

재황은 휘청거리는 걸음으로 산실청으로 갔다. 다리가 후들후들 떨렸다. 산실청은 아비규환이었다. 원자는 몸이 부어올랐고 자영은 부기가 빠지지 않은 얼굴로 울부짖고 있었다. 자영을 수발하는 의녀들과 궁녀들도 어찌할 바를 모르고 울고만 있었다. 산실청은 울음바다였다.

"중전, 탕제를 써야 하겠소."

재황은 침통한 표정으로 자영을 설득하기 시작했다.

"전하, 아니 되옵니다."

자영이 펄쩍 뛰었다.

"중전, 이러시면 아니 되오. 원자에게 탕제를 쓰라고 하시오."

"아니 되옵니다. 통변을 못하는 원자에게 탕제를 쓴들 무슨 소용이 있습니까?"

"아버님의 진노가 하늘까지 이르렀소."

"전하, 국태공 저하께 이 중전의 말을 따르라고 여쭈어주십시오. 원자는 제 아기입니다. 젖도 빨지 못하는 원자에게 탕제가 가당키나 합니까?"

자영은 울면서 호소했다.

"의녀들도 탕제를 쓰는 것이 가하다고 하오. 쇠붙이를 써본 의녀가 없다는데 어찌 이다지도 고집을 피우시오."

"전하."

"중전에 대한 아버님의 진노가 나에게 내리고 있소. 중전은 어찌하여 나를 이렇게 곤경에 몰아넣소?"

재황의 얼굴에서 눈물이 주르르 흘러내렸다. 아버지에 대한 야속함이 자영 앞에서 눈물을 흘리게 한 것이다.

"전하!"

자영은 처절하게 흐느껴 울었다. 이하응의 진노가 재황에게 내리고 있다는 말에는 더 이상 반발을 할 수가 없었다.

마침내 의녀들이 산삼이 가미된 탕제를 받들고 산실청으로 들어왔다. 의녀들은 자영의 눈치를 살피며 원자에게 탕제를 떠먹였다. 그러나 원자는 변변히 탕제를 받아먹지도 못하고 해시초(亥時初, 오후 9시)에 숨을 거두고 말았다. 한밤중이었다. 동짓달의 음산한 삭풍이 며칠째 계속 불다가 뚝 그쳤다.

'결국 이리되고 말 것을…… 통변도 못하는 어린것에게 산삼을 써서 죽이다니……!'

자영은 숨이 끊어진 어린 원자의 몸뚱이를 끌어안고 몸부림을 쳤다. 원자의 시체는 시간이 흐를수록 싸늘하게 식어갔다. 산실청에서는 자영의 애절한 울음소리가 밤늦게까지 계속되었다.

자영은 다음 날 산실청에서 중궁전으로 돌아왔다.

'내가 반드시 이 일을 복수할 것이다.'

자영은 피가 나도록 입술을 깨물었다.

'중전이 저리도 기승하니 앞으로 일이 어찌 될 것인가?'

이하응은 원자가 죽은 것이 가슴 아팠다. 그러나 탕제의 일로 자신에게 격렬하게 반발한 왕비를 생각하자 머리끝이 곤추서는 것 같았다.

– 3권에 계속 –